원나잇 스탠드?

원나잇
스탠드?

원나잇 스탠드?

천유아 지음

콘나무

목 차

프롤로그

결혼식 당일.

전날 밤 너무 긴장해서 잠을 설친 하리는 늦잠을 자버리고 말았다. 유하가 그녀를 픽업해서 식장으로 내달리는 중이다.

"정말 어떻게 이런 날에 늦을 수가 있어요!"

"네가 늦잠 자서 그런 거잖아!"

"아우, 그거야 내가 긴장을 해서."

"결혼 처음 해봐?"

"아이씨, 그럼 두 번 해보겠어요!!"

"어떻게 시간이 가도 달라지는 게 없냐, 너는."

"그러는 오빠는요!"

"아, 한 가지 달라진 건 있네."

"뭔데요?"

"네가 오빠라고 부르는 거."

“아, 몰라몰라. 너무 늦었어요, 우리. 오빠, 얼른 밟아요!”

하리가 수줍은 듯 얼굴을 붉혔다.

그녀는 프러포즈를 받은 이후 그에 대한 호칭을 철저히 바꾸었다. 얼마간의 노력이 필요했지만 이제 어느 정도 익숙해진 상태다. 미국에 있는 동안 유하는 T&X라는 브랜드와 합작해서 Double X라는 신규 브랜드를 내놓았고 현재 유럽 전역에서 인지도를 높여가고 있었다.

1년 전 이야기를 하면서 그는 이 프러포즈를 계획하고 있었다고 말했다.

“그럼 그때 꼭 해야 할 일이라는 게 이거였어요?”

“후후후.”

“그 치밀함에 혀를 내두를 정도네요.”

“그건 그렇고 우리 애는 몇이나 낳을까?”

“그 전에 우리, 식이나 제대로 올릴 수 있겠어요?”

“난 딸 둘에 아들 하나.”

“헥, 셋이나요? 나 죽일 일 있어요? 아들 하나예요.”

“안 돼. 딸 둘에 아들 하나라고 분명히 말했다.”

“그래도 무조건 아들 하나.”

“딸 셋에 아들 하나.”

“아니, 왜 애들 수가 올라가는 거예요?!”

“크크크.”

“아이씨, 웃지 마요!”

유하는 치렁치렁한 웨딩드레스 때문에 빨리 뛰지 못하는 하리를 안고 식장에 들어섰다. 소영과 다른 친구들은 그런 그들의 모습을 보면서 한껏 야유를 보냈다.

하리가 신부 대기실 거울 앞에서 다시 한 번 매무새를 점검하고 있는데 소영과 함께 나츠미가 들어왔다.
"뭐, 좀 예쁘네~."
"오늘 같은 날 안 예쁘면 어쩌라고."
"쳇, 이렇게 빨리 결혼까지 하냐?"
"나츠미, 너 나보다 어리잖아. 존댓말 생각 좀 해봤어?"
"두 살 많은 게 벼슬이냐?"
"하하, '벼슬'이란 말은 또 어디서 배웠대? 나날이 한국어 실력이 늘어가는구나."
얼마 전에 안 사실이지만, 나츠미는 실제 하리 그녀보다 고작 두 살이 어렸다 — 실은 그보다 훨씬 더 어릴 거라고 생각했는데 말이다 — 줄기차게 반말을 해대는 나츠미에게 꿀밤을 선사하고 싶었지만, 그래도 축복해주려고 일본에서 건너온 마음씨가 고마워 하리는 기꺼운 마음으로 참기로 했다.

드디어 결혼식이 거행되고, 그들이 팔짱을 낀 상태로 주례 선생님 앞에 섰다. 하리는 고개를 조금 숙이고 엄숙한 표정으로 주례 선생님의 말씀을 경청하고 있었다. 주례사가 거의 끝나갈 무렵, 문득 주례 선생님이 유하를 쳐다보았다.
"신랑 천유하 군은 언제나 변함없이 신부를 아끼고 사랑하겠습니까?"

8

“네.”

이번에는 하리를 보며 주례 선생님이 물었다.

“신부 강하리 양은 어떤 역경에서도 신랑 천유하 군을 사랑하겠습니까?”

“네.”

“이로써 두 사람은 부부가 되었음을 선포합니다.”

주례사가 끝나자마자 진행지가 바통을 이어받았다. 문제는 작은오빠 하민이 이날 진행을 맡았다는 데 있다. 천하의 하민은 역시 만인의 기대를 저버리지 않고 눈에 장난기를 가득 담은 채 말했다.

“하객 여러분, 많이 기다리셨죠? 드디어 두 사람의 키스 타임이 있겠습니다. 두 사람은 마주 보세요.”

순간 여기저기서 킥킥대며 웃는 소리가 들리더니 사람들의 시선이 일제히 신랑신부에게 집중되었다.

“…….”

“어서요, 어서.”

하리와 유하는 잠시 머뭇거리다가 결국 수많은 하객들이 지켜보는 가운데 달콤한 키스를 나누었다. 이제 기념사진을 찍으러 사람들이 삼삼오오 모여들기 시작했다. 하리가 던진 부케는 소영이 받았다. 자기가 받으려고 엉거주춤 양팔을 들어올렸던 나츠미는 부케를 놓치고 투덜댔다.

폐백까지 마치고 나서 하리와 유하는 신혼여행을 가기 위해 알록달록 색색의 풍선과 리본으로 치장된 자동차로 다가갔다. 하진,

하민 형제도 뒤따라나왔다. 하진은 못내 아쉬운 표정으로 하리를 바라보았다.

"하리야, 행복하니?"

"응."

"다행이야. 우리 하리가 행복하다고 해서."

"큰오빠……."

"행복하게 살아야 해."

"으응."

하리는 결국 애써 참았던 눈물을 터트리고 말았다.

하리 곁에 바싹 붙어 있던 유하는 하진에겐 고개를 살짝 숙이며 인사했고, 하민에게는 손을 내밀어 악수를 청했다. 하민이 명랑하게 말했다.

"우리 하리, 행복하게 해줘야 한다."

"당연하지."

"늦겠다. 얼른 가봐."

두 사람이 차에 오르는 것을 확인하고 하진이 문을 닫아주었다.

하리는 슬픔을 머금은 눈으로 두 오빠들에게 손을 흔들어 보였다. 이제 부모처럼 의지했던 오빠들을 매일같이 볼 수 없다는 사실에 하리는 왈칵 눈물을 쏟았다. 그런 하리를 유하가 품으로 끌어당겨 토닥토닥 얼렀다.

"울지 마."

"기뻐서 우는 거예요."

“그래그래.”
“흐흐흐흑…….”
“우리 평생 행복하게 살자, 하리야.”
“네.”
“사랑해.”
“나두요.”
하리는 유하의 한쪽 어깨에 머리를 기대고 행복하게 차창 밖을
바라보았다.

“이게 뭐야! 또 늦었잖아요!”
“이렇게 차가 막힐 줄 내가 알았겠어?”
“아이참, 도대체 우린 왜 이러는 거야? 비행기 놓치겠다! 오빠
뛰어!!”
아슬아슬하게 인천공항에 도착한 두 사람은 뛰느라 정신이 없
었다. 결혼식 때와 마찬가지로 그들은 신혼여행을 가기로 한 발
리행 비행기 탑승시간에마저 늦고야 말았다. 하지만 다행히 둘은
안도의 한숨을 내쉬며 자신들의 좌석에 앉을 수 있었다.
이내 새파란 하늘을 향해 그들을 태운 비행기가 서서히 활주로
를 벗어나기 시작했다.
결혼식 준비로 피곤했는지, 자리에 앉자마자 눈을 감고 잠을
청하려는 그에게서 시선을 거둔 하리는 창을 통해 하늘을 바라보
며 옅게 미소지었다.
‘누군가를 좋아하는 데 걸리는 시간은 90초에서 4분 사이래요.

남녀가 처음 만나 서로에게 호감을 느끼는 건 4분 안에 결정이 되어버린다고 하네요. 따라서 상당한 시간이 흐른 뒤에 비로소 연인이 된다면, 서로 사랑한다는 사실을 깨닫는 데 오랜 시간이 걸린 것뿐이라는 겁니다. 그럼 내가 이 사람을 사랑하게 된 건 그때부터였는지도 몰라요. 나이트클럽에서 원나잇스탠드를 제안받았을 때. 후후후, 부끄러운 일이지만 내가 술에 취해 올나잇스탠드로 응수했을 때부터요. 그렇게 우리의 사랑은 시작되었나 봅니다.'

원나잇스탠드?

"뭐, 뭐라고?"

귀까지 후비적거리며 하리는 어느샌가 우현의 말을 경청하는데 온 신경을 곤두세우고 있었다. 자신이 잘못 들었길 바랐고, 제대로 들었다면 거짓이길 바랐다. 그가 하는 말은 분명 한글을 뗀 사람이라면 누구나 알아들을 수 있는 한국말이었지만, 하리의 뇌가 그 뜻을 받아들이기까지는 적지 않은 시간이 걸렸다.

"헤어지자니깐!"

이제는 한숨까지 내쉬어가며 무덤덤하게 말하는 우현을 보자 하리의 얼굴은 묘하게 일그러지기 시작했다. 다음 순간, 속이 부글부글 끓어오르던 하리는 테이블 위에 놓인 물컵을 들어 그대로 한 컵의 물을 원샷하고서 우현을 노려보았다.

궁금했다. 무슨 이유로 이렇듯 버림받아야 한단 말인가? 평소 전화를 무시한 일도 없었고, 바람은 피운 것은 더더욱 아니었다.

물론 예전에 비해서 조금 애정이 식었다는 것은 인정한다. 그러나 오랫동안 사귀다보면 으레 권태기라는 녀석이 찾아오는 법이 아니든가.

하리는 이를 악물었다.

쳇, 네가 헤어지자고 하면 내가 바짓자락이라도 붙잡고 늘어질 줄 알았냐? 꿈 깨라, 꿈 깨. 내가 눈 하나 깜짝할 줄 알고? 나도 여자고 자존심이 있다 이거야.

"이유가 뭔데? 도대체 내가 너한테 뭘 그렇게 잘못했길래 일방적으로 차여야 하느냐고?"

"널 사랑하지 않으니깐……."

"그럼 여태껏 나 갖고 놀았단 얘기냐?"

"그렇게 말하면 섭하지."

최소한 섭하면 섭하다는 시늉이라도 내야 하는 것이 예의인 것을, 서운하다는 놈이 한쪽 입꼬리에 냉소를 머금고 여유만만하게 담배나 피워대는 건 또 무슨 경우람.

하리는 마음속으로 연신 썩을놈을 외치며, 맞은편에 앉아 있는 우현을 씩씩대고 노려보았다. 반면 그런 하리의 모습에 우현은 쾌재를 부르고픈 마음이었다. 점차 자신이 의도한 대로 그녀가 넘어오는 것 같았기 때문이었다. 의기양양해진 우현은 한 번 받은 탄력을 이어나가기로 했다.

"너같이 볼 것도 없는 여자애 지금까지 사귀어준 것도 고마운 거 아니냐?"

"뭐야??"

“돈이 많아? 얼굴이 예뻐? 그렇다고 테크닉이 좋아?”

“너 지금 말 다했냐? 그리고 마지막 말은 빼. 내가 너랑 잔 적 있어?”

“……없지.”

돈은 있어도 쓰지 않는 것뿐이고, 얼굴이야 내가 꾸미기 시작하면 줄짓는 게 남자야 이놈아. 그리고 방금 테크닉이라고 했냐?? 테크닉 같은 소리 하고 있네.

“그냥 다른 여자가 생겼다고 하지 그러냐?”

“맞아. 다른 여자가 생겼어.”

“……!”

드라마를 보면 이럴 때 여자 주인공이 남자에게 멋있게 찬물 한 번 쫙 뿌려주고 나오던데……. 오, 이런. 하지만 그 찬물은 이미 내 뱃속으로 들어가지 않았는가?

눈치껏 여종업원을 쳐다봤지만, 이쪽으론 얼굴조차 돌리지 않는 그녀를 원망하면서 하리는 테이블에 얌전히 놓인 커피 잔을 바라보았다.

비록 시간이 좀 지나는 바람에 식어버리긴 했지만, 그래도 이 썩을놈에게 선사하기에는 충분한 양과 온도를 갖췄다고 생각하며 하리는 자리에서 벌떡 일어났다.

하리의 갑작스런 반응에 놀란 우현이 그녀를 빤히 올려다보았다. 그리고 몇 초 후, 진한 빛깔의 커피가 우현의 얼굴에 그 존재감을 나타내고 있었다.

“그래? 눈치 못 채고 일찌감치 헤어져주지 못해서 미안하다.”

하리는 마지막 말을 남기곤 잽싸게 핸드백을 낚아채 커피숍을 빠져나왔다. 솔직히 말하면 우현이 따라오기 전에 얼른 도망 나온 거지만 말이다.

"씨이, 눈물은 왜 나고 지랄이래……."

하리는 오른쪽 소매로 눈물을 한번 쓰윽 훔쳐내고는 핸드폰을 꺼내 들었다.

자꾸만 차오르는 눈물 때문에 시야가 부옇게 흐려져 액정에 떠오른 글자를 알아보기 힘들었다. 곤한 잠을 깨웠던 모양인지 바락바락 성질을 내는 소영을 향해 하리가 말했다.

"나 방금 차였다……. 오늘밤 강남에 있는 나이트로 와라."

카페 안.

하리를 붙잡지 못하고 미적지근한 커피를 뒤집어쓴 채 앉아 있는 우현은 미칠 지경이었다. 생각과 다르게 흘러가버린 이 상황을 어디서부터 어떻게 수습해야 할지 난감할 뿐이었다. 앞뒤 맥락을 파악하기도 전에 하리는 순식간에 자신에게 커피를 쏟아붓고 나가버린 뒤였다.

우현은 어디서부터 일이 틀어진 건지 하나하나 되짚어 가며 머리에서 뚝뚝 떨어지는 커피를 닦아냈다.

아이씨, 이게 아니었는데…….

언젠가부터 하리와의 사이에 권태기가 찾아왔음을 감지하고 친구에게 상담을 한 것 자체가 잘못이었다. 아니, 일이 이렇게 되고 보니 친구가 아니라 웬수였다.

뭐? 자극이 있어야 두 사람 관계가 좋아진다고??

우현은 석현의 말을 되뇌며 신경질적으로 핸드폰을 잡아들고 녀석의 번호를 눌렀다. 얼마나 흥분을 했던지 손가락이 엇나가 자꾸만 잘못된 숫자를 입력했고, 기껏 입력을 마쳤더니 허망하게 통화 대신 종료버튼을 눌러버려 짜증이 최고조에 이르렀다.

석현의 목소리가 들리자마자 우현이 다짜고짜 소리를 질렀다.

"서현이 너 이 개자식, 내 눈에 띄면 죽는다!!"

강남의 어느 유명한 나이트클럽에서 하리와 소영은 연신 술잔을 부딪치고 있었다. 주말을 코앞에 둔 평일 밤이라 그런지 클럽 안은 평소보다 많은 사람들로 북적였고, 귀청이 찢어질 듯한 음악소리에 그들은 대화를 나눈다기보다는 고함을 지르며 말다툼하는 것처럼 보였다.

"오늘 아주 먹고 죽자!!"

"후후, 드디어 네가 술맛을 알았구나?!"

소영은 잔 가득히 채운 술을 제 입 속으로 말끔히 털어넣었고, 빈 술잔을 머리 위에서 탈탈 털어내는 시늉까지 해 보였다. 하리 역시 질세라 눈을 질끈 감고 소영을 따라 원샷을 했다. 꽤 쌉쌀한 알코올이 식도를 뜨겁게 태우며 내려가자, 하리는 이마를 잔뜩 찡그렸다.

"아우, 써!"

"그럼 술이 달겠냐?"

하리의 말이 가소롭다는 양 비웃으며 소영은 과일 안주를 예쁘게 집어먹는다.

여우 같은 지지배. 내가 너 같은 술의 여왕이 되려면 한참 멀었지. 아주, 암.

하리는 뜻 모를 미소로 함께 고개를 끄덕이더니, 적당한 틈을 타 오늘 오후에 있었던 일에 대해 말문을 열었다. 이야기를 다 듣고 난 소영이 사뭇 진지해진 얼굴로, 우현이 그렇게 쉽게 변심해 버릴 놈이었다면 차라리 그쯤에서 헤어지는 게 낫다며 위로했다.

"뭐, 그러고 보니 그 녀석 돈은 많아 보이던데."

"네 나이가 몇인데 돈타령이냐?"

"그럼 이 나이에 얼굴 타령하리? 뭐니뭐니해도 남는 건 돈이야 돈~!"

그 말과 동시에 소영이 엄지와 검지를 맞붙여 원 모양을 만들고 흔들어 보였다.

"그래서 지금 그 자식이 아깝다는 거냐 뭐냐? 입장을 분명히 해다오."

"헤헤헤."

하리와 소영은 다시금 클럽의 후끈한 분위기에 몰입하며 무수히 건배를 해대었다. 유리잔 부딪치는 소리가 끊이질 않으면서 그만큼 테이블 위의 술병은 점점 늘어갔다.

몇 시간 동안 클럽에 있었는지도 모를 만큼 흥건히 취했음에도, 소영은 정신이 좀 남아 있는지 이제 집으로 돌아가자며 하리를 부축했다.

"엥? 히끅, 벌써 가자고?! 오늘이 어떤 히끅, 날인데 집으로 가? 오늘 아주 먹고 죽자는데…….”

술을 마시면 어디서 힘이 나오는지, 하리는 버팅기는 소영을 엄청난 괴력으로 잡아끌고 스테이지까지 비틀비틀 걸어 나갔다.

흘러나오는 댄스음악에 맞춰 리듬을 타는 듯 하리가 열정적으로 몸을 흔들어댔지만, 그건 누가 봐도 춤이라기보다는 펄쩍펄쩍 날뛰는 무당의 모습에 가까웠다. 하지만 그녀는 스스로 만족한 듯 더 큰 동작을 선보이며 과시했다.

옆에서 같이 춤을 추던 사람들이 킥킥대며 수군거리는가 하면, 눈살을 찌푸리며 하리를 피해 슬슬 물러났다.

땀을 비 오듯 흘리던 하리가 잠깐 스테이지를 벗어나 화장실을 들렀다 나오는데 누군가 갑자기 하리의 왼쪽 팔을 잡아 끌어당겼다. 순간 무게 중심이 쏠린 나머지, 그녀는 졸지에 생판 모르는 남자의 두 팔에 갇히는 신세가 되었다.

“One Night Stand 어때?”

깊은 저음의 목소리가 하리의 귓가에 울렸다. 꽤 유혹적인 목소리라서 그랬는지, 아니면 술기운 때문이었는지 하리의 얼굴은 점점 발그레해지고 있었다.

그를 바라보던 하리는 문득 자신을 차버린 괘씸한 우현을 생각했고, 녀석의 비수 같은 말들이 하나둘씩 떠오르자 — 무슨 맘먹고 그랬는지 — 상대방을 향해 씨익 웃어 보였다.

“All Night Stand는 어때??”

그날 밤 하리는 대담하게 사고를 치고 말았다.

갑작스런 할아버지의 호출에 일본에서 머물던 유하는 서둘러

한국에 돌아왔다. 귀국하자마자 할아버지 영민이 입원해 있는 병실부터 찾은 그는 링거를 꽂고 자신을 맞이하는 할아버지를 만날 수 있었다.

몇 년 사이 몰라보게 늙어버린 할아버지는 걱정스런 표정의 손자에게 연신 괜찮다며 안심시키려 했다. 하지만 할아버지의 몸은 눈에 띄게 야위어 있었다.

"근데 유하 너는 교제하는 여자는 없냐? 내 죽기 전에 네 녀석 약혼녀를 정해줘야 하는데……."

"제 나이 고작 스물아홉이에요. 게다가 지금은 결혼할 생각도 없구요."

"인석아, 스물아홉이면 결혼하고도 남을 나이지. 고작이라니? 그리고 얼마 안 가 한 회사의 중역이 될 사람이거늘. 어쨌든 내가 숨이 붙어 있을 때 네 녀석 배필을 꼭 보았으면 좋겠구나."

영민은 말을 마치며 아쉬운 기색을 감추지 못했다.

앞으로 홀로 남겨질 손자 곁에 참한 아가씨를 들이고 싶은 것이 할애비의 마음이었건만, 유하는 영민의 그런 깊은 속을 헤아리기나 하는지 차갑게 대꾸했다.

병실을 나온 유하는 할아버지의 주치의와 이야기를 나누었다. 생각했던 것보다 할아버지의 건강은 심각한 상태였다. 주치의는 마음의 준비를 해두는 것이 좋을 거라며 씁쓰레하게 말했다.

하나뿐인 혈육인 할아버지마저 곧 떠나보내야 한다는 사실에 유하는 순간 설움이 북받쳤지만 애써 눈물을 참으려 하늘을 올려다보고 있었다.

“할아버지······.”

　장차 자신이 경영하게 될 D&S를 둘러본 유하는 늦은 저녁 중견급 간부들과 술자리를 갖게 되었다. 그리고 그날 밤, 한껏 흥에 취한 그들이 이끄는 대로 나이트클럽엘 갔던 것이다.

　그런데 잠시 자리를 빠져나온 사이 유하는 자신을 스쳐 지나가는 한 여자를 보았다. 시간이 많이 흐르긴 했지만, 자신의 기억 한켠에 남아 있는 그녀라는 걸 한눈에 알아볼 수 있었다.

　유하는 두근대는 가슴을 진정시키며 화장실 입구에 서서 하리를 기다렸다. 문득 장난기가 발동한 유하는 은밀한 제안을 걸며 그녀를 떠보기로 했다.

“원나잇스탠드 어때?”

　하지만 그녀는 잠시 당황한 기색을 비추더니 곧 도발적인 눈빛으로 바뀌며 황당한 반응을 보였던 것이다. 한술 더 뜨는 그녀 때문에 유하는 어이가 없어 주춤거렸지만, 이내 가까스로 여유로운 미소를 되찾았다. 김 비서에게 먼저 가보겠다는 연락을 취하고선, 유하는 그녀들의 술값까지 계산하고 호텔로 향했다.

　호텔은 나이트와 곧장 연결이 되어서 하리를 안고 가는 데 오랜 시간이 걸리지 않았다. 스위트룸으로 들어가자 하리는 그대로 침대 위로 쓰러지더니 금방 곯아떨어질 것처럼 보였다.

“원나잇스탠드라······.”

　예상치 못한 하리의 대담함에 유하는 적잖이 놀랐다. 몇 년 전 그녀를 처음 봤을 땐 오히려 정반대의 이미지로 기억하고 있었다.

고작 2년 새 이렇듯 모습이 바뀌다……. 유하는 새삼 그녀가 낯설어졌다.

침대에 대(大)자로 뻗어버린 하리에게로 유하가 조금씩조금씩 다가갔다. 그런데 그가 하리의 몸 위에 자신의 몸을 포갠 순간, 묵직한 무게감에 놀란 하리가 눈을 번쩍 뜨고 냅다 소리를 질러대기 시작했다.

"꺄아아아아!!"

비명 소리에 더 놀란 유하가 반사적으로 하리의 입을 틀어막았다. 하리는 숨이 막혀 유하의 손을 자신의 입에서 떼어놓기에 바빴다.

"갑자기 소리는 왜 지르고 그래?"

"지금 무슨 짓이에요?"

"나참, 날 유혹한 게 누군데?"

아까와는 상반된 하리의 태도에 유하는 어리둥절했다.

"이런 데 따라왔음 뭐 하러 온 건지도 알 거 아니야?"

"……."

도리도리.

하리는 세차게 고개를 가로저었다.

유하는 피식 웃으며 손가락으로 음미하듯 그녀의 얼굴을 쓸어내렸다.

"히끅! 무, 무섭게 왜 이……래요?"

바들바들 떨며 몸을 잔뜩 움츠리는 하리를 보면서 유하는 그녀의 얼굴에서 열심히 움직이던 손길을 거두었다.

여기까지 와놓고 순진한 척하는 걸 보니 이 여자 고단수가 틀림없어. 아님, 정말 모르는 걸까……?

유하가 이런저런 생각으로 하리를 한동안 빤히 쳐다보고 있는데, 그녀가 뜬금없이 유하의 양 볼을 움켜잡고 획획 돌려보기 시작했다.

이 여자가 갑자기 왜 이래?

"와아~ 진짜 잘생겼네! 우리 오빠들만큼 잘생긴 사람은 처음 봐."

"이봐, 장난하지 마."

"진짠데."

하리가 시무룩한 표정으로 유하를 쓰윽 밀어내고는 침대에 반듯이 누워 정갈하게 이불을 덮었다.

"너 도대체 뭐냐?"

"넵! 한국대학원 공연영상학과 2학년 강하리입니다!"

군대식으로 자기소개를 하는 하리를 보면서 유하가 쿡, 실소를 터트렸다. 솔직히 처음부터 그녀를 안을 생각은 없었다. 그녀가 누구인지는 이미 알고 있었다. 일본에 있을 때 일을 통해 만나 친구가 된 강하민, 그의 둘도 없는 여동생이었다. 단지 그녀도 가볍게 남자들에게 자신의 몸을 내맡기는 부류인지 알고 싶어졌을 따름이었다. 예전에 지독히도 사랑했던 신수진, 그녀처럼.

"이렇게 쉽게 남자를 따라나서나?"

유하는 하리를 배려하듯 멀리 떨어져서 담배에 불을 붙였다.

"아니요."

“아니라고?”

“나랑 자고 싶어요?”

“…….”

“그렇다면 미안해요. 난 이날 이때껏 남자한테 안겨본 적도 없구요, 단지 오늘 남자친구랑 헤어져서 욱하는 기분에…….”

“…….”

“흐아아아아앙~ 그냥 화가 나서 그랬다구요! 그 잘난 것도 없는 자식이 나를 차버렸어요. 흐흐흡, 지 하나만 바라보고 산 세월이 얼만데……. 으아아아아앙~.”

유하는 이제 작정을 하고 울어버리는 그녀 때문에 난감할 지경이었다. 풋, 그러니깐 뭐야. 애당초 안길 생각조차 없었는데 헤어진 남자친구 때문에 홧김에 그랬다? 나참, 순진한 건지 바보 같은 건지…….

하리는 한동안 폭포수 같은 눈물을 쏟아내더니 어느 순간 취기가 올랐는지 곧장 잠이 들었다.

“그때나 지금이나 썩 달라진 건 없군. 이봐, 재밌는 아가씨, 좋은 꿈 꿔요.”

유하는 하리의 눈언저리를 덮은 머리칼을 뒤로 넘겨주고 이불을 목까지 끌어올려 덮어주었다.

눈을 뜨자 보이는 건 낯선 천장, 낯선 가구, 그리고 낯선 침대!!

“가만, 워워~ 강하리, 침착하자고. 지금 이게 무슨 시추에이션이라지?”

하리는 눈만 말똥말똥 뜬 채 몇 초 동안 멍하니 천장을 올려다보고 있었다. 다음 순간 용수철처럼 튕겨 일어난 하리는 천천히 내부를 살피기 시작했다.

척 보기에도 값비싸 보이는 호화스런 가구들이 즐비한 것을 보고 하리는 연신 감탄사를 내뱉었다. 베란다의 커다란 사각 창을 통해 보이는 삐죽삐죽 솟아오른 빌딩으로 미루어 보건대, 아마 지금 있는 곳이 20층 이상은 될 거라 추측했다.

"도대체 여기가 어디지?"

지끈거리는 머리를 부여잡고 하리가 어제의 일들을 곰곰이 생각해보고 있으려는데 갑자기 물소리가 들리기 시작했다.

"맞다, 나 어제……."

원나잇스탠드 어때?

"원나잇스탠드…… 원나잇스탠드…… 원나잇스탠드으?"

으아아아악!!!

씹혀버린 필름들을 차분히 되짚어가자, 텔레비전에서나 들어봄직한 '원나잇스탠드'란 불순한 단어가 보신각 타종 치듯 머릿속을 뎅뎅 울리고 있었다.

그럼 나, 사고 친 건가?

머리카락을 쥐어뜯으며 소리 없는 절규를 외치던 하리는 이불을 확 걷어 젖혔다. 하지만 걱정과 달리 하리의 옷은 어제 입은 그대로였다.

"뭐…… 뭐야……."

상황 파악은 되지 않았지만 어쨌든 이곳을 빠져나가야 한다는 투철한 생존본능은 그녀의 몸을 일사불란하게 움직이도록 만들었다. 그런데 하리가 도둑고양이마냥 뒤꿈치를 들고 살금살금 걸어가 현관까지 도달해 문 손잡이를 잡아 돌리려는 찰나, 욕실 문이 벌컥 열렸다.

도둑놈처럼 허리를 숙이고 소심하게 손잡이를 잡고 있는 그녀와 샤워를 마친 걸 증명이라도 하듯 수건으로 하반신만 쏘옥 가린 한 남자의 눈이 마주쳤다. 그러자 하리는 괴성을 지르며 걸음아 나 살려라 밖으로 뛰쳐나왔다.

유하는 한동안 그 자리에 멍하니 서서 그녀가 빠져나간 문을 바라보고만 있었다.

"풋, 푸하하하하하!"

벌겋게 상기된 얼굴과 초조한 눈빛으로 소심하게 문고리를 잡고 있던 그녀의 모습을 떠올리자 웃음보가 터졌다.

"여전히 날 당혹스럽게 만드는 여자야. 흐음~ 귀여운데?"

위험한 거래

비록 추한 몰골이었지만, 학교는 가야 한다는 투철한 사명감은 하리의 다리를 간신히 목적지까지 이끌었다. 소영이 강의실에 도착한 하리를 보더니 대뜸 소리부터 질렀다.

"야, 이런 미친!! 너 도대체 어떻게 된 거야?"

"이봐, 그건 내가 묻고 싶거든?"

마침 교수님이 들어와 수업이 시작되려고 하자, 소영은 추궁하던 것을 그만두었다. 하지만 강의 시간 내내 옆에서 꾸벅꾸벅 조는 그녀의 허벅지를 소영이 볼펜 뒷꼭지로 사정없이 찔러댔다.

내가 수절하는 과부도 아니고, 왜 허벅지는 찔러대고 난리래?

하리가 아프다는 시늉을 하면서 소영을 째려보자 그녀는 빙긋웃이 보이곤 노트에 무언가를 적어 하리에게 쓰윽 내밀었다.

그 남자 누구야?

어라, 남자라니? 그럼 너는 어젯밤 내가 그 남자에게 끌려가는 데도 그저 손 흔들며 바이바이 이랬단 거냐 지금?

그 남자라니? 네가 그 사람을 어떻게 알아?

하리가 오히려 되물었더니, 소영은 또 무언가를 열심히 적어 다시 노트를 내밀었다.
아, 수업을 위한 노트가 순식간에 수다를 위한 노트로 전락하는구나…….
하리는 자신들에 의해 낙서장으로 변해가는 수업노트를 측은하게 생각하며 소영이 적은 문장들을 차근차근 읽어 내려갔다.

그 남자가 우리 술값 다 내주고, 너 데리고 가던데? 그래서 난 또 네가 아는 사람인 줄 알았지. 너도 그 남자한테 부축받고 실실대고 있길래……. 왜, 무슨 일 있었어?

무슨 일이라……. 없진 않았지. 아침에 일어나니 낯선 호텔 방에서 이불을 둘둘 감고 깨어나질 않나, 하반신만 가린 웬 남자를 보고 기겁해서 밖으로 뛰쳐나오질 않나.
"야야, 너 괜찮냐?"
아침 일을 회상하고 있던 하리를 툭툭 치며 소영이 물었다. 어느새 수업이 끝났는지 사람들이 강의실에서 하나둘씩 빠져나가고 있었다.

뭐, 일어나니 아랫배도 안 아프고 옷도 안 벗겨져 있었으니 아무 일도 없었던 거라 생각한다만.

"안 일어나? 강의실에서 살 거냐?"

"아, 간다 가. 짜식, 보채긴."

"그래도 우현이 녀석 네가 신경 쓰이나봐."

"그건 또 무슨 소리라냐?"

"너 멍하게 앉아 있으니깐 계속 쳐다보던데?"

"신경은 무슨. 지한테 차여서 미친 건 아닌가 보고 있었던 거겠지."

"말을 해도……."

소영이 하리를 보며 혀를 끌끌 찼다. 아침을 거른 하리는 소영과 함께 허기진 배를 달래기 위해 정문 쪽으로 내려가고 있었다. 그런데 정문 앞에 다다를 때쯤 소영이 갑자기 발걸음을 멈추더니 고개를 까닥였다.

하리가 소영이 턱짓으로 가리킨 방향으로 천천히 시선을 돌리자 그곳에는 웬 잘빠진 은색 페라리 한 대가 떡하니 서서 뭇사람들의 시선을 한 몸에 받고 있었다.

페라리라니, 도대체 어떤 정신 나간 인간이 빈곤한 학생들 앞에서 과시하고 난리지?

하리는 무심코 차 주인인 듯한 사람을 쳐다보았다.

남자는 자신의 차에 비스듬히 기대어 담배를 피우고 있었다. 검은색 셔츠의 앞섶은 과감히 벌려져 있었고, 그 사이로 금색의 이니셜 목걸이가 반짝거렸다. 그런데 그가 바닥에 담배꽁초를 버리려던 순간 하리를 발견하자 씨익 천진난만하게 웃어 보였다.

두근. 저걸 살인미소라고 하나? 아무래도 그녀는 돈보다 얼굴에 약한 것 같았다. 그런데 남자가 사람들 무리를 가로질러 하리에게로 천천히 다가오고 있었다.

이건 또 웬 떡이래. 오늘은 좋은 일만 있으려나? 쓰읍~우선 침부터 닦고.

하리는 달콤한 상상을 하며 제 쪽으로 다가오는 남자를 지그시 바라보았다. 하지만 그 상상은 오래 가지 않았다. 남자의 얼굴을 먼저 알아본 소영이 하리의 팔을 툭툭 쳐 대며 산통 깨는 소리를 했기 때문이었다.

"야, 저 남자……."

"잘생겼다 그치?"

"그게 아니라……."

"그럼 뭐?"

그 사이 유하는 어느덧 성큼 다가와 있었다. 하리는 이제 그의 얼굴을 더 자세히 볼 수 있었다. 소영이 옆에서 조심스럽게 중얼거렸다.

"어제 그 남자잖아."

오 마이 갓!!! 그가 선글라스를 써서 알아채지 못했다. 아니, 그랬을 뿐더러 하느님은 그녀에게 3초 만 본 얼굴을 기억하게 할 능력 따윈 주지 않으셨다.

뒤를 돌아 막 도망 갈 준비를 하던 하리의 한쪽 어깨에 순간 묵직한 무게감이 느껴졌고, 소심하게 돌아다본 하리는 그 원인이 남자의 손이라는 것을 확인하고는 눈을 질끈 감았다.

"이봐, 한국대학원 공연영상학과 2학년 강하리 씨?"

뒤에서 들려오는 그의 섬뜩하도록 낮은 음성에 먼저 놀라고, 그 음성으로 자신의 신상 정보를 읊자 하리는 또 다른 놀라움과 두려움으로 치를 떨었다.

"혹시 스토커?"

"나참, 어이가 없어서……."

유하는 정말 어처구니가 없다는 표정으로 하리를 쳐다보았다.

그래, 당신 같은 사람이 내 스토커일 리가 없다는 것은 알고 있지만 지금 상황을 보라고. 댁이 어떻게 하루 만에 내 신상정보를 알 수 있냐고! 아무리 이 나라가 인터넷 강국이라고는 해도, 만난 지 24시간도 채 안 된 사람의 정보를 유출시킬 만큼 정보망이 허술하다고 생각해, 엉?

그러나 단지 머릿속에 담긴 생각일 뿐, 하리는 아무런 대꾸도 하지 못하고 있었다.

"잠깐 얘기 좀 하지."

유하는 하리의 뒷덜미를 잡고선 자신의 은색 페라리로 질질 끌고 가기 시작했다.

이봐, 나 정말 쪽 팔리거든??

하지만 그녀는 페라리 앞에선 약했다. 한순간 마음을 바꿔, 이 때가 아니면 언제 타보겠냐는 듯 하리는 냉큼 보조석에 올라앉았다. 조금 전까지만 해도 바둥거리며 자신에게서 벗어나려던 그녀가 되레 자신보다 먼저 차에 올라 얌전히 앉아 있자 유하는 한심스럽다는 눈빛을 해 보였다.

"뭘 봐요?"

"뭘 잘했다고 그런 소리를 하는 건가?"

"못한 건 또 뭔데……."

"그래서 도둑고양이처럼 호텔을 빠져나갔던 거야?"

하리는 대답도 없이 짐짓 딴청을 피웠다.

후후, 페라리라……. 나같이 면허도 없는 애가 언제 이런 비싼 차를 다 타보겠어? 우와~ 벌써 쿠션감부터 다른 걸? 캡이다, 캡!

잠시도 가만히 있질 못하고 차 내부를 샅샅이 훑어대는 그녀의 모습에 유하는 피식, 실소를 흘렸다.

에휴, 잘생기니깐 콧방귀를 뀌어도 멋있구나.

"근데요……."

"뭐."

"어디 가는 거예요?"

"……."

어느새 차는 부드럽게 도로를 질주하고 있었다. 갑갑해진 그녀가 유하에게 계속해서 질문을 던졌지만 유하는 묵묵히 운전에만 열중했다.

오냐, 그게 바로 올바른 운전자의 모습이긴 하다만 흐흠~ 그래도 상대방의 말을 씹는 건 좋지 않은데…….

투덜거리면서도 하리는 차창 밖으로 스쳐 지나가는 풍경을 여유롭게 감상하고 있었다. 극성스러웠던 여름 무더위도 이제 서서히 물러날 준비를 하는지, 불어오는 바람에 제법 찬 기운이 느껴졌다.

"이봐요."

"또 뭐!"

"이거 뚜껑 좀 닫아줘요."

하리가 이번에는 뻥 뚫린 선루프를 천천히 손가락을 들어 가리켰다.

"시원하고 좋잖아."

유하는 하리의 부탁을 보기 좋게 무시하고는 다시 운전에 집중했다.

바람에 흩날리는 유하의 밝은 갈색 머리카락이 꽤 매력적으로 보였다. 그러고 보니 그의 상반신도……. 아마 꾸준한 운동으로 단련했으리라 추측케 하는 적당한 크기의 근육과 탄탄하고 매끄러워 보이는 피부.

화르르르륵.

어느덧 오늘 아침의 일을 상상하던 하리는 복숭아처럼 발그레해진 얼굴을 가리려고 손바닥으로 양 볼을 감싸쥐었다. 유하가 그런 하리의 모습을 흘낏 보고선 입을 열었다.

"지금 야한 생각했지?"

아니 내가 언제 야한 생각을!! 근데 당신 혹시 독심술 하쇼??

부정의 의미로 세차게 도리질을 하는 하리를 보면서 유하가 말을 이었다.

"올나잇스탠드 어쩌고 할 때부터 알아봤어."

"그…… 그건……."

민망하게 그 얘기는 왜 꺼낸디야? 하지만 그녀를 더욱 무안하게 하는 말은 따로 있었다. 그리고 유하가 그 말을 꺼내는 순간 하리는 그 자리에서 빙석(氷石)이 되고 말았다.

"그러면서 숫처녀였다니 기도 안 차서……."

호텔로 가는 건 아닐까 내심 걱정했지만, 유하는 예상과 달리 청담동의 어느 고급스런 레스토랑으로 하리를 데려갔다.

아이씨, 호텔부터 생각하는 난 정말 변녀인 걸까?

"뭐 해? 안 먹고."

순식간에 만들어져 나온 스테이크를 칼질하던 유하가 하리를 건너다보며 한마디했다.

댁 같으면 이 상황에서 목구멍으로 음식이 넘어가겠수? 뭐, 비싼 만큼 맛은 있다만.

살짝 한숨을 내쉬며, 조각을 낸 스테이크를 한 입 베어 먹는 하리를 보면서 유하는 조용히 나이프를 내려놓고 본론으로 들어갔다.

"나이트 90, 스위트룸 800."

"무슨 말이에요?"

켁! 이런, 아까운 스테이크 넘어올 뻔했다.

"합이 890."

"890원? 그 정도면……."

"장난하냐?"

누가 장난한대? 내가 보기엔 그 액수 자체가 장난인 것 같구만.

무슨 원나잇스탠드 주제에 스위트룸을 잡고 난리냐?

"……."

"어떻게 감당할래?"

"뭘 감당하라는 거예요."

이럴 땐 딱 잡아떼는 것이 상책이다. 그녀 나이 방년 25세. 얼굴에 철판을 깔다 못해, 이미 단단하게 강판(?) 50장쯤으로 깔아 버린 인생이었다.

"똑같은 말 반복하게 하지 마라."

하지만 솔직히, 나이를 먹어도 무서운 건 존재하는 법이었다.

"감당을 못하겠다면요?"

"못하겠다면, 할 수 없지."

할 수 없다고?? 그럼, 그냥 넘어가줄 테야?

"어…… 어쩌시려구요?"

"글쎄……, 어떻게 할까?"

그걸 나한테 물어보면 어떻게 하나? 설마 날 새우잡이 배에 팔아버리려는 건 아니시겠지?

"돈이 없다면 몸으로 때워야겠지. 우리 거래를 하자고. 내 일 좀 도와줘야겠어."

"무슨 일인데요?"

"그건 네가 알 거 없고."

이건 또 무슨 심보래. 890만 원에 날 저당잡고선 무슨 일인지도 알려주지 않고 무작정 협조하라니, 내가 그렇게 호락호락하게 보이나? 아니 돈이 없으니 일단은 수락하겠다만 도대체 이 인간이 날 어떻게 할 셈인 거지? 아, 불안해 죽겠네…….

"왜 불만 있어?"

"아니요. 여기 담배도 있네요."

하리는 테이블에 놓인 유하의 담뱃갑을 힐끔 한번 쳐다보고는 다시 스테이크를 썰었다.

고작 890만 원이 내 몸값이라니, 비참할 노릇이다. 이래 봬도 집에선 두 오빠들의 사랑을 듬뿍 먹고 자라나는 여동생이구만. 그나저나 생전에 마지막 만찬이 될지도 모르는데 남김없이 모조리 먹어주마!

"정말 게걸스럽게도 먹네."

"뭐예요??"

"여자가 칠칠맞게."

유하의 말에 잔뜩 열이 받은 하리가 난폭하게 고기를 썰기 시작했다.

이래 봬도 한예절한다고 소문이 자자한 그녀였건만, 그런 자신에게 감히 칠칠맞다는 단어를 올리는 것이 바로 저놈의 주둥이렸다?

평소 같았으면 물불 안 가리는 성질이 그대로 나왔겠지만 지금 자신의 처지가 처지인 만큼 하리는 짐짓 조신하고 다소곳한 모습으로 칼질을 하고 있었다.

젠장, 이렇게 소심한 내가 싫다.

식사를 마쳤는지 유하는 마무리로 와인 몇 모금을 마시고는 자리에서 일어났다.

배려 없는 자식 같으니, 난 아직 다 안 드셨는데…….

"그만 먹지?"

"아직 다 안 먹었어요. 아깝게시리."

좀처럼 일어날 생각을 하지 않는 하리를 보면서 유하는 말로는 안 되겠던지, 강제로 하리의 한쪽 팔을 잡아당겨 레스토랑을 나가려고 했다. 하지만 질질 끌려가는 와중에도 그녀는 봤다. 그가 음식 값을 지불하려고 내놓은 반짝반짝 빛나는 골드카드를…….

문 앞에서 머뭇거린 지 30여 분. 초인종을 누르면 헐레벌떡 뛰어나올 큰오빠를 생각하자 하리는 서서히 올라가던 손을 뚝 떨어뜨렸다.

"이걸 눌러 말어?"

쾅!

하리가 용기를 내어 초인종을 향해 검지손가락을 쭈욱 뻗은 순간, 이마를 강타하며 열린 문 때문에 하리는 아픈 곳을 부여잡고 망연자실 바닥에 주저앉을 수밖에 없었다.

"어어, 하리야. 왜 그래?!"

이게 지금 누구 때문이라고 생각하오?

"둘째 오빠 집에 있었네?"

그녀가 힘겹게 일어나려는데 둘째 오빠 하민이 마침 입에 물고 있던 막대사탕을 쓰윽 내민다.

"먹을래?"

"으이씨, 이왕 주려면 새 것을 주던가. 왜 더럽게 먹던 걸 주는 거야? 근데 오빠, 어디 나가려던 참이었어?”

하민은 묻는 말엔 대답도 없이 손에 들고 있던 막대사탕을 다시 입에 물고선 하리를 위아래로 쓰윽 훑어보았다.

“뭐야, 왜 그렇게 보는 건데?”

“하진 형 지금 집에 있어.”

“하진 오빠는 뭐 해……?”

“한숨만 푹푹 쉬어대고 있지. 아마 너 들어온 거 알면 금방이라도 달려나올걸?”

하리가 길게 한번 심호흡을 하고 나서 하민을 따라 집 안으로 들어섰다.

두다다다닥.

정확히 3초 만에, 만사 제쳐놓고 눈으로 그녀를 찾으며 달려오는 첫째 오빠 하진. 하진은 울상을 지으며 자신이 끔찍이 아끼는 여동생을 안고 볼을 부벼대기 시작했다.

“하리야! 너너너…….”

“…….”

네네, 연락도 없이 외박했습니다. 면목 없는 이 몸은 고개를 조아릴 뿐입니다.

“연락도 없이 안 들어오면 오빠가 많이 걱정하잖아. 네가 안 들어오는 바람에 오빤 오늘 하루 종일 환자도 제대로 못 보고…….”

오빠, 유능한 의사면서 그래도 되는 거요?

“우리 하리 때문에 내가 미쳐.”

하리가 큰오빠의 등을 토닥거려주며 미안하다고 하자, 하진은 그제서야 안심을 했는지 눈물을 찍어내는 시늉을 하면서 다시금 하리의 볼에 부비부비하기 시작했다.

그녀의 오빠들이 유독 여동생을 아끼는 것도 이해가 가는 일이었다. 하리의 부모님은 그녀가 한창 부모님의 보살핌과 사랑 속에서 쑥쑥 자라나야 할 시기였던 7살이 될 무렵 목숨을 잃었다. 사고는 하리가 부모님과 함께 자가용을 타고 백화점엘 다녀오는 길에 났다. 느닷없이 억수 같은 비가 쏟아지는 데다, 날이 저물었기에 시야를 확보하지 못했던 그들은 옆 차선에서 빗길에 미끄러지는 차량을 미처 피하지 못하고 충돌하고 말았다. 운전석과 보조석에 앉아 있던 하리의 부모님은 병원으로 옮겨졌지만 곧 숨을 거두었고, 그녀 혼자만 구사일생으로 살아남았다. 약간의 찰과상만 입었을 뿐 목숨엔 지장이 없다고 의사는 말했다.

그러나 어린 하리의 정신적인 충격은 생각보다 심각했다. 자신의 눈앞에서 처참하게 피 흘리며 죽어가는 부모의 모습을 잊지 못했던 하리는 몇 날 며칠을 울어대며 탈진하기를 여러 번이었다. 그리고 간신히 한숨 돌렸다 싶었는데 어린 나이에 어울리지 않게 우울 증세를 보이기 시작했다.

평소 애지중지하던 여동생이 망가져가는 꼴을 속수무책으로 지켜보아야 했던 하진과 하민 형제 또한 가슴이 미어졌다. 더군다나 어린 하리가 자신이 그날 인형을 사 달라고 조르지만 않았어도 아마 사고는 일어나지 않았을 거라며 자책할 때는 북받치는 눈물을 주체하기 힘들었다.

일찍 부모님이 세상을 떠나는 바람에, 하리는 거의 오빠들의 손에 의해 길러졌다. 그렇게 하리는 두 오빠들에겐 동생이자 자식과도 같은 존재였다.

첫째 오빠 하진은 대학병원 내과 전문의가 되었다. 하진이 의사가 되기로 마음먹은 것은 하리의 영향이 컸다. 꼭 유능한 의사가 되어 다시는 그녀의 눈앞에 죽음의 그림자를 보여주지 않으리라는 바램에서였다.

병원 내에서 실력을 인정받던 하진은 텔레비전에도 몇 번 출연하는 바람에 그야말로 유명인사가 되었다. 여자들에게 인기가 좋다는 소문은 돌았지만, 정작 그는 별다른 관심이 없는 듯하다. 하긴 능력 있고 잘생기기까지 했으니 인기가 없는 것이 더 이상하겠지만 말이다.

186센티미터의 훤칠한 키에 수려한 마스크로 연예계를 누비는 둘째 오빠 하민. 모델인 하민은 드라마 제의까지 받고 있어서 요즘엔 연기를 배우는 데 여념이 없다.

"큰오빠, 나 피곤해."

"그래? 하리야, 그럼 오빠가 물 받아줄 테니깐 씻고 푹 쉬어."

"응. 고마워, 오빠."

하진에게 살짝 윙크를 날리며 하리가 지친 몸을 이끌고 방으로 들어가려던 참이었다. 하민이 물고 있던 막대사탕을 입 안에서 뽁! 소리가 나도록 빼면서 하리를 불러 세웠다.

"나 내일 너네 학교에 가서 특강한다."

"정말이야?"

"응. 그러니깐 수업 끝나는 대로 특강 들으러 와. 6시니깐. 그리고 집에 같이 오자."

"아, 알았어."

하리의 머릿속에 이 소식을 듣고 좋아할 소영의 모습이 떠올랐다. 하민 오빠의 열혈 팬이니 이 소식을 알면 까무러치겠지? 아아, 그 전에 나 정말 동해로 팔려가는 건 아닐까? 아니면 남해? 이번 달 운세 좀 찾아 읽어봐야겠다. 분명 남자를 조심하라고 써 있을 거야…….

수업은 듣는 둥 마는 둥 소영은 오후에 하민이 온다는 소식에 온갖 치장을 하면서 난리법석을 떨었다.

"오늘 하민 오빠 오면 미리 연락을 했어야지."

지금 너의 둘도 없는 친구는 새우잡이 배에 팔려가게 생겼구만 이래도 되는 것이더냐?

"아, 그 페라리 어떻게 됐어?"

한참 머리를 부웅 띄우던 소영이 하리에게 물었다.

"빨리도 묻는다, 이것아. 야, 그날 술값이 90만 원이나 나왔대."

"하긴, 그날 네가 먹고 죽자면서 양주를 몇 병이나 시켰는데."

내가 그렇게 술이 강하더냐? 시킨 거 절반도 넘게 네가 먹었다.

"그래서? 어떻게 됐어? 그 사람이 사귀자든?"

"어딜 봐서 그런 생각이 드는 거냐?"

"피이~ 아님 말고."

하리가 한심스럽다는 표정으로 쳐다보는데도 소영은 다시금 치장하는 데만 온 힘을 기울이기 시작했다.

하민 오빠에게 이 모습을 보여줘야 하는데 말이지.

그녀가 바쁘게 치장하는 소영을 한참 동안 바라보고 있을 때, 갑자기 책상 위로 짙은 음영이 드리워졌다. 누군가 자신의 뒤에 서 있음을 감지한 하리가 천천히 상체를 돌리자 그곳에 우현이 있었다.

"아주 신났구나?"

그래, 같은 과이니 어쩔 수 없이 마주치게 될 건 알고 있지만 왜 말은 걸고 난리래.

"남이사."

이 자식, 혹시 커피 세례 받은 거 아직도 가슴에 담고 있는 거 아니야?

하리는 내심 쫄았지만, 그래도 당당하게 나가기로 했다.

"어제 그 남자는 새 남자냐?"

"어쭈, 나를 찬 주제에 질투도 하냐? 왜, 이제 버리니깐 아깝든? 새 남자든 헌 남자든 관심 꺼셔."

잠깐, 생각해보니 이 자식이 원흉이잖아? 너한테 차이지만 않았어도 내가 그날 나이트에서 올나잇스탠드라 지껄이지도 않았을 테고, 890만 원에 코 페이지도 않았을 거 아니야? 어라, 이거 생각할수록 열받네…….

"뭔 생각하냐? 아무튼 이건 네 동기로서 충고하는데 그런 남자 조심해라. 인생 꼬인다."

"네 충고를 듣느니 지나가는 똥개에게 충고를 받겠다. 그리고 내 인생은 너를 만나 꼬였다, 이 자식아."

"뭐야?!"

6시가 되어 하리와 소영은 공과 건물을 찾았다. 오늘 하민 오빠가 특강을 하는 곳이었다. 하리는 열심히 주위를 둘러보았다.

흐흐, 역시 공대라 남자가 많구나. 아, 그럼 좋다~!

6시를 조금 넘어서자 하민이 강의실로 들어왔고 곧 특강이 시작됐다. 도대체 무슨 강의를 하는가 했더니 연예인과 자신이 삶에 대한 이야기를 하는 자리였다.

뭐, 약간의 뻥이 들어가긴 했지만 평소 말솜씨가 좋은 하민의 강의는 꽤 재미있어서 호응이 좋았다. 하민이 강의를 끝내고, 몰려드는 여학생들에게 사인을 해주고 나서 하리에게로 왔다.

역시 모델이라 그런지 옷빨 하나는 잘 산단 말이지.

"하민 오빠 안녕하세요~."

"소영이는 볼수록 예뻐지네?"

"어머, 오빠도 참!"

저 작품이 장장 4시간 동안 준비한 것이라오. 안 예쁘면 이상한 거지.

함께 공대 건물을 나서는데 하민이 학교 앞에서 누군가를 만나기로 했다고 해서 하리와 소영까지 덩달아 정문으로 내려갔다. 그곳에 다다랐을 즈음, 하리의 눈은 놀라움으로 커질 수밖에 없었다.

어제의 그 페라리 주인이 오늘은 BMW로 바꿔 타고 떠억 하니 서 있는 것이 아닌가? 소영 또한 기겁하며 불안한 음성으로 하리를 불렀지만, 그녀의 귀엔 이미 소영의 목소리가 들리지 않았다. 하리는 하민의 눈치를 살필 겨를도 없이 한달음에 BMW의 주인에게로 달려갔다.

"이봐요!! 여긴 무슨 일이에요?"

그녀의 갑작스런 등장에 오히려 유하가 의외라는 듯 빤히 쳐다보았다.

"무슨 일이라니?"

"여긴 왜 왔냐고요! 그것도 하필이면 오늘!!"

하민 오빠가 오기 전에 얼른 상황을 수습해야 했지만, 하리는 도대체 이 사람이 왜 또 찾아왔는지 이해할 수 없었다. 내 연락처를 몰라서? 아니면 오늘부터 일 시키려고?

"무슨 소리야. 오늘은 너한테 용무 없어."

"뭐라고요?"

"천유하!"

그때 등 뒤에서 반갑게 그의 이름을 부르는 소리가 들렸다. 하리는 목소리의 근원지를 따라서 고개를 돌렸다. 자연스럽게 BMW 앞으로 달려온 하민은 하리 앞에 마주 서 있는, 아니 천유하라고 불리는 남자와 뜨거운 포옹을 나누었다.

"이 녀석, 한국 왔으면 연락을 했어야지."

"미안, 일이 좀 있어서……."

이 무슨 황당한 시추에이션? 무뚝뚝하기만 하던 이 남자가 자신의 오빠를 보더니 기쁘게 웃고, 그것도 모자라 포옹까지 하는 것이 아닌가?

"근데 하리, 너 유하를 알고 있었어?"

이름이 천유하요? 그 이름, 이 사람 만난 지 3일 만에 알았소이다. 하리는 하민을 향해 세차게 도리질을 했다. 그것은 회피의 대답이었고, 부정의 대답이었다.

"참, 유하 너 하리 본 적 있지?"

뭐라고?? 나를 본 적이 있다고? 언제? 어디서? 무엇을? 어떻세? 왜!

"피시식."

피…… 피식? 뭐야, 저 김빠지는 소리는? 그럼 알고 있었단 소리 아니야 저거?

어제는 페라리, 오늘은 BMW. 강하리 요즘 완전히 출세 중이시다. 여자 두 명이 BMW의 뒷자리에 앉고 남자 두 명은 앞좌석을 각각 차지했다.

하리는 어떻게 해서든 사태 파악을 해보려 애썼고, 그런 그녀를 도와주려는 건지 방해하려는 건지 소영은 하리에게 끊임없이 귓속말을 했다.

"이야, 둘이 있으니깐 예술이다, 예술!"

예술? 내겐 마술이었으면 좋겠다. 하나, 둘, 셋 하면 확 없어지게…….

네 사람이 레스토랑에서 식사를 마치고 나자 하민이 소영을 내려다주겠다고 나섰다. 그런 하민을 하리가 힐끔 쳐다보았다. '그럼 나는 어떡하냐고?' 이런 의미를 온몸으로 표현하고 있구만, 자신의 오빠인 것이 의심스럽게도 하민의 입에서 나온 말은 그녀를 좌절시키기에 충분했다.

"하리, 넌 유하 차 타고 먼저 집에 가라."

오빠, 정말 이럴 거유? 동생을 저런 인간에게 맡기게? 나중에 동생 새우잡이 배에 팔려가고 나면 그때는 굿판을 벌이고 난리도 아니겠다, 아주!

"내, 내가 오빠랑 같이 가고 유…… 유하 씨가 소영일 데려다 주면 되잖아."

"만난 지 얼마 안 되었는데 어떻게 그러냐? 그리고 이 녀석 일본에서 온 지 얼마 안 돼서 서울 지리 어두워."

오빠, 나도 길치거든? 그리고 요즘 네비게이터는 기본이 아니오? 그건 폼으로 달려 있는 것이 아니외다. 과학은 발달하고 있는데 왜 사용하지 못하고 있느냐 이거다, 내 말은!

그녀의 말을 철저히 무시하고 저만치 걸어가는 하민을 보며 하리는 조심스럽게 가운뎃손가락을 들어올렸고, 유하는 어느샌가 자신의 차에 올라타 시동을 걸고 있었다.

"안 탈 거야?"

"서울 지리 어둡다면서요."

"그거 하민이가 거짓말한 거야. 저 여자애랑 가고 싶어서. 나 이래 봬도 어릴 땐 서울에 살았다구."

시간이 얼마나 흘렀는데, 어릴 때면 도대체 어느 시절을 말하는 것인지. 10년이면 강산도 변한다는데 어릴 때 서울에 살았다고 하면 이미 서울은 강산 이상 변하고도 남았을 것을.

"그냥 지하철 타고 가죠."

"그럼 그러든가. 아, 그 전에."

"뭐요?"

유하는 하리에게 이리 오라는 손짓을 했고, 하리는 경계 태세로 슬금슬금 다가갔다. 그러더니 그가 척 보기에도 최신형으로 보이는 자신의 핸드폰을 쓰윽 내밀며 말했다.

"눌러."

하리는 잠시 머뭇대다가 심드렁하게 자신의 번호를 누르고 나서 핸드폰을 넘겨주었다. 유하는 입력된 번호를 한번 살펴보더니 그대로 통화버튼을 눌렀다. 얼마 가지 않아 하리의 가방 속에서 요란한 벨소리가 울렸다. 그걸 본 유하가 트레이드마크인양, 특유의 씨익 하는 웃음을 지었다.

"가짜 번호는 아니네."

"당연하죠. 내가 설마 핸드폰 번호로 사기 치겠어요?"

"그거 내 번호다."

하리는 자신의 핸드폰에 남아 있는 번호를 보면서 음흉하게 웃었다.

훗, 아무렴 내가 그깟 번호 가지고 사기 치겠어? 수신 차단하고 안 받으면 장땡이지.

"그럼 잘 들어가라."

"예예. 그쪽도 알아서 잘 들어가세요."

하리는 회심의 미소를 지으며 속으로 쾌재를 불렀다. 그리고 수신 차단 번호 입력란에 그의 번호를 저장하려는 순간이었다.
유하가 주차장을 떠나며 마지막 한마디를 날렸다.
"수신 차단하고 안 받으면 알아서 해라."
유유히 떠나가는 BMW를 보면서 하리는 진동을 느끼는 것마냥 핸드폰을 잡고 부르르 떨고 있었다.

계약약혼

　어젯밤 열심히 지하철을 타고 온 하리는 자신을 버린 둘째 오빠를 저주하며 잠이 들었다.

　내 언젠가는 면허증을 따고 말리라!

　수업 내내 어제 하민 오빠가 데려다준 일로, 자신 앞에서 입이 부르터라 재잘대는 소영을 심드렁하게 바라보던 하리는 한숨만 푹푹 내쉬었다.

　"왜 그래? 어제 그 남자랑 또 무슨 일 있었어?"

　"아니. 휴우……."

　소영이 안쓰럽다는 표정을 지으며, 책상에 고개를 푹 처박고 있는 하리의 머리를 쓰다듬었다.

　아아, 나 오늘 머리 안 감았는데.

　"너 오늘 머리 안 감았냐?"

　"이 자식, 너도 독심술 하냐?"

"뭐라고, 독심술? 어쨌든 오늘 이 언니가 기분 전환 시켜주마. 자자, 인나인나!"

"가긴 어딜 가. 나 피곤해 죽겠어."

넌 어제 하민 오빠 차 얻어 타고 편히 갔겠지만 난 서민의 발 지하철에서 사람들한테 치여 가며 집에 갔단 말이다.

"어, 저기 봐봐."

소영이 하리의 옆구리를 쿡쿡 찌르고 손가락으로 어딘가를 가리키고 있었다. 소영의 손끝을 따라 시선을 옮긴 하리는 강의실 출입구에서 얼쩡대는 우현을 볼 수 있었다. 우현의 옆에는 긴 생머리의 늘씬한 미녀가 바짝 붙어 있었다.

잠깐, 지금…… 뭐, 여자??

하리는 몸을 벌떡 일으켜서 녀석을 바라보았다.

팔을 여자의 개미 같은 허리에 두르고 강의실을 빠져나가는 저 놈! 틀림없이 이 모든 일의 원흉인 한우현이렷다!!!

"야야, 눈에 힘 빼. 이미 떠난 배 붙잡으면 오기라도 한다냐?"

"씨이…….."

하리는 죽을상을 짓고 있었다.

강의실을 나온 우현은 동행한 여자에게 고맙다는 인사를 했다. 그녀는 석현이 섭외해온 여자였다. 한번 실패를 안겨준 석현의 계획을 다시금 따르는 것은 불안했지만 지금 우현으로선 믿을 수 있는 구석이라곤 석현밖에 없었다.

사전 모의를 한 것은 하리와 헤어진 바로 다음 날.

평소 스스로를 연애박사라 주장하던 석현의 비방전이 예상을 빗나가자 석현은 우현에게 손이 발이 되도록 싹싹 빌며 다른 대안을 내놓았다. 이번만큼은 확실하다고 호언장담까지 하는 석현이었다.

"그냥 거짓말이었다고 고백하는 게 낫지 않겠냐?"

"하리 성격 몰라서 그래? 그렇게 말했다간 너 죽고 나 죽을걸."

"아, 아무튼 너 이번에도 실패하면 죽어."

"야야, 미안하다니깐 그러네!"

그리고 결전의 오늘, 석현의 '질투심 유발 프로젝트'를 완수하고 우현은 강의실 문을 빼꼼이 열어 초조하게 하리의 반응을 살피는 중이었다.

하리도 다른 여자와 함께 있는 자신을 보자 놀란 모양인지 자리를 박차고 일어났었다. 우현은 이를 계기로 하리가 자신에게 조금쯤 마음을 돌리지 않을까 조심스레 예측했다. 하지만 그건 오산이었다. 그 사실을 자각하는 것 역시 그다지 오랜 시간이 걸리지 않았다.

명동에 도착한 소영과 하리는 쇼핑을 한다기보다는 거의 하리가 소영에게 끌려다니는 형국이었다. 소영은 하리의 손목을 잡고 언젠가 패션 잡지에서 체크해두었던 '머리 잘하는 집 베스트 5'에 오른 헤어숍을 찾겠다고 이 골목 저 골목을 헤매고 다녔다.

"앗, 저기다 저기!"

소영은 코너에 위치한 헤어숍의 유리문을 박차고 들어갔다. 출입구에는 10여 명의 스태프들이 줄지어 서서 깍듯하게 인사를 했다.

"얘, 세팅하고 염색 좀 해주세요! 후후, 엘레강스하게요."

"이봐, 이거 내 머리거든?"

변변한 반항 한번 해보지 못하고, 애교 수염을 기른 남자 헤어디자이너의 요구대로 의자에 앉은 하리는 체념한 듯 조용히 눈을 감았다. 그리고 몇 시간 후, 돌돌 말린 와인빛 헤어스타일의 여성미 물씬 풍기는 모습으로 변한 하리는 스스로도 넋을 잃고 있었다.

머리 하나 바꿨을 뿐인데…….

"오호~ 꽤 괜찮네."

소영이 하리의 등 뒤로 와서 거울을 보며 칭찬을 늘어놓았다.

웬만하면 소영이 입에서 저런 소리 나오기 쉽지 않은데 역시 내 미모가 한몫을?

"돈 내라, 15만 원 나왔다."

하여간 산통 깨는 데 뭐 있다니깐. 후훗, 역시 사람은 투자한 만큼 예뻐지는가 보네. 그나저나 이렇게 예쁘게 머리하고 새우잡이 배에 팔려가면 아까워서 어쩐담. 아니, 그 전에 15만 원? 왜 이렇게 비싸?

하리가 투덜대면서 신용카드를 내밀자 소영은 잽싸게 낚아채더니 그녀 대신 사인을 하곤 헤어숍을 나갔다.

"저기, 카드 내 거거든."

"우리 시간 없거든."

소영은 이번엔 백화점으로 발길을 돌렸다. 인형놀이 당하는 인형처럼 하리에게 여러 가지 옷들을 입혀본 소영은 결국 그 중 몇 가지 옷을 사게 만들었고, 하리는 눈물을 머금으면서 또다시 카드를 꺼낼 수밖에 없었다.

"너 이거 나중에 빌려 입으려고 그러지?"

"어머, 내가 어떻게 그런 짓을 해."

소영은 오버하며 앞장서 뻣뻣하게 걸어갔다.

내가 또 속은 기지……. 이 뻔뻔한 지지배, 네 속셈 벌써 들통났다.

아침에 수업이 없었던 하리는 일찌감치 큰오빠 하진의 병원을 찾았다. 어젠 당직이라 집에도 들어오지 않은 하진에게 하리는 은근히 머리한 걸 자랑도 할 겸, 한 손에 간식을 사 들고 병원으로 향했다.

대학병원 본관 건물 5층 하진의 진료실로 들어서자 곧 익숙한 목소리가 흘러나왔다. 하지만 평소 집에서 듣던 예의 그 푼수 같은 목소리가 아니었다.

"김 간호사, 지금은 진료를 받지 않는……."

"오빠! 나, 하리. 지금 바빠?"

하리가 손에 든 간식꾸러미를 높이 쳐들며 하신을 바라봤지만, 하진은 짐짓 엄숙한 표정을 지으며 한동안 아무런 대꾸도 하지 않았다. 그런 하진의 반응에 하리가 영문을 모르겠다는 듯 고개를 갸웃거리는 순간, 하진이 그녀에게로 달려들었다.

“하리야아~~.”

그럼 그렇지. 이 사람이 좀전의 그와 동일인물 맞아? 오호라, 이미지 관리하신다 이거지?

“하리가 여긴 웬일이야?”

“헤헤, 오빠 보고 싶어서 왔지.”

실은 머리 자랑하러 왔어! 테이블 위에 간식꾸러미를 하나하나 풀어놓는 동생을 찬찬히 뜯어보던 하진이 어린아이처럼 웃었다.

“하리, 머리했구나. 이쁘다!”

“진짜 이뻐??”

“그러엄~, 우리 하리가 세상에서 제일루 이뻐!”

하진은 최고라는 뜻으로 양쪽 엄지손가락을 쑤욱 들어올렸다.

“으어, 오으 우어은?”

양볼이 미어터질 듯 입 안 한가득 김밥을 우겨넣은 하진이 알아들을 수 없는 말을 뱉었다.

“오빠, 이미지 깬다. 다 먹고 이야기하지 않겠어? 근데 무슨 말이야?”

“오늘 수업은?”

그제서야 입 안의 것을 다 넘긴 하진이 분명한 발음으로 말을 했다.

“오후 수업이야. 좀 있다 가봐야 해.”

“내가 데려다주고 싶지만 여의치가 않네.”

“됐어. 오빠 피곤하잖아. 근데 오늘은 집에 들어오는 거지?”

“으응.”

하진이 나무젓가락을 입에 문 채로 고개를 주억거렸다.

하리는 하진의 이런 모습을 볼 때마다 아무리 친오빠라지만 그가 서른두 살이란 사실이 믿기 어려웠다. 무늬만 서른둘이지 정신연령은 자신보다 훨씬 낮아 보이니 말이다.

주섬주섬 일어나는 하리를 배웅하러 하진이 따라나왔다. 큰 병원이라 그런지 산책로 역시 꽤 넓었고, 예술 작품처럼 드문드문 갖가지 조형물들이 배치되어 있었다.

후후, 이런 곳에서 일하는 사람이 내 오빠란 말이지?

하리는 내심 오빠가 자랑스러웠다. 하진은 그녀의 손을 꼬옥 붙잡고 걱정스러운 듯 물었다.

"하리야, 정말 오빠가 안 데려다줘도 돼?"

"나 데려다주면, 병원은 비우게?"

"……."

"걱정 마, 이 시간이면 지하철에 사람도 없어."

"응……."

미안한 표정으로 고개를 끄덕이는 하진의 모습이 귀여워, 하리는 순간 자신이 있는 곳도 망각한 채 오빠의 볼을 꼬집어 흔들어댈 뻔했다. 다행히 맞은편에서 걸어오는 어느 간호사 때문에 올라가려던 손길을 멈출 수 있었다.

"하진 선생님, 안녕하세요."

"네, 박 간호사. 아침은 먹었어요?"

어느덧 듬직한 의사 선생님으로 돌아온 오빠의 모습에 하리는 순간 또 적응을 못하고 있었다.

병원을 나온 하리는 금세 학교에 도착했다. 미스터리한 하진 오빠를 생각하느라 수업은 거의 듣는 둥 마는 둥이었다.

맞아. 그러고 보니 오빠는 날 대할 때랑 다른 사람들을 대할 때 너무나 달라. 마치 다른 사람처럼…….

사실 하진의 그런 양면성은 어린 동생이 사고 이후 낯선 사람들을 병적으로 기피하는 것에 대한 고심에서 기인했다. 실제론 무뚝뚝한 편인 하진은 하리의 얼굴에서 항상 웃음이 떠나지 않도록 하기 위해 자신이 변해야 한다고 생각했다. 물론 하리가 하진의 그런 깊은 속을 알아차리지는 못했지만 말이다.

하리가 하진 오빠에 대해 한참 동안 요모조모 생각하고 있을 때 소영이 기어이 잔소리를 퍼부었다.

"야, 머리 좀 말아. 했으면 관리를 해야 할 거 아니야!"

소영이 세팅한 하리의 머리를 잡아당기면서 혀를 끌끌 찼다.

"내가 하고 싶어서 했냐? 네가 억지로 시켰지."

하지만 툴툴거리면서도 하리의 손은 어느새 머리를 돌돌 말고 있었다.

오후 수업까지 모두 마치고 학교 정문을 벗어나려는데 그다지 달갑지 않은 페라리 한 대가 그녀들의 시야에 들어왔다.

"BMW는 어떻게 했대?"

"낸들 아냐."

하리를 발견한 유하가 제 쪽으로 와 보라는 듯 검지손가락을 까닥거렸고, 하리는 그 손가락을 분지르고 싶은 욕망을 누르면서 그에게 다가갔다.

"오늘은 하민 오빠 없는데…….."

"알아. 타기나 해."

이럴 땐 텔레비전에서처럼 매너 있게 보조석 문을 열어주면 어디가 덧나나? 하긴 내가 댁한테 바라는 것도 문제가 있다만…….

하리는 일단 옆 좌석에 올라타 소영에게 소심하게 손을 흔들었다. 근데 설마 이게 마지막 인사는 아니겠지?

하리가 생각을 채 마치기도 전에 페라리는 어느새 부드럽게 학교를 빠져나가고 있었다. 한참을 달렸을까, 입이 심심했던 하리는 운전에 열중하는 유하에게 묻기 시작했다.

"이봐요, 지금 어디 가는 거예요?"

"이봐요가 아니라 천유하야. 하민이랑 나이가 같으니깐 오빠라고 부르던가."

으웨에에엑!! 오빠라고 부르라고? 내가 약 먹었습니까, 내가 뭘 믿고 댁을 그렇게 부릅니까?

"꽤 싫은 표정이다?"

"싫은 표정으로 보입니까?"

거의 죽을 지경입니다. 그는 하리의 일그러진 표정에 슬며시 웃는가 싶더니 룸미러를 한번 힐끔 쳐다볼 뿐 더 이상 아무 말이 없었다.

10여 분을 더 내달리고서야 그의 페라리는 한 카페 입구 주차 공간에 세워졌다. 주위 사람들의 시선이 이 비싼 몸값을 자랑하는 자동차와 거기에 타고 있던 자신들에게로 몰렸다. 심지어 가던 길을 멈추고 감상하는 이도 있었다.

후힛, 저 사람들이 나를 보는 건가?

하리는 으쓱한 기분에 몸 둘 바를 몰랐다. 카페로 들어서자마자 유하는 아메리칸 커피 두 잔을 시켰고, 푹신한 소파에 살짝 등을 기대며 시원한 물로 목부터 축였다.

아아, 커피라니. 그놈한테 커피 한 번 뿌린 이후로 커피라면 죽어도 입에 안 대려고 했는데…….

“왜 커피 싫어?”

“아니요. 그런 건 아니지만 별로 좋은 추억은 없거든요.”

하리는 뒷말을 삼켰다.

커피 잔이 그와 하리 앞으로 사이좋게 하나씩 놓이자 그녀는 잔을 들어 커피를 한 모금 마셨다. 유하도 하리를 따라 자신의 것을 들었고, 음미하듯 마신 후 조심스레 잔을 내려놓았다. 그리곤 하리를 뚫어져라 쳐다보았다.

두근.

잘생긴 얼굴로 그렇게 날 빤히 보면 얼굴이 붉어진다고요!

“그런데 오늘은 무슨 일로 오신 거예요?”

하리가 두근거리는 가슴을 진정시키고 나서 입을 열었다.

“말했잖아. 나를 좀 도와줘야겠다고.”

“…….”

아아, 나 오늘 드디어 팔려가는구나. 이럴 줄 알았으면 소영이한테 좀더 진한 굿바이 인사를 하고 오는 건데…….

하리는 가빠지는 호흡을 조절하며, 그의 다음 말을 기다렸다. 유하는 잠시 뜸을 들이더니 의미심장한 표정을 지으며 입꼬리를 매력적으로 끌어올렸다.

"약혼하자."

그 심플한 말 한마디에, 하리는 마침 입에 담고 있던 커피를 내뿜을 뻔했다.

며칠 후 하리의 핸드폰에는 '건방진 놈'이라는 발신자 명이 떴다. 하리는 핸드폰 모니터를 노려보면서 한참을 망설였다. 그리곤 신경질적으로 폴디를 열어 아주 공손하게 전화를 받았다.

"네, 강하리입니다."

[알고 있어.]

정나미 떨어지게 말하는 것하고는……. 역시나 건방지다. 내가 발신자 명 하나는 제대로 지은 것 같네.

"무슨 일이세요?"

[오늘 수업 몇 시에 끝나?]

대답해주기 싫은데 오늘 수업 없다고 할까? 아니, 그럼 집으로 찾아오겠지? 그렇다면 야간 수업까지 있다고 할까?

[대답 안 해?]

"3시까지 있어요."

이런, 긴장한 나머지 솔직하게 말해버렸다.

[그럼 3시 30분까지 정문에 나와 있어.]

뚜뚜뚜.

뭐라 대꾸하려는 순간, 허무하게 기계음만 내보내는 핸드폰을 보면서 하리는 가슴 깊은 곳으로부터 무언가 들끓는 것을 느꼈다.

지 할 말만 하고 전화는 냉정히 끊는 거냐? 이 자식, 아주 초절정으로 싸가지가 없네. 어우, 열받아!

그러나 그가 초절정으로 싸가지가 없든 있든, 채무를 지고 있는 그녀로선 일단 울며 겨자 먹기로 그가 원하는 대로 따라야 했다.

1분 아니 1초의 지체도 없이 하리는 약속대로 3시 30분에 정문 앞에서 기다렸다. 하지만 3시하고도 53분 28초가 되어서야 그의 잘빠진 페라리는 한껏 여유를 부리며 정문을 들어섰다. 유하가 고갯짓으로 타라는 시늉을 했다.

"타라고 한마디하면 입이 닳기라도 하나?"

하리는 중얼거리며 그의 자동차에 올라탔다. 이제는 어느 정도 익숙해진 페라리의 보조석에 편히 몸을 기대고 — 대답이 돌아올지는 미지수지만— 하리는 어색한 침묵을 깨기 위해 이리저리 머리를 굴렸다.

"왜 늦었어요?"

"차가 막혀서."

"길 헤맨 건 아니고요? 그쪽 일본에서 살아서 우리나라 지리 어둡다면서요?"

"내가 넌 줄 아냐?"

"그럼 내가 길치란 말입니까?"

"면허도 없는 주제에."

윽, 나의 약점을 잘도…….

"근데 오늘은 어디 가요?"

“호텔.”

“뭐, 뭐라구요??”

하리가 기겁하며 기댔던 몸을 벌떡 일으켰지만, 외려 그는 무슨 과민반응이냐는 식으로 그녀를 쳐다보았다.

“이봐요, 이런 벌건 대낮부터 일 치자는 거예요? 내가 분명 그 약혼 제안을 받아들이긴 했지만 이런 것까지는 용납 못해요!”

“도대체 무슨 상상을 하는 거야?”

“네? 지금 그쪽이 호텔로 간다고 했잖아요.”

“그래서?”

“그래서라뇨? 지금 그 민망한 단어를 내 입으로 말하라구요?”

“너 지금 무슨 오해를 하나 본데, 네가 상상하는 그런 거 아니야. 오늘 취임식이 있어.”

“취임식이요?”

“내 이사 취임식 말이야.”

뭐…… 뭐야…… 그럼 그렇다고 진작 이야기를 할 것이지. 괜히 나 혼자 생쇼를 했잖아. 잠깐, 근데 방금 이 사람이 뭐라고 했지? 무슨 취임식? 뭐? 이, 이사??

“잠깐만요, 이사라고요? 그쪽이?”

“그쪽이 아니야. 유하라고 했다, 내 이름.”

묻는 말엔 대답도 하지 않고 자신의 이름만을 강조하며 운전에 집중하는 유하를 그녀가 가볍게 흘겼다. 혼자 넘겨짚는 바람에 무안해진 하리는 입을 툭 내밀고 조용히 정면만 응시했다.

“아무튼 밝히긴.”

"뭐, 뭐예요?! 방금 뭐라고 했어요?"

"생각하는 것하고는."

"날 이렇게 만든 게 누군데 그래요!"

"나라는 거냐?"

유하는 그녀 쪽으로 고개를 돌리지 않고 말했지만, 그 말투에는 비웃음이 가득했다. 하리는 그에게로 휙 몸을 돌려 언성을 높였다.

"그, 그럼 아니에요? 나이트에서 원나잇스탠드 어떠냐고 여자를 꼬시질 않나. 혹시 당신 카사노바 아니야?"

"그게 왜 내 책임이냐? 그런 너는 올나잇스탠드라며?"

"그…… 그건……."

"남자한테 차여서 욱 하는 성질에 그랬다?"

"예에?!"

도대체 어떻게 된 일일까? 그날 자신의 상황을 꿰고 있는 그를 보면서 하리는 의아한 표정을 감추지 못했다.

"운전에 방해되니까 조용히 해."

유하는 입을 살짝 벌리고 맹하게 자신을 쳐다보는 하리의 머리에 꿀밤을 먹였다. 하리는 아픈 이마를 매만지면서도 쉴새없이 꿍얼댔다. 유하의 입술이 하리 모르게 예쁜 곡선을 그리며 미소를 머금었다.

"아무튼 이런 반응이 재밌다니깐."

호텔로 가는 도중, 유하는 청담동 잔 부티크 앞에 차를 세웠다.

"난 이 차이나풍 원피스나 짧은 카디건을 덧입는 슬립형 드레스가 맘에 드는데 한번 입어보지?”

“네…….”

군말 없이 탈의실에 들어가 기계적으로 옷을 갈아입는 동안에
도 하리는 끊임없이 의문을 품었다.

도대체 저 사람은 날 얼마나 알고 있는 걸까……?

그가 약혼 제안을 했을 때 하리는 새우잡이 배로 팔려가는 것
은 아니라는 사실에 안도했지만, 한편으로는 이 웃지 못할 상황
에 한동안 혼란스러웠던 것도 사실이었나. 몇 빈 보지도 않은 여
자에게 약혼을 하자는 이 남자가 과연 제정신일까 하는 생각이
들었기 때문이다. 뭐, 하민 오빠의 친구이니 제정신이 아닐 수도
있겠다고 생각했지만.

하리는 다시 제 옷으로 갈아입고 소파에서 기다리는 유하에게
로 다가갔다.

“저, 그 약혼 말이에요…….”

간신히 공황 상태에서 빠져나온 하리가 침착하게 묻자 유하는
담배를 꺼내 입에 물고는 고개를 끄덕였다.

“저기요, 그게 무슨?”

“물론, 진짜로 하자는 건 아니야.”

이건 또 무슨 말이라냐. 약혼을 하되, 진짜는 아니라니? 내가
붕어 아이큐였던가? 아니면 이 사람이 다른 나라 말이라도 하는
걸까? 왜 이해를 못하겠지?

유하는 어리둥절해하는 하리의 표정을 간파했는지 부연 설명
을 시작했다.

“우리 할아버님은 내가 하루 빨리 결혼하길 원하시거든. 그래야 할아버지 회사를 물려받고 안정적으로 일에 전념할 수 있을 테니.”

“그런데요?”

그래서 지금 이 25살의 미래가 촉망되는 아가씨를 이용하시겠다?

“요즘 들어 할아버지께서 내게 약혼녀라도 정해주고 싶으신 눈치야. 하지만 난 아직 결혼하고 싶은 생각은 없거든. 솔직히 결혼을 생각할 정도로 좋아하는 여자도 없고.”

“단지 보여주기 위해서라면, 굳이 내가 아니어도 된다는 소리 아니에요?”

하리의 물음에 유하가 착잡한 표정으로 담배 한 모금을 빨아들이고는 통로 쪽을 향해 한숨과 함께 담배 연기를 토해냈다.

“이봐, 난 솔직히 그리 여자를 좋아하진 않아.”

뭐야, 그럼 난 여자가 아니라는 소린가? 이거 은근히 맘 상하는데.

“그리고 이제 와서 여자 고를 시간도 없고……. 내가 널 선택한 건 네가 하민이 여동생이기 때문이지. 감시하기가 쉽거든.”

“가…… 감시요? 아니, 그 전에 할아버지는 결혼할 여자를 찾는 거잖아요. 그런데 만약 내가 당신의 약혼녀로 등장한다면 결국 결혼까지 해야 하는 거 아닌가요. 그게 어떻게 진짜가 아니었다고 간단하게 말해버릴 수 있는 문제죠?”

누구 말처럼 진짜 인생이 꼬이게 될지도 모른다는 조바심에 하리는 유하에게 반항하기 시작했다. 순간 어떻게 말을 꺼내야 할지 난감해 유하는 머뭇거렸다.

"그건……."

그는 한동안 뜸을 들이다가 앞에 놓인 커피를 한 모금 넘기고선 다시 입을 열었다.

"할아버지에겐 그다지 시간이 많지 않으시니깐."

더 이상 그가 자세한 말을 하진 않았지만, 심연과도 같은 그의 눈빛에서 하리는 무언가를 읽을 수 있었다. 그녀는 더 이상 아무것도 묻지 않고 그를 따르리라 마음먹었다.

"근데 들고 간 옷들은 왜 안 입고 그냥 나와?"

"네? 아, 아무래도 제 스타일이 아닌 것 같아서요."

하리는 그 자리에 선 채로 의상실을 빙 둘러보다 문득 눈에 들어온 큐트한 느낌의 옐로와 연핑크, 코발트빛 투피스를 골랐다.

"잠깐만요."

하리가 의상실에 들어가고 잠시 후 유하는 보던 신문을 접어 테이블 한쪽으로 밀어둔 뒤 손목을 들어 시간을 확인했다.

"옷을 만들어서 입냐, 빨리 안 나와?"

여전히 험악한 입담을 자랑하며 그가 재촉을 해댔다.

성격도 급하긴. 나간다 나가. 근데 할아버지란 분은 저 인간처럼 성질이 더럽진 않겠지?

"어…… 어때요……?"

제발 오케이해라. 옷 갈아입는 것도 이제 귀찮다.

거만한 포즈로 앉아 있던 유하는 연핑크 투피스를 차려입고 탈의실을 나오는 하리를 한번 쓰윽 훑어보았다. 그리고 만족한 듯 고개를 끄덕였다.

"그 중 제일 나은 것 같네. 그리고 이 신발 신고 가방 들어."

유하는 테이블 위에 놓인 토드백과 뮬을 가리켰다. 하리는 자신의 가방에 들어 있던 소지품들을 새 백에 옮겨 담고 뮬을 신었다. 뮬 역시 핑크 계열이었고, 실크 느낌의 소재가 그녀의 발을 폭신하게 감쌌다.

이거 완전히 공주님이 된 듯한 기분이네. 들어는 봤나? 이름하야, 핑크 공주!

"빨리 나가자. 시간 없어."

의상실에서도 그의 골드카드가 반짝거리며 제 구실을 다 하고 있었다. 유하는 이번엔 의상실에서 몇 미터 떨어진 헤어숍으로 그녀를 이끌었다.

"머리하고 메이크업 좀 하고 있어."

슬슬 짜증이 밀려오던 차에 명령조의 말까지 들으니 하리의 미간이 찡그려지기 시작했다. 그런데 뭐라고 반박하기도 전에 유하는 빠른 걸음으로 헤어숍을 나갔다. 하리는 저번과 마찬가지로 자신의 의지와는 상관없이 헤어 디자이너들의 손에 얌전히 몸을 내맡겨야 했다.

2시간 정도 지나자 하리의 머리는 굵은 웨이브에 앞가르마는 중앙에서 반으로 나눠 예쁜 핀으로 고정되어 있었다. 그에 더해 소녀 분위기에 어울리는 투명 화장은 그녀를 상큼하고 발랄하게 보이게 했다.

어느새 헤어숍으로 돌아온 유하는 선이 딱 떨어지는 그레이색 슈트를 차려입은 상태였다. 유하는 공주처럼 귀엽고 아름다운 그녀의 모습에 한참 동안 눈길을 떼지 못하고 있었다.

후훗, 내 모습에 반했나? 내가 안 꾸며서 그렇지, 역시 한미모 한다니깐…….

"역시 원장님은 대단하시네요."

"……!!"

쑥스러워서 그랬는지 유하는 하리를 딤딩힌 원장에게 웃으면서 고맙다는 말을 전했다. 원장도 정말 힘들었다는 듯 이마에 송글송글 맺힌 땀을 닦고 있었다. 하리는 짝짜꿍이 잘 맞는 두 남자를 노려보며 씩씩거렸다.

헤어숍을 나오자 하늘에는 어느새 옅은 어둠이 깔려 있었다. 얼마 되지 않아 그들을 태운 자동차는 그랜드호텔에 다다랐다. 호텔 초입에서 두 사람을 맞이하는 도어맨에게 유하가 자동차 열쇠를 건넸다.

자신의 손을 잡고 에스코트하는 그가 평소와 달라 보였다면 그건 착각이었을까? 아무튼 하리는 그의 손바닥에 살포시 손가락 몇 개를 얹고 호텔 안의 그랜드볼룸이라는 연회장으로 들어섰다.

천장 중앙의 대형 유리돔을 통해 인조광이 흩뿌려지는 상당히 넓은 연회장은 그녀의 입을 떡 벌어지게 만들었다.

"침 흐른다."

"쓰읍~."

유하의 말에 하리는 입을 한번 쓰윽 닦고는 홀 중앙으로 갔다.

그곳에는 지팡이에 몸을 의지한 한 노인이 있었다.

"할아버지, 저 왔어요."

"아, 이제 왔구나. 근데 네 옆에 있는 아가씨는 누구냐?"

영민은 유하의 옆에 어정쩡하게 서 있는 하리에게 눈길을 주었다.

혹시 이 사람이 말했던 분일까……?

하리는 유하를 힐끔 바라보았다. 그의 눈빛이 무언가 속삭이고 있었다. 아마 알아서 잘 행동해달라는 의미인 것 같았다.

"할아버지가 그렇게 원하시던 제 예비 약혼녀예요."

유하의 말이 떨어지기가 무섭게, 홀에 있는 사람들의 시선이 일제히 하리에게로 쏠렸다. 뜬금없는 사람들의 반응에 놀란 하리는 홍당무 얼굴을 하곤 몸을 움찔거렸다. 맞잡고 있던 유하의 손에 서서히 힘이 들어가는 것을 느낀 하리는 곧 정신을 차렸다.

뭐…… 뭐야 이거, 이 사람 약혼녀가 그렇게 대단한 거였어?

"아아, 그래 반갑다. 곱상하게 생겼구나!"

영민은 인자한 웃음을 흘리면서 하리에게 손을 내밀었다.

하리는 낮게 안도의 한숨을 쏟아냈다. 의상실에서 온갖 상상을 하며 지레 겁먹었던 것과는 달리 그의 할아버지는 여유로움과 자상함이 넘쳐나 보였기 때문이다. 말끔하게 정장을 차려입은 비서가 옆에서 영민을 부축하고 있었다.

하리는 자신에게 호의를 표시하는 할아버지의 손을 덥석 잡고는 옆에 서 있는 유하에게 씨익 웃어주었다.

나한테 칠칠맞다고 그랬지? 잘 봐둬라! 내가 얼마나 예의가 하늘을 찌르는 여자인지를.

"안녕하세요, 할아버지. 저는 강하리라고 합니다. 평소 유하 씨에게 이야기 많이 들었어요. 그래서 전 할아버지를 만나게 되는 이날을 학수고대하고 있었답니다."

"허허허, 이런 예의 바른 처녀가 다 있나. 유하 녀석, 결혼할 생각 없다더니 이 할애비를 놀래켜 주려고 그 동안 이렇게 참한 아가씨를 숨겨놓고 있었던 게로구나."

영민은 하리가 맘에 쏘옥 든 모양인지, 얼굴에서 웃음이 떠나질 않았다. 흡족해하는 할아버지의 모습을 보면서 유하도 옅게 미소 지었다. 하리가 유하에게 한쪽 눈을 찡긋했다.

영민과 한창 담소를 나누고 있던 하리에게 유하가 귓속말로 잠시만 있으라면서 자리를 떠났다. 영민은 하리에게 오렌지 주스를 건네며 말했다.

"다행이야, 하리 같은 참한 아가씨가 유하 곁에 있으니……."

할아버지, 제가 원래 좀 참합니다요. 헤헤.

"오늘 처음 본 하리 양에게 이런 말 하긴 뭣하지만 이 늙은인 앞으로 살 날이 얼마 남지 않았어. 쇠약해진 몸뚱이는 이미 내 말을 듣지 않은 지 오래거든……. 저 녀석 방황하는 꼴 보기 싫어서 한시바삐 짝을 지어주려고 했는데 녀석이 선을 거절하는 이유가 따로 있었구먼. 하리 양이 유하 곁에 있으니 이제 한시름 놓네. 난 오늘 죽어도 여한이 없어."

영민은 저 멀리에서 다른 이들과 진지하게 이야기를 나누고 있는 유하를 흐뭇한 표정으로 바라보았다.

그러고 보니 할아버지가 기운이 없어 더 다정해 보였다는 생각에 이르자, 감성이 풍부하다 못해 넘치는 하리는 순간 울컥할 수밖에 없었다.

"할아버지, 무슨 말씀이세요. 죽어도 여한이 없다니요……. 더 오래 사셔서 손자의 손자도 보고, 그 손자들 결혼하는 것까지 보셔야죠."

"허허허. 그럼 나보고 몇 살까지 살라는 거냐?"

"하하, 글쎄요."

하리의 재치로 인해 영민의 얼굴에 다시금 생기가 돌기 시작했다. 하리 또한 그런 영민을 보면서 안도하는 중이었다. 하지만 무심코 고개를 들었을 때 50미터쯤 떨어진 곳에 서 있는 우현을 보자 하리는 순간 온몸이 굳어지는 것을 느꼈다.

"할아버지, 잠시만요."

"오냐."

영민의 양해를 구한 뒤 하리는 바삐 걸음을 옮기기 시작했다. 저 멀리서 자신에게 성큼성큼 다가오는 하리를 보자 우현 역시 놀랐는지 그녀를 빤히 쳐다보고 있었다.

우현도 여기에서 하리를 보게 될 줄은 꿈에도 상상하지 못했다. 화사한 핑크색으로 온몸을 치장한 하리는 평소 학교에서 보던 털털한 차림새와는 달리 한껏 여성미를 뽐내고 있었다. 마치 다른 사람을 보고 있는 것 같았다. 그녀의 아름다움에 잠시 넋을 놓고 있던 우현 앞으로 드디어 하리가 마주 보고 섰다.

뭘 보냐, 짜샤. 내가 너무 이뻐져서 놀랐냐?

“너, 강하리?”

“그래. 이런 곳에서 보다니 좀 놀랍다.”

하리와 우현은 테라스로 이동했다. 레드 와인을 한 손에 들고 있는 우현은 짐짓 관심 없는 척 하리를 일별했다.

“학교에서랑은 좀 달라 보인다. 역시 돈이 사람을 바꾸는구나.”

“야!!”

솔직히 오늘 너무 예쁘다는 찬사를 보내주고 싶었지만 우현은 차마 그 소리가 입 밖으로 나오지 않았다. 다음 순간 그녀가 왜 이곳에 오게 되었는지, 그리고 또 누구와 함께 왔는지 궁금해지기 시작했다. 와인을 한 모금 넘긴 우현이 담담하게 물었다. 하지만 그녀의 입에서 흘러나온 대답은 상당히 충격적인 것이었다.

“약혼자로서 왔다.”

“뭐?? 누구!”

우현의 물음과 아찔하게 타이밍을 맞추며 곧 이사 취임 연설을 시작하려는지 강단으로 오르는 유하의 모습이 보였다. 하리는 우현에게 고개를 돌려 눈을 한번 마주친 뒤 의미심장한 미소를 지으며 강단을 향해서 고개를 까닥였다.

“바로 저 남자.”

우현은 강단 연설대 앞에 서 있는 남자를 쳐다보더니, 믿을 수 없다는 표정으로 선뜻 아무 말도 하지 못하고 있었다.

“……말도 안 돼. 네가 저 사람 약혼녀라고?”

우현은 정말 충격이 큰 것처럼 보였다. 그는 땅이 꺼질 듯이 한숨을 푸욱 내리쉬더니 갑자기 하리의 양어깨를 붙잡고 흔들어대기 시작했다.

"정신 차려라, 너!"

"난 분명 제정신이야. 이게 지금 어디서 날 정신병자 취급하는 거야?"

"너 내가 충고해줬잖아. 저 남자 조심하라고."

"너한테 충고 듣고 싶은 생각 없어!"

"저 남자 성격도 안 좋다고 소문났다구, 이 바보야."

"성격 안 좋은 건 나도 알고 있어. 그리고 네가 지금 그런 말할 자격이 있냐?"

우현은 유하에게 무슨 억하심정이 그리도 많은지 그녀를 놓지 않고 이런저런 험담을 늘어놓았다. 우현이 쉴새없이 지껄이는 동안 그새 유하는 연설을 마친 모양인지 강단에서 자취를 감췄다.

"이 자식아, 너 때문에 취임사도 못 들었잖아!"

하리는 우현의 손을 뿌리치려 했지만 그는 더한 완력으로 그녀를 결박하고 있었다. 하리의 어깨가 아파오기 시작했다. 그 누구보다 소중하게 아껴주고 싶은 그녀에게 이러지 말아야 한다는 것을 알면서도 우현은 손아귀에서 힘을 빼지 못하고 있었다.

"야, 안 비켜? 차버린 여자한테 무슨 말이 이리도 많아?"

"그나마 한때 좋아했던 여자니까 이런 말도 해주는 거야!"

"야! 너 정말!!"

하리가 한껏 힘을 모아 녀석의 팔을 풀려고 할 때였다. 일순 그녀의 어깨를 짓누르던 무게감이 사라졌다. 어느새 우현의 등 뒤로 와서 그의 한쪽 팔을 단단하게 거머쥔 유하가 보였다. 저지 당한 팔이 저려오는지 잔뜩 인상을 구긴 우현에게 유하가 말했다.

"남의 약혼자에게 뭐하는 겁니까?"

자신의 팔을 걷어낸 장본인이 천유하라는 것을 우현도 직감할 수 있었다. 유하의 입을 통해 재차 확인한 그 약혼자라는 말에 우현은 할 말을 잃곤 서둘러 자리를 피해 나왔다.

"젠장, 거짓말이야!"

자신의 곁에서와는 달리 그와 함께 있는 하리의 모습은 눈이 부실 정도로 아름다웠다. 인정하긴 싫었지만 그러고 보니 그 둘이 잘 어울리는 것 같기도 하다.

결국은 이런 모습을 보자고 모험을 강행했던가. 석현이 자식 말만 안 들었어도…….

우현은 한동안 먼 곳에서 두 사람의 모습을 몰래 지켜보며 입술을 지그시 깨물었다.

유짱?!

  우현이 테라스를 나간 후 두 사람 사이에 어색한 침묵이 흘렀다. 유하 자신도 순간 왜 그렇게 흥분을 했는지 알 수 없었다.
  취임사가 시작되고 강단에 오르자 유하는 테라스에서 옥신각신하는 사람들을 볼 수 있었다. 한 명은 하리 그녀였고, 나머지 한 명은 모르는 남자였다.
  엄숙한 분위기에서 취임사를 읊어대는 와중에도 유하는 두 사람의 모습에서 시선을 뗄 수 없었다. 잔뜩 흥분한 듯 보이는 남자가 그녀의 어깨를 위태롭게 잡아 흔드는 장면을 목격했을 때, 유하는 취임사의 반을 건너뛰고 급히 강단을 내려왔다.
  유하는 곧장 테라스로 향했다. 그들은 아직도 말다툼을 하는 듯했다. 하리 혼자 언성을 높이고 있던 찰나, 유하는 우뚝 멈춰 섰다. 테라스 근처에서 두 사람의 대화를 엿듣던 유하는 그가 하리가 전에 말했던 남자라는 것을 알 수 있었다. 거기서 생각을 멈춘 유하는 곧장 그들에게로 다가가 하리에게서 그를 떼어냈다.

하리의 양어깨에 붉은 손자국이 흉측하게 찍혀 있었다. 그 남자가 남기고 간 흔적이었다. 유하는 자신의 재킷을 벗어 하리의 어깨에 둘러주었다.

한편 하리는 자신을 구출(?)해준 그에게 고맙다는 인사를 해야 할까 말까 고민중이었다. 그때 갑자기 자신의 어깨에서 뭔가 이물감을 느낀 하리는 생각을 멈추고 고개를 들었다. 그가 자신의 어깨에 다정하게 재킷을 설쳐주었다.

"왜 옷을……?"

"입고 있어."

"아니요, 괜찮아요."

하리가 유하의 호의를 극구 사양하다가 어깨 위에 걸쳐진 재킷이 뚝 떨어졌다. 하리는 그때서야 자신의 어깨에 새겨진 손자국을 알아차렸다.

한우현 이 자식, 언젠가 널 죽여버리고 말리라.

하리는 바닥에 떨어진 재킷을 주워 먼지를 터는 시늉을 하고는 도로 자신의 어깨에 걸쳤다. 그 사이 유하는 테라스 철책에 기대어 담배를 피웠다. 어두운 밤하늘에 그가 내뿜은 담배 연기가 굼실굼실 춤을 추며 올라가고 있었다. 하리는 유하의 곁으로 살며시 다가갔다.

"고마워요."

"뭐가?"

"아까의 일도, 그리고 지금 이 재킷도."

"오늘 보니깐 너 꽤 예쁘다."

"내가 원래 한미모해요."

"예의상 한 말인데……."

"뭐예요~?"

"농담이야 농담!"

피아니스트에게나 어울릴 법한 가늘고 길쭉길쭉한 손가락 사이에 담배를 끼운 채 유하가 뜨거운 눈빛으로 그녀를 응시했다. 하리는 가슴이 뛰기 시작했다.

콩닥콩닥콩닥.

와아~ 최상급 꽃미남이네. 아니, 밤에 봐서 그런 걸 거야.

하리는 스스로에게 최면을 걸었지만 은은한 달빛을 받고 서 있는 그의 부드러운 실루엣, 그리고 차가움으로 위장한 듯한 다정함으로 오늘따라 매력적으로 보이는 이 남자 때문에 하리의 심장은 제 구실을 못하며 주책없이 날뛰었다.

"할아버지가 널 꽤 마음에 들어하는 것 같던데."

"제가 어른들이 좀 좋아하는 타입이죠."

"연기도 잘하던데? 그쪽이 전공이라 그런가?"

"연기 아니에요."

"거짓말도 잘하는군!"

"씨이……."

"그리고 이왕이면 호칭도 좀 바꿔줬으면 하는데?"

"호칭요?"

"너 만날 나보고 이봐요, 그쪽, 이렇게 말하잖아. 이참에 오빠라고 부르는 건 어때?"

"싫은데."

"유하 씨라는 말도 나쁘진 않던데."

"끄응."

하리가 묘한 신음 소리를 흘렸다.

"그건 또 무슨 소리냐?"

"아무것도 아니에요."

하민 오빠의 친구이니 오빠긴 하지만, 이 사람에게 오빠라고 부르는 건 왠지 닭살스러운데……. 뭐 오늘 일도 고맙고, 할아버지도 날 마음에 들어하겠다, 마음이 태평양 바다 같은 내가 한 수 접어줘야지 어쩌겠어?

생각을 정리한 하리가 고개를 끄덕이며 아직도 담배를 뻐끔대는 유하에게 말했다.

"좋아요! 할아버지 앞에선 유하 씨라고 불러드리죠."

"할아버지 앞에선? 그럼 평소엔 안 하겠다는 말인가?"

"뭐 그런 거죠."

유하가 담배를 다시 한 번 입가에 갖다 대고는 작게 중얼거렸다.

"완전히 제멋대로인 아가씨군."

하리는 딴청을 피우며 그의 옆에서 반짝이는 밤하늘의 별들을 헤아리고 있었다.

아무리 생각해도 유하 오빠라는 말은 닭살스럽다 이거지. 건방진 놈, 싸가지, 이 두 개가 제일 자연스러운데……. 또 다른 좋은 호칭이 없을까?

하리가 한창 그에 대한 호칭으로 이리저리 머리를 굴리고 있는데 그가 짧아진 담배를 발로 짓이기고선 하리의 손을 붙들고 다시 연회장으로 들어섰다. 다른 사람들과 이야기를 나누던 영민은 하리를 발견하고는 반갑게 손을 들어 보였다. 그때였다.

"유짱~!!!"

하리가 영민에게로 막 걸음을 떼려는 순간, 웬 여자가 유짱이라고 부르며 달려오더니 유하의 등을 와락 껴안았다. 그 반동으로 잠시 유하의 몸이 앞으로 쏠렸다.

자신의 눈앞에서 벌어진 이 돌연한 상황에 화들짝 놀란 하리는 멀뚱히 서서 여전히 그의 허리를 꼬옥 껴안고 있는 여자를 바라보았다. 잠깐, 근데 지금 뭐라고? 유…… 유짱??

"나츠미~!"

어느새 다정하게 돌변한 목소리에 하리가 유하의 얼굴을 새삼스럽다는 듯이 쳐다보았다.

나츠미라는 작은 체구의 여자는 하리에겐 눈길도 주지 않은 채 유하를 올려다보며 실실거리고 있었다. 이봐, 갑자기 튀어나왔으면 자기소개 정도는 해야 하는 거 아닐까?

"어, 하리야?!"

나츠미란 여자에게서 눈을 떼지 못하고 있던 하리의 귓가에 갑자기 익숙한 음성이 들려왔다.

"하민 오빠?"

둘째 오빠 하민이 다가오고 있었다.

잠깐, 왜 하민 오빠가 여기 있지? 그리고 갑자기 튀어나와서 그의 허리에 팔을 두르고 있는 이 조그맣고 동글동글한 생물은 뭐고?

이런저런 궁금증이 하리의 머릿속을 가득 메우고 있었다. 도대체 어디서부터 답을 찾아야 할지 하리는 막막하기만 했다.

"강하리, 너 왜 여기 있어?"

"그러는 오빠야말로."

"나야 당연히 유하 친구니깐 그렇지. 그럼 너는?"

"나? 아, 나는……."

고민이었다. 뭐라고 말해야 하나. 나, 이 남자 약혼녀로 왔어, 이럴 수는 없지 않은가. 불과 며칠 전만 해도 이름조차 모른다고 도리질을 쳐대던 그녀가 만난 지 채 한 달도 안 된 사람의 약혼녀라니……. 스스로 생각하기에도 말이 되지 않았다.

하리가 난감해하며 유하에게 눈짓으로 SOS를 청하려 했지만 그는 자신의 허리에 대롱대롱 매달린 작고 동그란 생물과 웃으며 이야기하는 데 바빴다. 하리는 마침내 우현을 생각해냈고, 아직 우현과 헤어진 걸 모르는 하민이었기에 적당히 둘러대기로 했다.

"아아, 저기…… 우…… 우현이가 있거든!!"

"우현이가? 근데 넌 왜 지금 유하랑 있는 건데?"

아이씨, 꼬치꼬치 캐묻기는. 그냥 적당히 넘어가주라 응?

"하하. 저…… 저쪽에서 봤어, 유하 씨를."

다행히 그녀의 어설픈 거짓말에 넘어간 듯 하민이 고개를 끄덕였다. 하리는 하민 모르게 조용히 날숨을 내보냈다. 아무래도 이제 적당히 몸을 피해야 할 때라고 느낀 하리는 유하를 주시했다.

끊임없이 그 작은 생물에게 웃어주는 모습을 보며, 평소 자신에게 대하는 것과는 180도 다르다고 생각한 하리는 조금 심통이 났다. 우이씨, 여자 싫어한다며? 그거 다 뻥이었지?

"저, 유하 씨……, 그럼 전 이만 가볼게요."

"벌써? 그럼 내가 데려다줄게."

"유짜아앙~ 어디 가는데에에~?"

능숙하게 한국말을 구사하는 저 작은 생물.

말똥말똥 귀여운 눈망울을 이리저리 굴려가며 그의 소맷자락을 꼭 붙들고 애처롭게 올려다보는……. 엥? 왜 갑자기 나를 쳐다보는 건데??

"나츠미는 하민이랑 같이 있어."

"싫어. 나츠미는 유짱이랑 있고 싶단 말이야."

하이고오~ 그래그래, 너의 유짱이랑 같이 있고 싶어서 나한테 좀 피해달라는 눈빛이었구나? 내 눈치가 마이너스 100단이라 미안하다, 미안해!

"괜찮아요. 저 혼자서도 갈 수 있는데요 뭐. 그리고 이 옷."

하리가 재킷을 건네려고 했지만 그는 그녀의 손을 거두며 다시 어깨에 재킷을 덮어주었다. 아니, 이러지 않으셔도 되는데.

"밖에 날씨 쌀쌀하니깐."

"아니, 저……."

"데려다줄게. 그 전에 할아버지에게 인사하고 가."

"아, 네."

유하는 자신에게 매달려 있는 나츠미를 하민에게 맡기고는 하리의 손을 이끌고 할아버지에게로 갔다.

어이, 근데 저 나츠미란 여자애는 누구야? 왜 저렇게 날 죽일 듯이 노려보는 건데?!

하리는 하민 옆에서 자신을 노려보는 나츠미를 힐끔 보았다.

작별 인사를 건네는 하리에게 영민은 노골적으로 아쉬운 기색을 내비쳤다.

미안해요. 할아버지. 저도 남아서 서 맛깔스런 침치 뱃살을 비롯한 각종 뷔페 음식들이 먹고 싶지만 여자란 본디 직감력이 뛰어난 동물인지라 위험한 순간이라 느낀 전, 지금 이곳을 빠져나가는 것이 살 길이라 생각되어 그만…….

"서운하구나. 만난 지 몇 시간 안 됐는데."

"다음에 또 봬요. 그땐 더 많은 이야기도 나누고요."

"허허허. 그래, 그러자꾸나."

하리는 영민과 작별의 포옹을 했다. 그녀의 등을 다정하게 토닥여주던 영민이 그녀를 조심스레 밀어내면서 눈으로 유하를 찾았다.

"유하가 책임지고 집까지 데려다주고 오거라."

"아니, 그러실 필요는 없……."

"예, 그럴게요."

이봐요, 남의 말 자르지 말라고요, 쯔옴!

호텔 정문 출입구 쪽에 서 있던 그들 앞으로 은색 페라리가 멈추었다. 그리고 운전석으로 걸어간 유하가 문을 열기도 전에 하리는 재빨리 그를 향해 말했다.

"아, 저기 그냥 혼자 갈게요."

"고집 부리지 말고 타기나 해. 데려다줄 테니깐."

"고집은 누가 부리고 있는데."

"뭐?"

"아니요, 탄다고요 타!"

페라리를 가운데 두고 두 사람은 실랑이를 벌이고 있었다. 하지만 점점 매서워지는 그의 눈빛에 다소 위축된 그녀가 손잡이에 막 손을 대려던 순간이었다.

"유짱!!"

아, 왜 안 따라나오나 했다, 저 여자.

"나츠미."

쪼르르 달려온 그녀는 곧장 그의 품으로 안겨 들었고 하리를 한번 섬뜩하게 째려보고는 징징거리기 시작했다. 정말 가지가지 하는구만…….

"유짱, 오랜만에 봤는데 나츠미는 안 보고 왜 저 여자애만 챙겨 줘?"

"하민이는 뭐하고 있는데?"

"감독님하고 이야기하고 있어."

"그 사이에 빠져나왔구나, 너?"

유하는 난감한 듯 머리를 한번 쓸어 넘기더니 다시금 그 여자를 바라보았다.

“나츠미, 먼저 들어가 있어.”

“싫엇!”

“됐어요. 그냥 혼자 갈게요.”

하리는 눈앞에서 벌어지는 광경을 도저히 눈 뜨고는 못 봐주겠다고 생각하며 그의 재킷을 차의 보조석에 놓아두고 호텔 뒤편으로 종종걸음쳤다.

“야! 강하리!!”

그가 계속 부르는데도 하리는 뒤 한 번 안 돌아보고 내쳐 걸었다.

그쪽으로 가면 한참 돌아갈 텐데……. 휴우~ 앞으로 저 고집불통 여자를 어떻게 다뤄야 하나?

유하는 미동도 하지 않고 그녀가 사라진 쪽을 한참 동안 바라보며 뜻 모를 미소를 짓고 있었다. 자신의 생각에 몰두해 있던 유하가 품에 안겨 있는 나츠미의 불안한 표정을 읽을 수 없었음은 물론이다.

10여 분 정도를 걸어 내려오니 하리는 호텔에서 꽤 멀리 벗어나 있었다. 낯선 사거리가 나오자 그녀는 길 한가운데에서 우뚝 서 버릴 수밖에 없었다.

“아이씨, 어디로 가야 하지? 그냥 데려다준다고 했을 때 고분고분 차 타고 올걸. 하민 오빠, 동생이 집엘 간다는데 챙겨주지도 않고 뭐야!!”

버스 정류장은 보이지 않고, 마땅히 지나가는 택시도 눈에 띄지 않자 하리는 하민에게 괜한 화풀이를 해대고 있었다.

다음 날 오후.

머리는 지끈지끈, 코는 맹맹, 다리는 후들후들, 어깨는 뻐근. 이 모든 상태를 종합한 결과 그녀의 증상은 감기 몸살이라는 진단이 나왔다.

"하리야, 오늘은 집에서 쉬어. 으응?"

"안 돼, 오늘 수업 있단 말이야."

"하민아, 하리 좀 말려봐."

"그 몸으로 갈 수 있겠냐?"

지나치게 편해 보이는 헐렁한 반바지 차림의 하민이 막대사탕을 빨면서 형과 실랑이를 하고 있는 여동생을 내려다보았다.

반은 오빠 책임인 거 알지?

"기어서라도 가야지 뭐……."

"하리야아아~."

벌써부터 울먹거리는 하진은 딴에는 말려 보겠다고 하리의 목에 대롱대롱 매달려 있었고, 막대사탕을 열심히 빨던 하민은 그녀를 말릴 생각이나 있는지 하리의 어깨를 그 커다란 발로 꾹꾹 눌렀다.

"그냥 집에 있지 그러냐?"

"그 전에 이 냄새 나는 족 좀 치워주겠어? 에이씨, 귀찮아! 나 좀 가게 놔둬!"

하리는 자신의 목에 매달려 있는 하진을 저 멀리 떨쳐버리고, 하민의 족을 저만치 밀어버린 후 부랴부랴 집을 나섰다.

"하리야아아~~."

쉽게 미련을 떨치지 못하고 그녀를 목놓아 부르는 하진의 목소리가 대문 밖까지 들려왔다.

어찌 됐건, 힘든 여정을 거쳐 그녀는 간신히 학교에 이를 수 있었다. 부들부들 떨리는 다리로 기어가듯 강의실까지 도착한 하리는 의자에 풀썩 주저앉아 버렸다.

퍽!!

"야, 강하리!"

의자에 앉아 책상에 엎드린 지 1분이나 되있을까? 그녀의 등짝을 세게 후려치는 소영 때문에 하리는 철판에서 구워지는 세발낙지처럼 온몸을 배배 꼬았다.

"그렇게 아팠냐?"

"네 손 매운 건 우리 과에서 유명하잖아."

"호호. 내가 그 정도로 유명했었니?"

입을 가리고 대수롭지 않게 웃어젖히는 소영에게 복수하고 싶었으나 지끈지끈 울려대는 머리 때문에 하리는 다시금 책상에 머리를 박았다.

아이씨, 그냥 집에서 쉴 걸 그랬나?

"너 어디 아파?"

"아파서 돌아가시기 일보 직전이다."

소영은 기운을 쪽 빼고 말하는 하리의 이마를 한번 짚어보았다.

"열은 조금 있네?"

"조금밖에 없냐? 내가 보기엔 많은 거 같은데."

“근데 왜 이 지경이 된 거야? 어제 뭘 했길래?”

어제? 많은 일이 있었지. 한참 동안 길을 잃고 헤매질 않았나, 쌀쌀한 밤에 어깨가 훤히 드러난 고급 투피스를 입고 지하철을 타 사람들이 쳐다봐 꽤 쪽팔리기까지 했지. 그리고 한우현 그놈 때문에 내 어깨엔 시퍼런 멍이 들었다지?

“요즘도 그 남자 만나?”

“누구?”

하리가 책상에 머리를 박은 채로 소영에게 되물었다.

“누구긴, 천유하인가 하는 그 남자지.”

“으응.”

만나기만 하냐? 약혼녀라고 소문까지 났단다.

“오늘은 안 온다니?”

“내가 어찌 알아.”

“너 지금 뭐 하냐?”

이번엔 소영이 아닌 뜬금없는 남자의 목소리가 들려왔다. 하리가 천천히 상체를 세워 올려다보니 우현이 서 있었다.

초췌한 모습의 하리는 누가 봐도 안쓰러울 지경이었다.

이 자식! 이거 네 책임도 있다고오!

“아프냐?”

“정상적으로 보이냐?”

“그러게 어울리지 않게 입으니 그렇지.”

“아아, 시끄러워. 너 저리 안 가!”

“별로 믿고 싶진 않지만, 너 그 사람하고 약혼한 거라면 얼른 파혼해라.”

“야! 너 정말 안 꺼질래?!”

아아, 머리 울려…….

놈에게 한바탕 소리를 지르고 나니 깨질 것처럼 아팠던 머리가 이제 뎅뎅뎅 울려대고 있었다. 하리는 저 멀리 사라져가는 우현을 째려보다가 순간 아차 하는 느낌이 들어 조심스레 소영의 눈치를 살폈다.

“후훗. 약혼? 그건 또 무슨 말이야?”

이런, 한우현 넌 내 인생의 걸림돌이다.

히죽히죽 웃어대는 소영이 턱까지 괴며 궁금하다는 시늉을 했고, 하리는 그런 소영의 시선을 피하느라 좌우로 열심히 눈동자를 굴렸다.

수업이 끝나고 강의실 밖을 나가서도 자신을 따라다니며 집요하게 묻는 소영을 떨치려 했으나 그럴 기운조차 없었던 하리는 그저 한숨만 푹푹 내쉬었다.

누가 말했는가, 웃는 얼굴에 침 못 뱉는다고? 하지만 지금 같은 상황에선 가래침이라도 나올 것만 같다.

“고만 좀 실실대지?”

“그러니깐 얼른 그 이야기해줘잉~ 응?”

이젠 애교까지 부려가며 그녀의 팔에 비비적대는 소영의 얼굴을 하리가 저만치 밀어냈다. 하지만 녀석은 전생에 거머리였는지, 그녀에게 찰싹 달라붙어 이제는 애원까지 하고 있었다.

“저기, 나 이래 봬도 환자거든?”

띠리리릴리~~.

때마침 울려대는 핸드폰 덕에 소영이 그녀에게서 떨어졌다. 액정에는 '건방진 놈'이라는 문구가 떠올랐다. 누구냐고 묻는 소영을 무시하고 하리는 핸드폰을 집어 들었다.

"네, 웬일이에요?"

[어젠 잘 들어갔나 해서.]

"네, 뭐 그럭저럭……."

잘 들어갔냐고? 글쎄다. 지하철역을 찾지 못해서 1시간 가량 사거리를 헤맸지만, 어쨌거나 집에는 도착했으니 잘 들어간 셈이겠지.

[근데 목소리는 왜 그래?]

"제 목소리가 왜요?"

이 사람, 은근히 예리한데?

[감기 걸린 건가?]

"몸살도 걸렸는데요."

그녀의 입은 솔직했다.

[……알았어. 7시쯤 학교에 갈 테니 잠깐 보자.]

뚜뚜뚜뚜.

이번에도 하리가 뭐라 대꾸하기 전에 그가 일방적으로 전화를 끊었다. 이 사람은 왜 이렇게 제멋대로일까? 혹시 말 못해서 죽은 귀신이라도 붙었을까?

"누구야 누구? 유하 씨?"

"응."

“뭐래뭐래?”

소영아, 너무 그렇게 좋아하지 말아줄래? 나 부담스럽거든. 그나저나 7시까지 어디서 시간을 때운담…….

하리는 슬쩍 소영을 쳐다보았다.

“왜왜? 이제 얘기해줄 테야?”

오늘따라 소영이 유별나게 푼수처럼 보였다. 이미 들통난 마당에 사실을 말해줘야겠다는 생각으로 하리는 소영을 데리고 시간을 때울 만한 곳을 물색하고 있었다.

솔직히 말하면, 7시까지 시간을 때울 수 있는 상대로 소영이 낙찰된 것뿐이었다.

학교 앞 커피숍 Tia에서 하리는 오렌지 주스를 소영은 카푸치노를 주문했다. 더불어 먹음직스런 고구마 케이크와 초코 케이크가 각각 그들 앞에 놓였다.

이 커피숍은 차를 주문하면 조각 케이크가 덤으로 나와 평소 소영과 하리가 즐겨 찾는 곳이었다. 아, 은근히 저것도 탐나네.

“왜, 이 초코 케이크도 탐나냐?”

역시 너, 독심술 하는구나?!

하리가 긍정의 의미로 세차게 고개를 주억거렸다.

“이거 줄 테니깐, 얼른 이야기나 좀 해봐.”

소영은 정말 궁금해서 미칠 지경이라는 눈빛을 던졌다.

훗, 순순히 케이크를 넘겨줄 정도로 네가 나한테 그리 관심이 많을 줄은……. 이거 참 부끄럽구나.

“야, 너 말 안 하면 케이크 안 준다!”

“아아, 얘기한다고, 해!”

변덕스런 소영이 마음을 바꾸기 전에 하리는 잽싸게 행동해야 했다. 하리는 소영 몫의 케이크를 자기 앞으로 쓰윽 가져왔고 이내 만족스럽게 포크로 한 입 베어 먹었다. 흐음~ 이 달콤함……, 이제 좀 살 것 같네.

“아픈 주제에 식욕은 넘쳐나요, 아주.”

“아플수록 많이 먹어야 해.”

“그래도 입은 살아 있네.”

하리는 또다시 케이크를 한 점 떼어 먹었다.

“으음. 그러니깐…… 어디서부터 이야기하지?”

“아무 데서부터 이야기해.”

하리는 여태껏 있었던 일들을 하나둘 소영에게 말하기 시작했다.

며칠 전 그로부터 약혼 제의를 받은 이야기부터 취임식을 갔을 때 우현을 만났던 일, 그리고 취임식장을 나오다가 그만 길을 잃어 지금 이 모양 이 꼴이 된 것까지도.

소영은 한참 동안 입을 다물지 못하더니 종국에 가서는 웃음을 터뜨렸다.

“푸하하하하! 너 그럼 길 잃어서 세 시간에 걸쳐 집에 왔다는 거야?”

“쪽팔리게 확인시키지 말아라.”

“어이가 없어서 그러지. 하하하, 내가 너 길치인 거는 진작에 알았지만……. 크큭, 그러게 왜 고집을 부려. 그냥 태워주는 대로 넙죽 타고 올 일이지.”

“그 나츠미란 일본 여자애가 그 사람한테 대롱대롱 매달려서 엄청난 눈치를 주는데 너 같으면 타고 오겠냐?”

“응, 난 타고 와.”

미친 듯이 웃어젖힐 때는 언제고, 갑자기 정색을 하며 말하는 소영이었다. 짜식, 사람 무안하게.

“근데, 우현이 역시 부자였구나?”

“또 돈타령이냐?”

“내가 말했잖아. 결국 남는 건 돈이라고.”

소영은 나이트에서처럼 엄지와 검지로 동그란 원 모양을 만들어 그녀에게 흔들었다.

“자본주의에 물든 이 타락한 인간 같으니!!”

“근데 말이야.”

“뭐.”

“그 남자 은근히 너한테 관심 있는 거 아니야?”

“그건 또 무슨 소리야?”

“그렇잖아. 나츠미란 여자애도 있고, 그 정도 외모에 능력이면 약혼녀 노릇 해줄 여자들이 널렸을 텐데 왜 그 많고 많은 예쁜 여자들을 놔두고 널 약혼녀로 소개했을까?”

“야야, 말에 가시가 있다? 예쁜 여자들 두고??”

“말이 그렇단 거지.”

소영은 무마하려는 듯 창밖으로 눈길을 주며 커피 잔을 입에 갖다 댔다.

“그래도 그 남자 나한테 그랬어. 자기는 여자 별로 안 좋아한
다고.”

“그럼 넌 남자냐?”

“씨이, 그리고 여자 고를 시간도 없다고 했어. 또 하민 오빠의
여동생이니 감시하기 편하다고도 했고.”

“하긴 감시하긴 편하겠다. 그렇지만 아무리 그래도 그렇지, 고
른 여자가 하필 너라니…….”

“야!! 채소영!”

씩씩대는 하리를 보면서 소영은 짐짓 여유를 부리며 커피를 마
셨다. 그런데 소영이 문득 뭔가 재밌는 것이라도 생각해냈는지
하리에게로 얼굴을 홱 돌려 헤벌쭉 웃었다.

뭐, 뭐냐 저 웃음은? 난 네가 그렇게 웃을 때마다 무섭구나 정
말.

“넌 그 남자한테 관심 없어?”

“관심은 무신!! 순전히 그놈의 돈 때문에 이렇게 된 거잖아!”

“치이~ 재미없게. 그래도 조금이라도 관심 없어? 그 남자 은
근히 네 취향이잖아?”

관심? 조금이라도? 흐음. 분명히 어제 그 남자에 대한 느낌이
바뀌긴 했지만 그것도 관심이라고 할 수 있나? 아니, 살짝 가슴
이 두근거린 적도 있었지만. 에이, 아니다 아니야. 내가 우현이한
테 차인 지 얼마나 됐다고.

“조금 가슴이 두근거리긴 했어.”

“그치? 그런 적 있지? 그럼 본격적으로 대시해보는 건 어때?”

"별로 땡기진 않는데."

"왜에!"

하리가 그닥 협조적이지 않자, 소영은 노골적으로 실망한 기색을 드러냈다. 이제 보니 네가 재미있으니깐 이러는 거지?

하리는 맞은편에서 케이크를 예쁘게 조금조금씩 떼어 먹는 소영을 새초롬한 눈으로 쳐다보았다.

한참 동안 수다를 떨다보니 어느덧 시계 바늘은 7시를 가리키고 있었다.

"이제 그만 나가자."

"왜 벌써 가려고 해? 알았어."

언젠가부터 묵시적으로 그들의 약속 장소가 되어버린 학교 정문 주차장. 일찍 와서 기다리고 있었던 듯 유하가 벤치에 앉아 학교 전경을 둘러보며 담배를 피우고 있었다.

두근.

오늘 소영이 이상한 말만 해대더니 이제는 별것도 아닌 일 가지고 심장이 다 두근거린다.

소영이 그를 발견하고는 감탄사를 내뱉었다.

"오호, 그림 좋~다!"

"네 말투 완전 양아치 삘이다?"

하리의 말엔 아랑곳하지 않고 소영이 하리에게 팔짱을 끼고 제가 먼저 성큼성큼 다가갔다.

"야야, 아무리 학교 앞이라지만 차는 좀 보고 건너라고!!"

"안녕하세요, 유하 오빠!"

소영의 오버액션에 하리가 눈을 껌뻑이며 그녀를 뚫어져라 쳐다보았다. 얼래? 애가 뭘 잘못 먹었나? 갑자기 왜 이런대?

"어, 안녕."

친하지도 않으면서 반말은. 댁도 안녕하세요라고 해야지! 나이 네 살 많은 게 벼슬이냐 엉?

하지만 이것도 머릿속에서 아우성치는 생각일 뿐이었다. 유하는 담배를 든 손을 한번 들어 보임으로써 소영의 인사에 응했고, 다음 순간 하리를 쳐다보았다.

"넌 왜 인사 안 해?"

이 꼴로 어떻게 인사를 하라는 거요, 지금?

"안녕하세요."

하지만 하리의 예의 바른 몸뚱이는 그의 말 한마디에 90도로 허리를 굽혀 깍듯이 인사하고 있었다.

"아프다면서 멀쩡해 보이네. 타, 집까지 태워다줄게."

우이씨, 어제나 좀 데려다줄 것이지…….

"야, 뭐 해. 얼른 타고 집에 가!"

소영이 페라리로 하리를 떠밀었다.

"날 그렇게 보내버리고 싶었냐?"

보조석에 올라앉은 하리에게 소영이 손을 흔들어 보이며 붕어처럼 입을 벙긋했다.

"파이팅!"

에? 도대체 뭐가 파이팅인데?

소영이 말한 파이팅의 의미만을 곰곰 생각하던 하리는 미처 알아차리지 못하고 있었다. 나무 기둥 뒤에 숨어 우현이 손에 들고 있던 약봉지를 쓰레기통에 던져버리며 나지막이 욕설을 내뱉는 것을.

하리는 평소와 다르게 아무런 말도 없이 창밖만을 응시하고 있었다.

"많이 아프냐?"

결국 먼저 말을 꺼낸 건 유히였다.

이게 웬일이래. 나한테 먼저 말을 다 걸고.

"아니요. 이젠 괜찮아요."

구김 하나 찾아볼 수 없는 브라운색 슈트를 차려입고 한 손으로 여유 있게 핸들을 돌리는 그의 모습을 한참 동안 바라보고 있었을까. 유하는 이내 눈치를 챘는지 정면에 시선을 고정하고 입을 뗐다.

"뭘 그렇게 봐? 내 얼굴에 뭐라도 묻었어?"

"아, 아니요!"

"풋."

깜짝 놀란 하리가 엉겁결에 다시 창밖으로 고개를 홱 돌렸고 유하는 그녀의 귀에도 분명하게 들릴 만큼 실소를 터트렸다.

몰래 훔쳐보다 들킨 일이 부끄러워서였는지, 아니면 감기 때문이었는지 하리의 얼굴은 후끈 달아오르기 시작했다. 하리는 자신의 불타는 고구마를 양 손바닥으로 지그시 감쌌다.

도대체 내가 왜 이러는 걸까……?

하리는 다시 힐끔 곁눈질을 했다.

짧지도 길지도 않은 밝은 갈색머리는 왁스로 단정하게 고정을 시켰고, 하얀 얼굴은 느끼하지 않은 쌍꺼풀 라인과 동양인치고는 잘 뻗은 콧날, 그리고 담배를 물고 있을 때 살짝 벌린 육감적인 입술로 조화가 썩 잘되어 있었다. 전체적으로 풍기는 이미지는 지적인 편에 속했다.

'그 남자 은근히 네 취향이잖아?'

귓가를 맴도는 모기처럼, 문득 소영의 말이 윙윙대고 있었다. 하리는 애써 부정하려 도리질을 했다. 하지만 또 그를 보자 제대로 통제되지 못하는 심장. 이건 분명 소영이 쓸데없는 말을 한 탓일 거라고 하리는 자신을 합리화하고 있었다.

어느새 집 앞에 도착해서 하리가 고맙다는 말을 남기고 내리려는 순간, 유하가 그녀의 왼쪽 팔을 붙들었다.

"왜요?"

"이거."

유하가 웬 검은 봉지를 불쑥 내밀었다. 봉지 안에는 감기약으로 보이는 상자 몇 개와 갈색 병들이 담겨 있었다.

"저기, 나 그렇게 심하게 아픈 건 아닌데."

"그냥 약국에서 물어보고선 사 왔어."

"고…… 고마워요."

"어젠 고마웠다."

하리는 봉지에 담긴 약들을 굽어보고 있다가 생각지도 못한 그의 말에 놀라 고개를 번쩍 들었다. 고맙다는 말과는 전혀 어울리지 않는 사람쯤으로 치부했는데……. 내일은 해가 서쪽에서 뜨려나보네.

"할아버지가 무척 좋아하시더군."

"그래요? 다행이네요."

"할아버지가 보고 싶어하시니깐 나중에 집에 한번 찾아와."

"저기."

"왜?"

하리는 그 나츠미라는 여자에 대해 물어보고 싶었다. 히지만 진짜 약혼녀도 아닌 자신이 그런 것까지 물어본다는 게 조금 우습다는 생각이 들어 곧 입을 다물어버렸다.

"아니에요, 아무것도."

"그래? 그럼 그만 들어가봐."

씨이, 조금은 궁금한 눈빛을 해도 괜찮잖아?

하리가 페라리에서 내려 몇 발자국을 떼었을 때 그의 자동차가 출발하는 소리가 들렸다. 하리는 손에 들린 약봉지를 한번 쳐다보고는 실성한 사람마냥 히죽거렸다.

그의 정체

　한가로운 주말을 맞이하여 하리는 모처럼 방을 정리하고 있었다. 감기는 그가 사 준 약을 먹고선 하루 만에 씻은 듯이 나았다. 물론 오빠 하진의 의료 지식이 큰 몫을 하긴 했지만 말이다. 유하가 사 준 감기약은 아직도 남아 있어 그녀의 서랍 한구석에 고이 모셔져 있었다.

　그런데 문득 오래 전에 책상 밑에 처박아둔 잡지들이 눈에 띄었다. 모델 활동을 했던 하민 오빠 덕분에 하리의 방에는 외국 잡지를 비롯해 국내 잡지들이 많았고, 또 그 잡지엔 미남들이 총출동하기 때문에 그녀는 고 2때까지 이 잡지들을 상당히 애지중지했다. 아마 그녀의 눈이 높아진 건 이 잡지들 때문이 아닌가 싶다.

　"오랜만에 잡지 좀 볼까?"

　먼지가 켜켜이 쌓인 빛바랜 잡지들을 무심코 한 장 두 장 넘기던 하리의 손이 순간 멈칫했다.

자신의 오빠와 함께 찍혀 있는 이 남자.

그러고 보니 옛날에 이 남자에게 반해서 누구냐고 하민에게 한창 물어보곤 했었는데, 그때마다 하민은 시원한 대답을 해주지 않았었다. 그냥 일본에서 같이 일하게 된 남자라고 건성으로 이야기했다.

하지만 하리는 알고 있었다. 자신이 그 남자에게 관심을 보이자 하민이 삐쳐서 아무 대답도 해주지 않은 것을. 하민은 여자처럼 은근히 질투심 많고 잘 삐치는 성격이었다.

"어……, 근데 이 사람?"

하리의 이마를 서서히 일그러뜨리게 만드는 이 남자. 자세히 보니 누군가와 닮았다. 그래, 천유하. 그 사람이랑 많이도 닮았네. 이 모델 이름이…….

잡지 구석구석을 손으로 짚어가며 열심히 이름을 찾았지만 일본어와 한자가 뒤범벅된 잡지를 해독하기란 어려운 일이었다. 하리는 잡지를 들고 거실로 나갔다. 거실엔 마침 대청소를 하는 하진 오빠가 보였다.

어디서 저 앙증맞은 앞치마는 구한 건지.

노란 병아리 그림의 앞치마를 두르고선 총채로 이곳저곳 먼지를 털어내던 하민은 인기척을 느꼈는지 하리를 향해 휙 고개를 돌렸다.

"하리야, 배고프니?"

"응?"

1시 30분. 그러고 보니 평소 점심시간치고는 늦은 시각이었다.

“오빠가 이것만 하고 밥 챙겨줄게. 조금만 기다려.”

“아니, 오빠. 점심은 천천히 먹자.”

“그럴래?”

아아, 언제 봐도 귀여운 우리 오빠. 혹 하늘에서 내려준 천사가 아닐까?

“그럼 점심은 뭐 해줄까?”

“글쎄.”

“하리 먹고 싶은 거 해줄게.”

“오빠가 해주는 건 다 맛있는걸!”

“정말?!”

아아, 얼른 자리를 피하든가 해야지. 저렇게 어린애처럼 좋아하는 모습이라니!

하리는 하민 오빠의 방으로 향했다. 하민의 방 문 앞에 서서 노크를 하려고 그녀가 무심코 손을 들어올린 순간, 벌컥 문이 열렸다.

“으악!!”

타이밍 맞춰 갑자기 열린 문 때문에 하리는 괴성을 지르고 말았다.

“뭐야뭐야! 하리야, 무슨 일이야?!”

총채를 든 채로 하진이 한달음에 달려왔고, 하민은 갑작스런 하리의 괴성에 놀랐는지 그 자리에 붙박혀 눈만 끔벅거리고 있었다.

아이, 쪽팔려……. 이거 어떻게 수습해야 하나.

"갑자기 왜 소리는 지르고 그래?"

"뭐야, 도둑놈이라도 들어온 거야?"

"아, 아니 그게…… 저, 아무것도 아닌데."

"야야, 나 늦었다. 비켜봐!"

하민은 시계를 한 번 보더니 멍청히 서 있던 그녀를 옆으로 밀어내고 현관으로 걸어갔다. 아직도 어리둥절해하며 총채를 들고 어정쩡하게 서 있는 하진을 보고 하리는 멋쩍은 웃음을 지어 보았다. 하진은 고개를 끄덕이면서 거실로 돌아갔다.

"아아, 하민 오빠, 잠깐!"

하리가 부랴부랴 신발을 꿰어 신고 있는 하민을 불러 세우고 그의 얼굴 앞으로 잡지를 클로즈업시켰다.

"여기 이 사람 누구야?"

잡지 속, 예의 그 싸가지 없어 보이는 녀석을 향해 하리가 검지 손가락을 들어 가리켰다. 하민은 유심히 보는가 싶더니 곧 어이없다는 표정을 지었다. 뭐야, 왜 그렇게 보는 건데?

"예전에 네가 잘생겼다고 난리 치던 그 녀석?"

"응응."

하리는 열심히 고개를 주억거렸다.

"그거 유하잖아, 천유하."

"뭐어?"

어이없는 표정으로 날 보던 이유가 그거였어? 그 사람을 못 알아봐서?

"그, 그치만 그 사람 지금 회사 이사잖아!"

하리는 나가려고 막 문 손잡이를 잡은 오빠의 옷자락을 쥐고 소리쳤다.

"그 녀석 일본에 있었을 때 모델 활동도 했었어. 아마 그거 일본에 있는 걔네 브랜드의 자사 모델로 활동할 때일 거야. 꽤 옛날 건데 용케도 찾아냈네?"

하리는 마치 100톤짜리 망치와 헤딩한 것 같은 느낌이었다. 이내 정신을 수습한 하리가 다시 하민의 옷자락을 슬그머니 잡아당겼다.

"뭐야, 그런 말 없었잖아!"

"네가 언제 물어봤었냐?"

"그…… 그럼 학교 앞에서 그 사람 봤을 때, 그 사람이 나 본적 있다고 했었지? 그건 무슨 말이야?

"내가 그런 말을 했냐?"

"오빠!!"

"아아, 생각났어. 일본에 있을 때 내 지갑에서 유하가 가족사진을 봤거든. 그때 유하가 널 보고 동생이냐고 물으면서 귀엽게 생겼다고 했었어. 그리고 또…… 야, 너 때문에 나 늦었어. 간다!!"

하민이 짧게 설명하고는 하리의 손을 뿌리치고 나가버렸다.

잠깐, 그러니깐 뭐야. 내가 3일 밤낮을 오빠 쫓아다니면서 프로필 알려달라고 졸라댔던 사람이 다름 아닌 그 남자라고? '그리고 또'라니? 그건 무슨 말인데. 에이씨, 도대체 어떻게 된 거야!

하민이 박차고 나간 현관문을 멀뚱히 바라보면서 하리는 미궁 속을 헤매고 있었다.

"하리야~ 밥 먹어!"

"으응!"

큰오빠가 부르는 소리에 하리는 일단 생각을 접기로 하고 주방으로 쏜살같이 달려갔다.

하리는 그가 실린 잡지책을 학교로 가져와서 다시 한 번 유심히 보고 있었다. 사진 속에 자신의 둘째 오빠도 같이 있으니, 소영이 녀석이 달라고 생떼를 쓸 것은 분명했다. 먼저 강의실에 도착해서 소영을 기다리던 하리는 자신의 앞으로 드리워진 그림자에 고개를 들었다.

"뭘 그렇게 열심히 보냐?"

"말 좀 걸지 마라. 누가 너랑 날 보며 헤어진 연인이라 생각하겠냐?"

"친구끼리 이 정도 말도 못하냐?"

"꺼져라 좀. 요즘 너랑 엮이면 만날 일이 꼬이니깐."

날 차버린 주제에 이 녀석은 왜 이렇게 내게 줄기차게 신경을 써대는 걸까? 천유하를 만나기 시작한 날부터 이 녀석은 내게 사사건건 시비를 걸었으며, 고로 내게 있어선 원수 같은 놈이자 훼방꾼이었다. 이 녀석이 왜 천유하를 싫어하는 걸까? 열등감 때문에? 그것도 아님 혹시 질투??

"네 친구로서 말하겠는데……."

"말하지 마."

"야!"

“다른 자식 입에서 약혼자 욕하는 소리, 더는 못 참겠다!”

내 비록 890만 원에 담보 잡힌 약혼녀이긴 하다만, 일단 그 남자도 너한테 본인이 약혼자라고 밝혔고 나도 대외적으로는 그 사람 약혼녀니깐. 게다가 아프다니깐 약까지 사다 바치고 기특하지 않냐? 근데 네 녀석은 뭘 잘했다고 이 난리니? 나 아플 때 네가 판피린 F라도 사다준 적 있냐?

우현은 화를 참는다는 듯 주먹에 힘을 줬다 뺐다 하면서 그녀를 노려보았다.

어쭈, 주먹까지 쥐고. 잘하면 너 나 패겠다??

“나 좋아한다고 그럴 때는 언제고, 여자가 왜 그렇게 가볍냐?”

“날 차버린 게 누군데 그래? 왜 차고 나니 아깝든? 이제 와서 구차하게 친구 운운하면서 그 사람 욕하지 마라. 너보다 백 배는 돈 많고, 천 배는 멋있고, 만 배로 다정하다!”

물론 그녀는 입에 침 한 번 바르고 거짓말하는 중이었다.

“후우……, 내가 너랑 무슨 말을 하겠냐.”

“오!! 듣던 중 반가운 소리! 이제 할 말 없으면 내 눈앞에서 사라져주시지?”

하리는 우현에게서 시선을 거두어 잡지책을 열중해 보는 척했다.

“나중에 나한테 도와달라고 사정하지 말아라.”

우현이 엄포를 놓으며 유유히 사라졌다.

흥!! 벼랑 끝에 매달려도, 드럽고 치사해서라도, 네 녀석 도움받는 일은 절대 없을 거다!

수업에 늦게 들어온 소영이 조심스레 그녀에게 출석 체크 여부를 묻자, 하리는 부정의 뜻으로 고개를 두어 번 저어주었다. 드디어 지루했던 두 시간의 수업이 끝나고 사람들은 모래시계처럼 순식간에 강의실을 빠져나갔다.

하리는 책상 한켠에 몰아두었던 잡지들을 소영에게 내밀었다.

"이게 뭐냐?"

탁!!

잡지를 한번 휘리릭 살펴본 소영이 하민이 나온 페이지를 기똥차게 찾아내더니 책상 위에 잡지를 거세게 내려놓았다.

"꺄아! 이거 하민 오빠잖아! 이게 언젯적 거야? 야야, 나 이거 줘!"

이런 반응이 나올 줄 짐작했지만 저기 그 전에 하민 오빠 옆에 있는 사람도 좀 봐주지 않겠어?

"어머머머, 하민 오빤 어쩜 이렇게 멋있게 나왔을까! 역시 스타일 죽이시고~!"

"야야, 하민 오빠 옆에 있는 사람 좀 봐주지 않을래?"

"응? 하민 오빠 옆에 있는 사람??"

소영은 하리의 말대로 제 손가락을 그의 얼굴로 갖다 댄 뒤 얼굴을 들이밀었다. 그렇게 한참을 바라보던 소영이 고개를 확 들어젖히고 하리에게 물었다.

"어디서 많이 본 사람 같은데?"

"너도 못 알아보는구나. 하긴 저게 몇 년 전 거니깐."

"잘생겼다. 일본 모델이야?"

“아니.”

“그럼 누군데? 이 사람 은근히 네 타입이다.”

그래, 그래서 3일 밤낮 프로필 알려달라고 하민 오빠를 졸졸졸 따라다녔었지.

“그 사람 유하 씨야.”

소영은 들고 있던 잡지를 그대로 떨어뜨려버렸다.

“말도 안 돼.”

“나도 몰랐어.”

“이렇게 눈에 띄는 사람이면 네가 눈에 쌍심지를 켜고 프로필 조사 들어갔어야 하는 거 아니었어?”

“물론 그땐 그랬지만, 삐돌이 하민 오빠가 안 알려준 덕택이 지.”

“어쨌든 이 사람 대단하네～!”

다시금 자신의 짝사랑에게로 시선을 준 소영이 하리에게 간절한 눈빛을 지어 보였다.

“이 잡지 나 줘. 응?”

“그래, 너 가져라 가져.”

“앗싸아～!”

너무나 좋아하며 잡지를 껴안고 방방 뜨는 소영을 하리가 턱을 괴고 노골적으로 한심스러운 듯 쳐다보았다. 소영이 그런 하리와 잡지를 번갈아 보더니 잡지 한 장을 쭈욱 찢어서 건넸다.

“야, 이건 네가 가져.”

“이걸 왜?”

얼떨결에 하민과 유하가 함께 나온 사진을 받아든 하리를 보고
소영이 씨익 웃었다.

"거기 네 남편 나왔잖아!"

"야!! 너 정말!"

"남편님의 사랑이 담긴 감기약 먹고 하루 만에 감기도 떨어졌
다며?"

"너…… 너너!"

그를 '남편'이라 칭하며 놀려대는 소영에게 하리기 얼굴을 붉히
며 달려들었고, 소영은 냉큼 잡지를 들고는 밖으로 줄행랑을 쳤
다. 하리가 소영을 따라나서려 짐을 주섬주섬 챙기는 동안, 소영
이 강의실 문을 빼꼼이 열어 문 틈으로 얼굴을 들이밀고 은밀한
미소를 지었다.

"오늘은 남편님 안 온대니~?"

"그만 놀려!!"

띠리리릴리~.

때마침 울리는 전화 벨소리에 소영을 응징하려던 하리는 멈춰
서서 핸드폰을 찾았다. 핸드폰 모니터에는 그녀의 얼굴을 붉게
만들어버린 주인공의 이름이 떴다.

'천유하.'

며칠 전에 바꾼 그의 발신 명이었다.

감기약에 조금 감동을 받은 그녀가 인심을 써주었다. 하리는
망설이는 듯 선뜻 핸드폰을 받지 않고 있었다. 소영이 어느샌가
하리 곁에 은근슬쩍 다가와 속삭였다.

"누구? 남편님?"

"그래."

하리는 이제 포기한 듯 짤막하게 대답하고, 핸드폰 플립을 열었다.

"웬일이세요?"

[감기는 다 나았나보군.]

"뭐, 덕분이죠."

[수업 끝났나? 잠깐 나와.]

아아, 벌써 학교 앞입니까? 도대체 내 수업 끝나는 시간은 어찌 그리 잘 아시고……. 혹시 내 곁에 스파이라도 심어놓으신 건 아닙니까?

[수업 아직 안 끝났어?]

"아뇨, 끝났어요. 지금 내려갈게요."

뭐가 그리도 재밌는지 옆에서 대화 내용을 엿들으며 킥킥대는 소영을 보며 하리가 작게 한숨을 내리깔았다.

"남편님 오셨어? 그럼 인사라도……."

"너 쓸데없는 말 하지 마."

그 말과 동시에 하리가 소영의 품에 있는 잡지를 한껏 노려보았고, 소영은 그녀의 말을 이해했는지 가방에 부랴부랴 잡지를 집어넣고 있었다.

그의 페라리는 오늘도 광채를 발했다. 일을 하다 나온 모양인지, 스트라이프가 들어간 검은색 셔츠의 양 소맷자락을 팔꿈치까지 접어 올린 유하의 모습이 보였다. 하리를 이끄는 소영의 발놀

림이 빨라졌다. 그의 앞에 마주 서자마자 소영이 냉큼 인사를 했다.

"안녕하세요! 하리 데려왔어요!"

"아……, 고마워."

갑작스런 소영의 등장에 놀란 그가 버벅거렸다. 소영은 이로써 자신의 임무는 끝났다는 듯, 손을 흔들며 유유히 멀어져 갔다.

"타."

"그러죠."

그들을 태운 차는 부드럽게 도로를 질주했다. 스피커에서 흘러나오는 Destiny's Child의 Lose My Breath라는 곡에 맞춰, 핸들을 잡은 유하의 하얀 손이 까닥거리고 있었다.

여자처럼 곱상한 손.

순간 그 손을 만지고 싶은 충동을 삼키려고 하리는 고개를 돌려 버렸다. 아이씨, 이 순간에도 변녀의 근성이…….

"시간 없으니깐 오늘은 본론만 마치고 갈게."

"그러세요."

나도 빨리빨리 하고 집에 갔으면 좋겠어요. 내가 댁하고 있으면 아무래도 제정신이 아닌 거 같아.

압구정의 한 주얼리숍 앞에서 유하는 차를 세웠다. 아마 단골인 모양인지, 매장 점원들이 일제히 유하를 반갑게 맞았다.

"근데 저분은 여자친구세요?"

"네."

"어머, 여자친구분이 상당한 미인이시네요."

역시, 언니가 보는 눈이 있군요.

"띄워주지 말아요. 정말 자기가 예쁜지 알아요."

"씨이."

투덜대는 하리는 아랑곳하지 않고 유하는 숍 매니저에게 자신이 주문한 것을 보여달라고 청했다.

"이거 어때?"

그가 숍 매니저에게서 받은 반지를 집어 들고 하리를 쳐다보았다. 심플한 링에 2미리의 큐빅이 포인트로 박힌 예쁜 반지였다.

"꽤 예쁘네요. 큐빅도 예쁘고!"

"큐빅이라뇨……?"

"여기 큐빅 박혀 있잖아요."

"후후후, 이건 큐빅이 아니라 다이아몬드예요."

큐빅이라 박박 우기는 하리를 보며 숍 매니저는 실소를 터트렸다.

"다…… 다이아몬드?"

"그래. 다, 이, 아, 몬, 드!"

"나 돈 없어요!"

"누가 너보고 돈 내라고 그랬어?"

"그럼요……?"

유하는 소심하게 자신을 건너다보는 하리의 손을 잡아당겨 가운뎃손가락에 반지를 끼워주었다. 2미리의 다이아몬드가 이제 그녀의 손에서 반짝거리고 있었다.

이거, 손가락 부러지지 않으려나 모르겠네!

“이 정도면 맞을 거라고 생각했어.”

그리고 유하는 남성의 것으로 보이는 조금 두꺼운 반지를 하리에게 내밀었다.

어쩌라고요? 이것도 나 가지라고??

“얼른 끼워줘.”

그가 나머지 커플링을 건네면서 자신의 왼쪽 손가락을 쑥 내밀었다.

삼촌, 이거 뭐 하자는 플레이인데?!

“뭐 하세요, 얼른 반지 안 끼워주시고?”

“네?”

이제는 점원들까지 합세해 보채고 있었다. 그녀는 한참동안 반지와 그의 손가락을 번갈아 보다가, 팔 떨어지겠다는 그의 말에 잽싸게 반지를 끼워넣었다.

주얼리 숍에서 나온 유하는 다시 회사로 들어가 봐야 한다며 집까지 데려다주겠다고 말했다. 하리는 그의 말은 듣는 둥 마는 둥 자신의 손에서 눈부시게 빛나는 다이아몬드만을 응시하고 있었다.

아아, 이거 혹시 꿈은 아닐까……?

“저기요, 근데 이 반지는 왜……?”

“거짓이긴 하지만 명색이 약혼녀라고 소개했는데 식까진 못 올려도 진짜처럼 꾸미긴 해야 할 거 아니야.”

“그, 그렇다고 다이아몬드까지…….”

나야 물론 좋긴 하지만! 후훗.

"약혼녀라고 인사시킨 여자한테 달랑 실반지 하나 끼운 걸 할아버지가 보시면 실망하실 테니깐."

아아, 그러세요? 난 실반지가 더 좋은데 퍽이나 잘나셨습니다.

"아, 그런데요."

하리는 문득 가방 속에 꾸깃하게 접혀 있을 잡지가 떠올랐다.

"뭔데?"

"그쪽, 일본에서 모델 활동했어요?"

끼이익!

"으앗!!"

갑자기 유하가 급브레이크를 밟는 바람에 하리가 중심을 잃고 기우뚱하면서 결국 그녀의 머리가 차창 유리와 반갑게 만나 요란한 인사를 나누고 있었다.

"아오……, 아파."

하리는 부딪힌 머리를 부여잡고 그를 쏘아보았다.

"지금 뭐 하는 거예요! 오늘밤 9시 뉴스에 나오고 싶어요? 왜 갑자기 차는 세우고……."

"그거 어떻게 알았어?"

묻는 말엔 대답도 하지 않고 유하가 오히려 되물었다.

에이씨, 물어보면 안 되는 거였나?

"잡지에서 봤어요."

"하민이한테 들은 건 없고?"

"뭐요, 나 귀엽다고 한 거 말이에요? 뭐 들으면 안 되는 이야기라도 있어요?"

"아니, 그런 건 아니고 그런 옛날 사진은 별로 보여주고 싶지 않아서 말이지."

"별다르게 보이진 않던데요?"

싸가지 없어 보이는 게 특히나 똑같았고…….

그가 다시 핸들을 잡았지만, 당황한 기색은 여전히 남아 있었다.

집에 돌아와 침대에 벌렁 누운 하리는 수상쩍은 눈빛으로 잡지가 들어 있는 자신의 가방을 바라보았나.

"흐음……, 7일 밤낮을 쫓아다녀서라도 알아냈어야 했어. 천유하라는 남자의 프로필을 말이야."

강하리, 모델 데뷔하다

간간이 있던 수업이 생각지도 않게 공강으로 뜨면서, 하리는 집에서 한가로운 시간을 보내고 있었다. 소파에서 뒹굴거리며 리모컨을 띡띡 눌러대던 하리는 금세 싫증을 느끼고 핸드폰을 만지작거렸다.

"소영이한테 나오라고 그럴까?"

핸드폰 플립을 여는데 마침 전화가 걸려왔다. 하리는 통화버튼을 꾸욱 눌렀다.

"작은오빠, 왜 전화했어?"

[너 지금 집에 있지?]

"응. 있긴 한데, 왜?"

[휴, 다행이다. 내 방에 가면 옷 들어 있는 쇼핑백 있거든. 그것 좀 가지고 와라.]

"급한 거야?"

[응. 나 그거 없으면 오늘 촬영 못해.]

"아무튼 칠칠맞긴! 나이가 몇인데……."

[잔말 말고 그것 좀 가지고 나와. 여기가 어디냐면…….]

하리는 하민이 불러준 장소를 종이에 적고는, 방으로 들어가 얌전하게 놓여 있는 쇼핑백 하나를 들고 나왔다. 구제 청바지에 흰 티셔츠를 입고 터덜터덜 집을 나온 그녀는 장장 1시간 30분이 걸려서야 목적지에 도착할 수 있었다.

"빌딩 한번 으리으리하네."

하늘 높은 줄 모르고 치솟아 있는 빌딩을 목이 부러져라 올려 다본 그녀는 빌딩 안으로 걸음을 옮겼다. 12층에 있다는 제2 스 튜디오를 찾아가기 위해 엘리베이터를 기다리던 하리는 그곳에서 의외의 사람을 만날 수 있었다.

"할아버지?"

"이게 누군가? 우리 하리 양이 아닌가!"

"정말 오랜만에 봬요. 그간 잘 지내셨어요?"

"허허허. 그럼, 잘 지내고 있지. 유하를 보러 온 건가?"

"예?"

영민의 말을 이해하지 못한 하리가 고개를 갸웃했다. 그때, 영 민을 수행하던 비서가 다급하게 영민에게 귓속말을 하는가 싶더 니 이내 영민이 하리에게 눈길을 주었다.

"이거 미안하게 됐네. 하리 양과 더 이야기를 나누고 싶은데 급한 일이 생겨서 말이지."

"아, 아니에요. 저도 마침 급하게 갈 곳이 있었거든요."

"나중에 집으로 한 번 오려무나. 차라도 마시며 느긋하게 이야기를 하게……."

"네, 할아버지."

영민은 하리의 말이 떨어지기가 무섭게, 비서와 어디론가 바쁘게 이동했다.

"왜 갑자기 그 사람 이야기를 하시는 거지?"

하리는 잠시 이상하다는 생각을 하고 다시 부지런하게 발을 놀렸다.

제2 스튜디오라는 팻말이 붙은 곳으로 들어가자 제일 먼저 그녀를 맞이한 것은 훅 끼쳐오는 뜨거운 공기였다. 그곳은 꽤 많은 사람들로 북적대고 있었다. 이곳저곳을 두리번거리던 하리는 오래지 않아 하민을 발견했고, 하민 또한 쇼핑백을 들고 오는 그녀를 보더니 반갑게 손을 높이 쳐들었다.

"자, 여기 옷."

"땡큐!"

쇼핑백을 받아든 하민이 익살스럽게 한쪽 눈을 찡긋거렸다. 하리는 처음 와보는 스튜디오 안을 빙 둘러보고 탄성을 내질렀다.

"와아~ 신기하다!"

"오빠 일하는 데 처음 오지?"

"언제 데려온 적 있었어?"

"찬찬히 구경하다가 가. 너한텐 공부가 될 테니."

"난 모델이 아니라 배우가 되고 싶은 건데?"

"어쨌든 보고 있으면 좋은 공부가 될 거다."

저 멀리서 누군가 애타게 하민을 찾자, 하민은 그녀에게 잠깐만 기다리라는 말을 남기고 자리를 떴다. 그런데 문득 등 뒤에서 열렬하게 보내오는 따가운 눈총을 본능으로 느낀 하리는 뒤를 확 돌아보았다.

"아이고, 깜짝이야!!"

"여긴 무슨 일이에요?"

"아…… 아, 나츠미 양?"

"외부인 출입금지 아닌가요?"

외부인이라니 무슨 그리 섭한 말씀을! 뭐, 엄밀히 따지면 외부인이긴 하지만 그래도 제가 이 촬영이 아무 탈 없이 돌아가게 해 준 은인이지요.

"아, 우리 오빠가 심부름을 시켜서요."

"심부름 다 했으면 돌아가야 하는 거 아닌가요?"

"잠시 둘러보다 가라고 해서요."

"촬영하는 데 방해나 하지 말아주세요."

나츠미는 바람을 쌩 일으키며 하리를 지나쳐 세트장으로 총총 걸어갔다.

저 쪼그만 생물이 정말 사람 속을 여러모로 긁어놓는구만…….

156센티미터 가량의 작은 키지만, 나츠미는 굉장히 당당해 보였다. 나츠미의 파트너가 하민 오빠인 모양인지 하민이 그녀의 옆으로 가서 장난을 걸며 개구쟁이처럼 웃었다. 나츠미 또한 하민의 장난에 활짝 웃으며 촬영 준비를 시작했다.

"나는 눈이 찢어져라 째려보더니……."

“뭘 째려본다구?”

그녀를 지켜보고 있었던 듯한 유하가 지포라이터를 손가락으로 굴리면서 벽에 한쪽 어깨를 기대고 비딱하게 서 있었다.

“놀랐잖아요! 근데 그…… 그쪽이 왜 여기에 있어요?”

“내가 여기 이사잖아.”

“여기 이사? 당신이 이사로 있다는 데가 여기였어요? 괴, 굉장히 큰 회사…….”

“한국뿐 아니라 일본에도 지사가 있지.”

그렇다고 부가 설명을 할 필요는 없거든요??

“그런데 이사가 왜 여기 있는데요? 책상에 앉아서 결재나 할 것이지.”

“나 모델로 활동했었던 거 알고 있잖아.”

“지…… 지금은 안 하잖아요.”

“자사 모델은 가끔씩 내가 하기도 해.”

당황하는 그녀와는 대조적으로 너무도 쉽게 대답하는 유하가 얄미워 하리는 다시금 나츠미와 오빠가 촬영하는 곳으로 눈을 돌려버렸다.

“반지…….”

“네?”

자신의 가운뎃손가락에 있는 반지를 몇 번 툭툭 치며 유하가 눈으로 그녀의 손에서 반지를 찾는 시늉을 해보였다.

“왜 안 끼고 왔어?”

“그, 그게…….”

비싼 반지 껴서 내 손이 부러지지 않을까 하고 말이죠.

"끼고 다녀라."

"예예."

"유짱!!"

어느 틈에 촬영이 끝났는지 나츠미가 하리의 옆에 서 있던 유하를 덮쳤다. 저번처럼 그의 허리를 꼬옥 끌어안고 머리를 부볐다. 180이 넘는 유하에게 156의 나츠미가 쏙 안기니 그녀가 무척 여리고 귀여워 보였다.

하리는 문득 한쪽 벽면에 걸린 전신거울에 비춰진 자신의 모습을 바라보았다. 키는 그녀보다 컸지만, 연약하게 보일 만큼 완전히 깡마른 몸매도 아니었고 섹시하지도 않고 뛰어날 만큼 예쁘지도 않았다. 그렇다고 나츠미처럼 귀여운 것도 아니고…….

휴우…….

"웬 한숨이야?"

땅이 꺼져라 한숨짓는 여동생을 보며 하민이 눈을 동그랗게 떴다.

"으응? 그냥. 헤헤헤."

그때 어디선가 들려오는 누군가의 성난 목소리에 그들 남매는 동시에 한곳을 바라보았다.

"그게 무슨 소리예요? 지금 애들 장난합니까? 갑자기 펑크를 내 버리면 이제 와서 어떻게 하라는 겁니까?"

소리의 근원지엔 난감한 표정으로 묵묵히 서 있는 사진작가와 오늘 출연하기로 한 모델의 매니저로 추정되는 남자, 그리고 잔뜩 화가 난 유하가 있었다.

유하는 착잡하다는 표정을 하고선, 머리를 신경질적으로 한 번 쓸어올리더니 갑자기 하리 쪽으로 고개를 돌렸다. 순간 유하와 하리의 눈이 마주쳤고, 유하는 무슨 묘안이라도 떠올랐는지 의미심장하게 입꼬리를 끌어올렸다.

샤악.

순식간에 얼굴에 핏기가 가시며 슬슬 한기가 드는 것이, 하리는 왠지 1분 1초라도 빨리 이 자리를 피해야 한다는 느낌이 들었다.

"오빠, 나 이제 가보는 것이 좋……."

"강하리."

그녀를 향해 유하가 씩씩하게 걸어오고 있었다. 그는 하리를 일별하더니 팔을 꽉 붙잡고는 코디와 메이크업을 담당하는 사람들을 하나하나 불렀다.

"아, 이봐요? 도대체 뭐 할려고!!"

"상훈 씨, 이 여자를 그 모델 대타로 쓰죠."

뭣, 뭐시라? 모…… 모오오델?? 당신 정령 제정신인 거야?

"도, 돌았어요?!"

"돌긴 누가 돌아."

"누가 모델한대요? 놔요, 이 손!!"

하리는 그에게서 벗어나려 발버둥쳤지만, 그의 손은 타협을 모르고 완강하기만 했다. 하리가 도움을 청하려 자신의 오빠에게 간절한 눈빛을 보냈지만, 하민은 오히려 이 상황이 재미있다는 듯 휘파람을 불며 딴청을 피웠다.

"이……, 나쁜 오라버니야!"

결국 분장실까지 강제로 떠밀려 들어간 하리는 의자에 앉혀졌다.

"최대한 변신하고 나와!"

유하는 그녀가 말할 기회는 주지 않겠다는 듯 잽싸게 문을 꽝 닫고 나가버렸다.

변신? 아니, 내가 무슨 변신로봇이유? 병신로봇이라면 또 모를까.

"유하 씨랑은 무슨 사이인 거예요?"

"네?"

하리의 얼굴에 파운데이션을 펴 바르는 손놀림을 멈추지 않고 메이크업 담당자 미정이 물었다.

무슨 사이라……. 거참, 정의하기가 애매하네. 근데 남의 사생활이 뭐 그리 궁금한 거요?

"천유하 씨가 제 오빠의 친구니까 그 사람에게 전, 친구의 동생이 되는 거죠."

"그래요? 난 또 유하 씨 커플링의 주인공인 줄 알았네……."

"하…… 하하하……."

그것도 맞기는 한데.

하리는 입을 꾸욱 다물며 고분고분하게 메이크업을 받았다. 미정은 최대한 그녀를 변신시키려 1시간 동안 바르고 문지르고 두들겨댔다. 덕분에 하리의 얼굴은 어느새 윤기가 반지르르 돌았다.

역시 이래서 사람들이 화장발, 화장발 하는구나!

세련된 스타일로 변한 자신의 모습을 거울에 이리저리 비춰보며 한창 화장발에 대한 예찬론을 펼치고 있을 때, 분장실 문이 부셔져라 확 열렸다. 문 입구엔 씩씩거리며 그녀를 노려보는 나츠미가 서 있었다.

"야! 너 뭐야!!"

"에?"

공격 태세로 나오는 나츠미를 보며 하리는 영문을 몰라 고개를 갸우뚱했다. 나츠미는 또다시 소리를 꽥 질렀다.

"네가 뭔데 유짱, 아니 유하 오빠랑 촬영을 하느냐고!"

아니, 내가 언제 하고 싶다고 했냐고요~!

"제기랄, 정말 어디서 보지도 못한 게 나타나서 우리 유짱한테 껄떡대고……."

제…… 제기랄? 꺼얼떡? 도대체 저런 말들은 언제 배운 거래? 확 머리통을 한 대 쥐어박아 줄까 보다.

"너 괜히 유짱 관심 끌려고 지랄하……."

"야!!"

이거 완전 내숭 덩어리였구만! 하민 오빠랑 천유하 앞에서는 배실배실 웃으며 온갖 귀여운 척은 다 해대더니만 뭐 지, 이, 랄? 지금 그게 고 앙증맞은 주둥이에서 나온 말이렷다?!

"뭐, 뭐야! 하, 한 대 칠 거야?"

하리의 태도가 돌변하자 나츠미는 다소 위축된 듯 말을 더듬었다.

아쭈, 약해지는 모습 보기 안쓰럽다야.

"사람한테는 '뭐'야가 아니라 '누구'냐고 묻는 거다, 꼬맹아."

"당신 지금 꼬…… 꼬맹이라고 했어?"

"아, 그리고 한 가지 더 가르쳐줄까?"

"뭐, 뭐를!!"

그녀는 이제 하리에게 삿대질까지 하며 말을 더듬었다.

이거, 은근히 재밌네?

하리는 얼굴까지 붉히며 씩씩대는 나츠미 앞에 마주 섰다. 하리가 걸음을 내딛을 때마다 그만큼 나츠미의 몸은 조금씩 뒤로 밀려났다. 그렇게 밀려나던 그녀가 갑자기 발을 헛디디면서 바닥에 주저앉고 말았다.

그 기회를 놓치지 않고 하리가 씨익, 사악하게 웃으며 허리를 굽히고 그녀의 귓가에 속삭였나.

"관심 끌려고 지랄하는 게 아니라……."

"……?"

"내가 그 사람의 약혼자란다."

"!!"

"옷 갈아입게 이제 좀 나가주겠어?"

얼굴이 금세 사색이 되어버린 나츠미는 다시 한 번 하리를 매섭게 쏘아보면서 대기실을 나갔다.

흐음……, 나에게도 이렇게 사악한 면이 있는 줄은 몰랐네. 어쨌든 이번 판은 강하리 WIN이시다.

"왜 저 여자가 해? 나츠미가 그 모델 대신 유짱이랑 촬영하면 되잖아!"

"자꾸 투정 부리지 마, 나츠미."

엇쭈, 아주 쇼를 하고 있네.

하리에게 한방 먹은 나츠미는 이제 그에게 매달리며 사정을 하는 것 같았다. 의상을 갈아입은 하리는 천천히 그런 두 사람을 향해 걸어갔다. 하리가 다가오는 것을 알아차린 나츠미는 그녀를 계속 노려보면서 옆에 서 있는 유하의 옷자락을 세게 움켜쥐었다. 유하는 하리의 모습에 조금 놀랐는지 눈을 미세하게 파르르 떨었다.

"나 괜찮아요?"

"음……, 생각보다 훌륭한데. 메이크업하는 데 고생 좀 했겠어."

"유하 군! 잠깐 좀 보자고."

사진작가인 상훈이 부르는 소리에 유하가 급히 발걸음을 떼었다. 그 틈을 이용해 다시 하리와 나츠미의 2라운드가 시작되었다.

"믿을 수 없어. 정말 당신이 유짱 약혼녀 맞아?"

"속고만 살았어? 유하 씨의 손가락에 있는 반지 못 봤어?"

"당신 손엔 없잖아!"

"집에 놓고 왔으니 없지."

"거짓말하지 마! 당신처럼 조심하지 못한 여자가 무슨……."

"참고로 '조심'이 아니라 '조신'이란다."

"어쨌든!!"

"어쨌든이 아니지. 한국말은 '아' 다르고 '어' 다르거든. 예를 들어 '사랑'하고 '사망'하고 같다고 할 수 있겠어?"

"촬영 들어가겠습니다!"

드디어 촬영이 시작되려는 것 같자 하리는 긴장을 풀기 위해 간단한 스트레칭을 했다.

이내 세트장에 몸둘 바를 모르고 어정쩡하게 서 있는 하리를 향해 셔터 소리가 끊임없이 울려댔다. 그녀는 비록 사진작가에게 한참동안 꾸지람을 들어야 했지만, 무사히 개인 컷 촬영을 끝낼 수 있었다. 유하는 모델 출신답게 수월하게 개인 컷을 마쳤다.

다음은 커플 촬영이었다.

그들은 뜨거운 조명 아래에서 사진작가의 요구대로 갖가지 포즈를 취하느라 비지땀을 흘렸다. 장시간의 촬영 탓이었는지, 아니면 뜨거운 조명 탓이었는지 하리는 현기증이 나 쓰러질 것만 같았다.

"이봐 괜찮아?"

"안 괜찮은 거 같은데요……."

"조금만 참아. 이제 마지막 촬영이니깐."

마지막 촬영 의상은 타이트한 검은색 이브닝 드레스였다. 목에 코르사주 목걸이로 포인트를 준 스타일의 의상이었다. 준비를 마친 그녀 곁으로 스트라이프가 가미된 진회색 슈트를 차려입은 유하가 다가왔다.

"정말 괜찮겠어? 많이 힘들어 보인다."

"참을 만해요."

그때, 사진작가 상훈의 목소리가 들려왔다.

"자자, 서로 마주보면서 유하 군이 하리 씨의 허리를 살며시 끌어안고, 하리 씨는 유하 군의 목에다가 팔을 두르는 걸로 가자구!"

"네? 그…… 그건 너무……."

부끄러운 부탁이라고요!

하리가 망설이고 있는데 순간 나츠미와 눈이 마주쳤다. 상훈의 뒤에 서서 하민 오빠와 함께 그녀를 주시하고 있던 나츠미는 사진작가의 주문 때문에 오만상을 찌푸리며 궁시렁대고 있었다. 그때 갑자기 하리의 몸이 유하에게로 밀착되었고, 깜짝 놀란 하리가 얼떨결에 그의 어깨를 붙잡았다.

"목에다 팔을 감으라잖아."

"어…… 어떻게, 그런 낯뜨거운…….."

"그냥 촬영일 뿐이야."

이 철판 두꺼운 인간아. 부끄러운 고백이지만, 난 아직 남자랑 제대로 된 키스도 못해봤단 말이다.

그가 아무래도 안 되겠다는 듯이 하리의 팔을 들어올려 자신의 목 뒤에 얹어 놓았고, 그 바람에 하리의 얼굴은 불타는 고구마처럼 뜨거워졌다.

"좋아, 다음은 하리 씨가 유혹하는 눈빛으로 바라보고 유하 군은 그런 그녀가 사랑스럽다는 느낌으로!"

으에에에엑! 사진작가 님, 아침에 식용유 한 통 마시고 오셨어요? 어쩜 그리 느끼한 요구를 쉽게 하신답니까?

"홍당무가 따로 없군."

"뭐예요?!"

"그게 유혹하는 얼굴인가?"

"어…… 어버버버버."

"아니야, 아니라고!"

말을 더듬으며 어리버리한 표정을 짓는 하리를 보면서 상훈은 목청을 돋웠다. 한편 그녀의 허리를 끌어안은 유하의 팔은 점점 조여들고 있었다.

아이씨, 정말 미칠 노릇이네.

이제 코가 닿을 정도로 두 사람의 얼굴은 가까워졌고 하리는 어쩔 줄 몰라 눈동자만 이리저리 굴려댔다.

킥!

"왜 웃어요!"

"이거 유혹의 '유'자도 못하고 있으니, 이래서야 어느 남자가 넘어오겠어?"

"그럼 어떡하란 말이에요!"

"도움을 줘야겠군."

"어떻게요……?"

아무것도 모르겠다는 표정을 하고 있는 하리를 보며 유하의 입술이 부드러운 상향 곡선을 그렸다.

도대체 무슨 생각으로 이러는 걸까?

"상황극을 한번 해보도록 하지."

"상황극이요?"

"그날 생각나?"

"언제요?"

"나이트에서 만난 날."

"윽."

다시금 진지하게 유하의 얼굴이 다가오고 있었다. 하리는 순간 그가 키스를 하려는 건 아닐까 생각하며 가만히 숨을 죽였다. 유하는 하리의 귓가로 자신의 입술을 갖다대고 그날처럼 감미로운 목소리로 속삭이기 시작했다.

"아가씨, 원나잇스탠드 어때?"

그리고 다시 그녀에게로 눈을 맞춘 유하가 미소를 머금자 하리는 이내 의도를 파악했다는 듯 부드럽게 입꼬리를 끌어올리고 아까와는 달리 여유로운 표정으로 응했다.

"올나잇스탠드는 어때요?"

순발력 있게 그 순간을 포착해 셔터를 누른 상훈이 OK를 외치며 상당히 만족스러워했다.

꿈 같았던 촬영을 끝내고 그날 늦은 밤이 되어서야 집에 돌아온 하리는 녹초가 되어 쓰러졌다. 다음 날 하리의 입을 통해, 유하와 함께 화보를 찍은 사실을 알게 된 소영은 마시고 있던 커피를 잘못 넘긴 모양인지 캑캑대며 끊임없이 헛기침을 해댔다.

"야야, 왜 그래!"

"네가 갑자기 그런 소리를 하니깐 그러지!"

"그런 소리가 어떤 소린데? 내가 촬영한 게 사레 걸릴 만큼 웃긴 소리였냐?"

"남편님과 촬영한 소감은 어땠어?"

"그 남자 나이트에서 나한테 반했었나 봐."

"그건 또 무슨 소리래?"

"마지막에 작가 선생님이 유혹하는 눈빛을 해보이라니까 그 사람이 나이트에서 있었던 일을 재연하는 거 있지?"

"그래서 그날 완전히 너한테 넘어오셨다?"

"응."

"그렇지만 그 사람 여자한테 관심 없다고 그랬다며."

"응."

"여자 고를 시간도 없어서 널 고른 거라며."

"응."

"잠깐, 이거 어디서 한 번 봤던 상황인데……. 답 나왔네. 유혹은 개뿔. 꿈 깨라, 꿈 깨. 네가 그 남자의 달콤한 목소리에 혹해서 눈 좀 게슴츠레 뜨니깐 그나마 나아 보인 서셍시."

"정말 그런가……? 그래도 그렇지 이 냉정한 것, 네가 그러고도 친구냐?"

"네가 먼저 그 사람 너한테 관심 없어 보인다고 그랬어. 그리고 친구니깐 이런 말도 해주는 거야, 헤헤."

"쳇."

하리는 소영에게서 시선을 거두어 전공 서적을 훑어보았다. 그런데 그 전공 서적 위로 잡지책 하나가 툭 떨어졌다. 잡지책이 날아온 방향으로 하리가 고개를 틀자 우현이 비딱하게 서서 그녀를 내려다보고 있었다. 우현 옆에는 녀석의 단짝 석현도 보였다.

"니들 뭐냐?"

"그런 너는 뭐냐?"

"하리 너 언제 모델 데뷔했냐? 과에 소문 쫙 깔렸다."

하리는 우현이 던져준 잡지책을 한 장씩 넘겼다. 그곳에는 하민과 나츠미가 함께 찍은 사진이 있었고, 좀더 넘기니 자신이 그렇게나 고생하며 찍었던 사진이 떡 하니 몇 페이지를 장식하고 있었다.

"우와! 하리 네가 말한 화보가 이거야?"

소영이 옆에서 호들갑을 떨었다. 하리는 잡지책과 우현을 번갈아 보면서 말했다.

"그래서 어쩌라고?"

"그 다음 페이지 봐봐."

우현이 시키는 대로 잡지책을 몇 장 더 넘겨보았더니 그곳에는 천유하와 강하민, 그리고 나츠미의 인터뷰 기사가 실려 있었다. 글을 조금씩 읽어 내려가던 하리는 유하가 말한 것으로 보이는 부분을 집중적으로 보았다.

요즘 새롭게 부각되고 있는 브랜드 'In X'의 카탈로그 촬영장을 찾았다. 요새 연기에 도전하느라 여념이 없는 모델 강하민 씨와 그의 귀여운 파트너 나츠미 씨, 현재 D&S의 이사이면서 동시에 모델로 활동중인 천유하 씨와 어렵게 인터뷰를 할 수 있었다.

기자 : 유하 씨는 일본에서 모델 활동을 시작한 걸로 아는데, 한국에서도 꾸준히 모델로 활동할 계획이 있으신가요?

천　 : 일본에서는 3년 정도 모델로 활동했습니다. 대부분 저희 브랜드의 모델이었죠. 한국에서 본격적으로 해볼 생각은 없지만, 자사 카탈로그만큼은 제가 지속해서 할 생각입니다. 아무래도 기업의 책임자가 나서서 얼굴을 비추는 것이 기업 이미지에 신뢰를 줄 거라는 소신에서죠. 현재는 우선 착실히 경영 수업을 해나가는 것이 목표입니다.

기자 : 유하 씨의 파트너로 나오신 분은 신인인가요? 중간에 모델분이 바

꿰었다는 얘기가 있던데요.

천　　: 네, 중간에 사정이 생겨 처음에 섭외한 모델분과 작업할 수 없었습니다. 그래서 급하게 다른 분을 기용했죠.

기자 : 그럼 유하 씨와 호흡을 맞춘 그분에 대해서 얘기해주세요. 개인적으로, 유하 씨의 눈빛이 진짜 같아서 미심쩍었거든요. 혹시 숨겨둔 여자친구는 아닙니까? 호호.

천　　: 예리하시네요. 저랑 함께했던 그 여자분은 사실 제 약혼녀입니다.

탁!

하리는 약혼녀에 대해 언급된 부분을 보자마자 책을 덮어버렸다. 그리고 소영과 우현, 석현을 순서대로 쳐다보았다.

"이거 어디까지 퍼졌냐?"

"아마 우리 과에 다 퍼졌다고 보면 될 거다. 연예인 나왔다고 후배들이 난리거든, 지금."

"후우~."

하리가 난감해하는 동안 소영은 뭐가 그리 즐거운지 싱글벙글하며 빼앗아 든 잡지를 찬찬히 훑어보았다. 특히 하민의 개인 컷에서는 너무 좋아 무릎을 탁탁 쳐가며 흥분하더니, 다음 순간 나츠미와 하민이 다정하게 찍은 페이지를 보자 그 웃음이 샤악 가셨다.

"우이씨, 이 꼬맹이가 나츠미냐?"

"응."

"근데 왜 너는 인터뷰 안 했냐?"

"내 말이."

그랬으면 그 약혼녀란 말은 안 나왔을 거 아니냐고요! 가만, 셋이 같이 인터뷰를 했다면…….

하리는 다시 소영에게서 잡지를 빼앗아 인터뷰 내용을 살펴보았다. 젠장, 그럼 하민 오빠가 내가 그 사람의 약혼녀라는 걸 알아 버린 거잖아!

잡지를 본 후배들이 득달같이 하리에게로 달려와 정말 약혼을 했느냐, 촬영 소감은 어땠냐 하며 질문공세를 펼쳤다. 또 어느 모델이 멋있으니 대신 사인을 받아 달라는 둥, 하리는 그렇게 학교에서 온종일 사람들에게 시달리다 집으로 귀가했다. 게다가 어처구니없는 건 나츠미와 만나게 해달라는 남자 후배들까지 있었다.

초인종 앞에서 망설이던 하리는 용기를 내어 손을 뻗었다. 하민의 목소리가 들려왔다.

"누구세요?"

"나야……."

"왔구나."

아아, 이거 어떻게 말을 꺼내지?

이런저런 변명을 모색하던 하리와 달리 하민은 의외로 아무것도 묻지 않았다.

그 사람이 혹시 그간의 일들을 설명한 걸까?

거실 소파에 앉아 텔레비전에 시선을 고정시키고 열심히 리모컨만 눌러대는 하민의 모습에 오히려 불안해진 하리가 먼저 입을 열었다.

“하진 오빠는 오늘 늦네?”

“응, 그러게. 왜, 배고파?”

“아…… 아니.”

아이씨, 이게 아닌데…….

“저기……, 오빠 인터뷰했지?”

“인터뷰? 아아, 그 잡지? 벌써 봤어?”

뭐야뭐야. 그럼 오빠 알고 있는 거 확실하네! 근데 왜 아무 말도 안 하는 건데~!

“그, 그러니깐 유하 씨가 말한 그 약혼녀라는 게…….”

“아아, 그거 들었어. 너는 왜 그런 말도 안 한 거야?”

“그게 어떻게 된 거냐면 말이지…….”

아, 이거 뭐라고 말해야 하나?

“유하가 그러더라. 사정이 있어서 약혼녀 역할 좀 해달라고 부탁했다고.”

“어? 어, 응.”

“나쁜 일도 아닌데 뭐. 유하 녀석이 그렇게 공개적으로 말해서 놀라긴 했지만.”

어라, 나이트랑 돈 얘기는 안 한 모양이네?

“유하가 폭탄선언하고 나츠미가 아주 난리가 아니었지. 나츠미가 일본에 있을 때부터 유하를 따라다녔거든.”

“으응.”

“아, 그리고 유하가 이거 너한테 전해주라고 하더라.”

“뭔데?”

하리는 하민이 건넨 종이를 펼쳐 들었다. 검은 펜으로 마구 휘 갈겨 쓴 글씨체가 눈에 들어왔다.

'할아버지가 보고 싶다고 주말에 시간 내서 오래. 약도 보고 찾 아와라.'

그럼 좀 제대로 글씨를 써서 줘야 할 거 아니야!

하리는 바들바들 떨리는 손으로 종이를 들고 있으면서도, 한편 으론 마음이 놓여 안도의 한숨을 내쉬었다.

"아무래도 이건 발로 쓴 게 틀림없어."

종이에 적힌 주소를 해독(?)해가며 하리는 마침내 목적지에 다 다랐다. 부자 동네라 그런지 드라마에서나 봤던 집들이 죽 늘어 서 있었다. 하리는 '천영민'이라고 써 있는 문패 앞에서 조심스레 벨을 눌렀다.

인터폰을 통해 중년의 아줌마 목소리가 들려왔다.

"누구세요?"

"네, 전 강하리라고 합니다. 할아버님을 뵈러 왔어요."

"잠깐만 기다려보세요."

양옆에 싱그러운 나무들이 늘어서 있는 길을 지나 돌계단을 오 르니 하리의 눈앞에 드넓은 정원이 펼쳐졌다. 잘 손질된 푸른 잔 디 한켠에서 영민이 테이블에 앉아 느긋하게 차를 마시고 있었다.

"먼 길 오느라 수고했다."

"아니에요."

글씨만 좀더 제대로 써 줬다면 더 빨리 왔겠지만요.

영민이 자신의 맞은편 자리를 권하는 손짓을 하며 미리 준비해 놨던 차를 하리에게 건넸다. 상큼한 얼그레이 허브티였다. 더불어 그녀가 좋아하는 생크림 케이크까지!

그런데 하리가 케이크를 포크로 찍으려고 할 때, 갑자기 그녀의 허벅지 위로 무언가 풀썩 뛰어올랐다.

"음마야, 고…… 양이??"

"그 녀석이 네가 마음에 든 게로구나. 꽤 낯을 가리는 녀석이거든."

짜식, 고양이 주제에 예쁜 건 알아가지고.

흰 페르시안 고양이가 하리의 무릎 위에서 하염없이 비비적대고 있었다. 어느새 하리도 고양이의 하얗고 부드러운 긴 털을 사랑스러운 손길로 쓰다듬어 주고 있었다. 그런데 이번엔 저 멀리에서 커다란 시베리안 허스키 한 마리가 귓털을 휘날리며 그녀를 향해 돌진하는 것이 아닌가?

갑자기 하리의 품으로 달려든 커다란 개 때문에 하리는 그대로 의자에서 떨어져 잔디밭을 굴렀다.

아……, 쪽팔려…….

"으앗, 그만, 그만해!"

시베리안 허스키는 나뒹구는 하리를 올라타서 그 큰 혓바닥으로 얼굴을 핥아댔다. 하리는 그런 개를 밀어내느라 정신이 없었다. 김 비서가 간신히 그녀에게서 시베리안 허스키를 떼어내주었고, 하리는 옷을 탈탈 털면서 일어났다.

"허허허, 동물들에게 아주 인기가 많구나."

“그러게 말이에요. 근데 이름이 뭐예요?”

“이름은 따로 짓지 않았단다.”

“그래요? 참, 할아버지 카메라 좀 빌릴 수 있을까요?”

“카메라 말이냐?”

“네.”

잠시 후 성능 좋은 디지털 카메라를 건네받은 하리는 영민과 함께 다정하게 사진을 찍었다. 영민은 늦게나마 자신에게 딸이 생긴 것 같다며 그날 내내 입에 미소를 달고 있었다.

“가지가지 하는구나.”

하리가 고양이를 안고 한창 셀카를 찍어대고 있을 때, 어느샌가 유하가 나타나 영민 옆에 서서 그녀를 한심하게 쳐다보았다.

“뭐가요?”

“그 녀석 꽤 까다로운데.”

“엘리자베스가 제가 꽤 맘에 들었나봐요.”

“켁, 뭐라고? 엘리자베스??”

유하는 차를 마시려던 동작을 멈추고 황당한 표정을 지었다.

“이 고양이 이름이요. 내가 아까 전에 지었어요.”

“이름이 그게 뭐야.”

“왜요. 이쁘잖아요～.”

“이쁘긴 뭐가 이뻐. 엘리자베스 말고 하리라고 해, 그 고양이.”

“뭐예요!”

“너도 고양이잖아. 도, 둑, 고, 양, 이!”

으윽……. 이 인간이 정말.

그녀가 뭐라고 말하기도 전에 유하는 저 멀리 떨어져 있는 허스키를 부르더니 녀석의 목덜미를 부드럽게 만져주었다. 하리는 허스키와 함께 있는 유하를 보고선 음흉한 미소를 지었다. 순간 무심코 하리를 쳐다본 유하가 살짝 미간을 찡그렸다.

뭐야, 설마 이 녀석을 잡아먹을 생각은 아니겠지?

"식사 준비 다 됐어요. 어서들 오세요~!"

가정부 아주머니가 부르는 소리에 모두들 하나둘씩 저택으로 들어가기 시작했다. 끝에 서서 뒤따라가던 히리는 꼬리를 살랑살랑 흔들고 있는 허스키를 보며 중얼거렸다.

"후훗, 그래? 그럼 오늘부로 네 이름은 유하다! 유하야, 이리 온~."

"할아버지, 조만간 또 놀러올게요!"

저녁식사까지 마치고 나자 하리는 슬슬 집에 갈 채비를 했다. 대문까지 쫄레쫄레 따라나오는 어여쁜 엘리자베스를 만져주는 것도 잊지 않았으며 유하— 시베리안 허스키— 를 어루만져주는 척하며 살짝 꼬집는 것도 잊지 않았다.

그의 차가 한강대교를 지나가고 있을 때였다. 하리는 문득 오후에 그의 집에서 찍은 사진이 생각났다.

"오늘 찍은 사진, 파일로 묶어서 나한테 보내줘요."

"어디로?"

"메일로요. 아님 CD로 남아서 줘도 되고요."

"메일 주소 적어봐."

“그러죠.”

하리는 보조석 앞 서랍을 열어 메모지에 자신의 이메일 주소를 적었다. 운전을 하면서 하리에게서 받아든 종이를 대충 훑어본 그가 자신의 안주머니에 그것을 집어넣었다.

“아, 그리고 당분간 학교에 오지도 말고, 연락도 하지 말아요.”

“왜?”

“다음 주부터 시험이거든요.”

“시험인데 이렇게 놀러 다니고 자알~ 한다.”

“그쪽이 오라고 했잖아요!!”

“그래서? 내가 언제 너보고 싶다고 했냐?”

“네네~ 저도 할아버지가 보고 싶어서 간 거였다고요. 쳇.”

와줘서 고마웠다고 마무리해주면 덧나냐? 하리는 투덜대면서 창밖으로 홱 시선을 돌려버렸다.

집에 다다를 즈음 그녀가 안전벨트를 풀면서 물었다.

“맞다! 그 인터뷰 어떻게 된 거예요?”

“뭐가?”

“약혼녀 얘기요. 그렇게 공개적으로 말해버리면 어떡해요!”

“하민이가 뭐라 그래?”

“아니요.”

“그럼 된 거 아냐?”

“아이씨, 학교에 소문 다 퍼졌다고요. 나, 나중에 시집 어떻게 가라고!!”

“못 가면 내가 책임져줄 테니 걱정 마.”

"흥! 퍽이나!"

"쿡."

"웃지 마요!! 그래도……, 돈 이야기는 안 했나봐요?"

"하민이한테 그런 소릴 하라고?"

유하가 익숙하게 담배에 불을 붙였다.

흥, 이런 골초 같으니. 폐에 빵꾸나겠네, 정말.

"그만 들어가. 다음 주부터 시험이라면서. 공부나 해."

"안 그래도 할 기에요!"

하리는 일부러 보조석 문을 쾅, 소리나게 닫아버렸고 그런 하리의 행동을 보면서 유하는 가소롭다는 양 웃었다.

"잘 자라, 고양이."

이번에도 내빼듯 저만큼 멀어진 페라리를 향해 그녀가 가운뎃손가락을 예쁘게 들어올렸다.

"지는 개새끼인 주제에 왜 나보고 고양이래?!"

룸미러를 통해, 흥분한 하리를 보고 유하는 낮게 중얼거렸다.

"크크크, 아무튼 재밌는 여자야."

체리맛 키스

결재할 서류들을 훑어보던 유하의 머릿속에 문득 시험 기간이라며 연락하지 말라던 하리가 떠올랐다. 얼마간 그녀의 행방을 모르던 유하는 하민에게서 그녀가 요즘 도서관에서 밤을 새운다는 소식을 전해들을 수 있었다.

"어울리지 않게 밤을 새기는……."

내심 걱정이 된 유하는 퇴근 후 인근 일식집을 찾아 다양한 초밥들을 사서 학교로 향했다.

"아아, 미치겠다. 머릿속에 하나도 안 들어와!"

시험을 며칠 앞두고 도서관에서 밤을 새우리라 굳게 다짐한 것도 24시간하고도 반나절째. 폐인의 몰골을 하고 머리를 샤프로 긁어대던 하리는 잠시 밀려드는 잠을 떨치려 소영과 밖에 나와 자판기 커피를 마시는 중이었다.

“내가 너 그럴 줄 알았어. 수업 듣기 싫다고 뛰쳐나갈 때부터.”

“그럼 좀 말려주지 그랬냐?”

“안 들어도 점수 잘 나온다고 한 게 누군데?”

윽, 이런 망할……. 그런 건 또 잘도 기억하고 있네.

“아아, 이럴 줄 알았으면 그때그때 잘 들어놓는 건데.”

“그러게 진작 좀 그렇게 하지. 이제 와서 후회해봤자지 뭐.”

한동안 하리가 신세 한탄을 하며 가슴을 치고 있을 때, 진동으로 설정해놓은 핸드폰에서 램프가 깜빠거렸다.

나참, 연락하지 말라고 했더니만.

발신자를 확인한 하리는 투덜대면서도 전화를 받았다. 수화기 너머로 유하의 예의 그 매력적인 목소리가 들려왔다.

[공부 열심히 하고 있어?]

“네, 그럼요.”

열심히는 무슨. 생각대로 안 돼서 신세 한탄하고 있구만.

[지금 학교 도서관이지? 잠깐만 정문으로 내려와 봐.]

“알았어요.”

하리는 순순히 응하고 전화를 끊었다.

“남편님?”

끄덕끄덕.

“잘됐다, 야참 좀 얻어와.”

“물론이지.”

하리는 농의한다는 의미로 손가락으로 V자를 만들며 계단을 훌훌 내려갔다.

야참으로 뭘 사달라고 할까? 통닭? 피자? 아니면……, 후후후.

정문 주차장에서 두리번거리던 하리의 눈에 여전히 담배를 피우며 자신을 기다리는 그의 모습이 들어왔다. 유하에게로 성큼 다가간 하리는 그의 입에 물려 있던 담배를 그대로 낚아채서 바닥으로 내동댕이쳤다.

하리의 기습적인 행동에 놀란 유하가 그녀를 황당하다는 표정으로 쳐다보았다.

"뭘 봐요?"

"뭐 하는 거냐?"

"폐에 구멍나고 싶어요? 그만 피워요."

"잔소리는……."

"근데 왜 나오라고 했어요?"

하리의 물음에 그는 자동차로 몸을 돌리더니 운전석 문을 열어 웬 쇼핑백 하나를 꺼내 그녀에게 건네주었다. 작고 심플한 쇼핑백 한쪽 면에 '스시'라고 써 있는 것을 본 그녀는 순간 직감했다.

"왓, 초밥이다!"

"그래, 생선초밥이야."

"우와, 이거 나 주는 거예요?"

"응. 역시 고양이라 생선을 좋아하는군."

"쳇."

그래도 먹을 거 사줬으니 봐준다.

초밥까지 건네고 이제 제 임무는 완수했다는 듯 군더더기 없는 동작으로 유하가 운전석 문을 열려고 하자, 하리가 유하의 옷자락을 재빨리 잡아당기며 행동을 저지했다.

"잠깐만요! 가려구요?"

"응, 볼일 다 끝났으니깐."

"아직 내 볼일은 안 끝났는데요."

"왜, 할 말 있어?"

하리는 학교 앞을 두리번거리다 환하게 켜져 있는 편의점을 발견했다. 그녀는 유하의 팔을 잡고 편의점 안으로 들어가 삼각김밥을 필두로 김라면, 음료수, 샌드위치, 과지 등 손에 잡히는 대로 집어 들었다. 지켜보고 있던 유하의 눈이 휘둥그레졌다.

"그걸 다 먹으려고?"

"네."

"공부하려고 도서관에 있는 거냐, 먹으려고 있는 거냐?"

"음……."

그의 말에도 아랑곳하지 않고 하리는 부지런히 손을 놀렸고, 이제 고를 만큼 골랐는지 계산대 위로 물건들을 와르르 쏟아놓았다.

"둘다요."

"살찐다."

"살쪄도 예뻐요."

"널 누가 데리고 갈는지……."

"나 결혼 못하면 그쪽이 책임진다면서요."

"나참……."

"계산해요. 17,800원 나왔네요."

"이런 황당한 여자 같으니!"

뒷주머니에서 지갑을 꺼내려는데, 먹을거리가 든 봉투를 굽어보며 싱글거리는 하리를 보자 유하는 순간 장난기가 동했다.

"어? 백만 원짜리 수표밖에 없는데 어쩌냐?"

"뭐예요? 거짓말!"

"속고만 살았냐? 그럼 뒤져보든지."

"말도 안 돼요!! 나 돈 안 갖고 왔다고요! 카드, 카드 있죠?"

"없어."

"으앗, 거짓말!!"

당황해서 귀까지 붉히는 하리를 보고 유하는 웃음을 참으려고 무던히도 애를 썼다.

"쿡, 맞아. 거짓말이야."

"뭐…… 뭐요?"

황당한 표정으로 얼어붙어 있는 하리를 그대로 지나쳐 유하는 지갑에서 2만 원을 꺼내어 점원에게 내밀었다. 아직도 멍하니 서 있기만 하는 그녀를 뒤로하고 유하가 먼저 밖으로 나왔고, 하리는 곧 정신을 차리고선 점원이 건네는 거스름돈을 받았다.

뭐 저런 생뚱맞은 인간이 다 있어?

속았다는 느낌과 함께 거스름돈을 챙긴 하리가 주섬주섬 편의점 문을 빠져나가려던 참이었다. 하지만 돌아선 그녀의 뒤에서 점원이 키득거리며 말했다.

"남자친구분이 꽤 재미있으시네요!"

재…… 재미? 저 인간의 어디가?! 그리고 누가 남자친구라는 거야!

깽깽거리며 짐을 들고 나오는데, 건널목에서 갖은 폼을 잡고 담배를 피우는 그가 보였다.

으이구, 그렇게 담배가 좋으면 아예 결혼을 하지 그러냐?

하리가 나오는 것을 보고 유하가 다가가 짐을 받았다. 하리는 투덜대면서도 유하를 뒤따라갔다. 아마 도서관까지 짐을 들어다 주려는 모양이었다. 앞서가던 그의 뒤통수를 열심히 째려보던 하리가 툭 말을 던졌다.

"나 놀리니깐 재밌어요?"

"응."

"도대체 뭐가 그렇게 재밌어요?"

"네 반응 하나하나가 다 재밌어."

"흥, 퍽도 재미있겠네요!"

"큭큭."

"씨이, 웃지 마요!!"

실제로 그녀를 놀려대는 재미는 꽤 쏠쏠했다. 엉뚱한 반응과 함께 때론 사실적인 반응들까지, 유하의 배꼽을 잡게 했다.

"그럼 공부 열심히 해. 먹지만 말고!"

유하가 그녀에게 짐을 건네고 돌아서려던 순간이었다.

"어머, 혹시 하리 언니랑 같이 잡지 촬영하신 분 아니세요?"

"하리 언니 약혼자라면서요, 정말이세요?"

"너무 멋있으세요. 여기 사인 좀 해주세요!"

때마침 바람을 쐬러 나와 있던 동기와 후배들에게 발각된 그는 난처한 표정을 지으며 이러지도 저러지도 못하고 있었다. 당황한 유하는 눈으로 애타게 하리를 찾았지만 그녀는 짐짓 딴청을 피웠다.

"앗싸아, 쌤통이다."

"우와, 인기 많네~!"

소영이 밖이 소란스러운 것을 눈치채고 부리나케 나왔다. 그리고 하리의 손에 들린 묵직한 봉투를 굽어보며 흡족한 미소를 지었다.

"근데 좀 도와주지 그러냐?"

"뭐를?"

"유하 씨 말이야. 가봐야 하는 거 아니야?"

"알아서 잘 피해 나오겠……."

"지금 이게 무슨 소란입니까?"

뜻밖에도 곤경에 처한 유하를 돕게 된 것은 우현이었다.

갑작스레 툭 튀어나온 우현의 목소리에 뒷말을 잊지 못한 하리는 멀뚱히 우현을 쳐다보았다. 유하를 둘러싸고 우왕좌왕하던 후배와 동기들도 찬물을 끼얹은 듯 일순 조용해졌다. 우현은 유하에게 다가가기 시작했고 모여 있던 사람들은 하나둘 흩어졌다. 유하 앞에 마주 선 우현은 생각보다 큰 그의 키에 순간 당황한 듯 멈칫했지만 이내 꺾이지 않는 눈빛으로 유하를 올려다보았다.

"천유하 씨죠? 잠시 이야기 좀 할 수 있을까요."

"그러죠."

옷매무새를 가다듬으며 유하가 우현을 따라 한적한 곳으로 발을 옮겼다. 그런 두 사람을 보며 소영도 하리도 머리 위에 수많은 물음표들을 띄우고 있을 뿐이었다.

그는 예전에 봤던 그 남자였다. 자신의 이사 취임식에서 하리와 심각하게 옥신각신하던 남자. 그리고 또 한때 그녀의 연인이었던 남자.

그들이 멈춰선 곳은 인적이 드문 도서관 뒤켠이었다. 날이 저묾에 따라 어둠이 내려앉은 그 둘의 얼굴에선 표정을 읽을 수 없었다. 잠시간의 긴장이 흐르고 유하가 먼저 입을 열었다.

"무슨 일이시죠?"

정작 자신이 보자고는 했지만, 그의 물음에 우현이 머뭇거렸다. 유하는 그런 침묵이 어색해서 담배 한 개비를 꺼내어 입에 물었다. 우현이 그 모습을 지켜보면서 말했다.

"사실입니까? 그쪽이 하리의 약혼자라는 게?"

유하는 불을 붙이려다 말고 입에서 도로 담배를 뗐다.

"내가 그걸 당신에게 대답해야 할 의무라도 있습니까?"

"……."

"난 당신이 하리의 지나간 남자쯤으로 알고 있는데 말이죠."

"아닙니다."

"아니라고요?"

유하가 의아한 표정을 지우지 않고 뜸을 들이다 담배에 불을 붙였다. 우현이 단호한 말투로 이야기를 시작했다.

"헤어지긴 했지만, 그건 제 진심이 아니었습니다."

"진심이 아니라면서 왜 헤어진 겁니까?"

"그것까지 당신에게 이야기할 필요는 없겠죠."

"아니요, 난 들어야겠습니다. 하리는 제 약혼녀니까요."

　약혼녀라는 말이 떨어지자마자 우현의 눈이 분노로 파들파들 떨렸다. 한편 유하는 정작 그렇게 말하긴 했으나 궁금증이 일었다. 헤어지긴 했지만 그건 진심이 아니었다니? 하지만 우현은 더 이상 뒷말이 없었다.

　말도 안 돼, 하리가 그의 약혼녀일 리가 없어. 나랑 헤어지고 나서 얼마 만나지 않은 사람과 약혼이라니……. 분명 무슨 사정이 있는 걸 거야.

　여전히 침묵으로 일관하는 우현을 보며 유하는 더 이상 그에게서 어떠한 대답도 얻는 것이 힘들다는 결론을 내리고 하리에게 돌아가려 했다. 그때였다. 돌아서려는 유하의 등 뒤에서 우현이 물었다.

　"……당신은 하리를 사랑합니까?"

　뜬금없는 질문에 말발 좋기로 유명한 유하도 순간 어떻게 말을 꺼내야 할지 난감했다.

　"난 당신의 옆에서 웃고 있는 그녀를 보는 게 싫습니다."

　"……!"

　"난 그녀가 내 옆에서 웃는 걸 보고 싶습니다."

　유하는 신경질적으로 미간을 확 찡그렸다.

　왜 내가 지금 그와 이런 얘길 주고받아야 하지?

　비록 그녀가 실제 자신의 약혼녀는 아니었지만, 그의 말을 듣자 야릇한 감정이 밀려드는 것을 깨달았다. 우현의 말을 머릿속에서 되뇌던 유하가 고개를 들어 어둠 속에서 우현과 시선을 마주했다.

　"당신은 내게 그녀를 사랑하냐고 물었지요?"

“네.”

“솔직히 이 감정이 사랑인지는 모르겠지만, 나 역시 하리가 다른 누군가의 곁에서 웃고 있는 걸 보고 싶지는 않습니다.”

“…….”

“그리고…… 그게 당신 옆이라면 더더욱 말이죠.”

그를 남겨놓고 유하가 먼저 잰걸음으로 그 자리를 빠져나왔다. 정체를 알 수 없는 분노가 들끓고 있었다.

아까 사 온 초고 이이스그림 비를 열심히 핥아대던 하리가 제 쪽으로 다가오는 유하를 보며 물었다.

“무슨 말 했어요?”

“아무것도 아냐. 이만 가볼게.”

좀전과 달리 의기소침해진 태도로 뒤돌아서 몇 발자국을 뗀 그를 하리가 불러 세웠다.

“이봐요!!”

“왜? 그리고 그 ‘이봐요’란 소린 그만하지 못하겠어?”

“유하 오빠란 말은 닭살스럽다고요.”

“그럼 유하 씨라고 해.”

“할아버지 앞에서만 그런다고 했잖아요.”

“그래서?”

“고마워요. 이거…… 잘 먹을게요.”

편의점 비닐백을 가리키며 그녀가 머쓱하게 웃었다.

“공부나 열심히 해.”

“그럴게요.”

“4.5 안 나오면 배로 받아먹을 거야.”

“으앗! 그런 게 어딨어요!!”

“아, 그리고…….”

“뭐요?”

“아니다, 시험 끝나고 보자.”

그가 돌아가고 머지않아 우현도 모습을 드러냈다.

“도대체 둘이서 무슨 말을 한 거야?”

“몰라도 돼.”

“쳇. 이거나 먹어.”

똑같은 질문을 우현에게 했지만 역시 되돌아오는 대답은 없었다. 하리는 비닐백에서 초코 아이스크림 바를 하나 꺼내 그에게 불쑥 내밀었지만 우현은 무시하고 열람실로 들어갔다.

“뭐야, 손부끄럽게.”

소영과 하리는 알 수 없다는 듯 어깨를 한번 들썩여 보이고는 야참을 먹기 시작했다.

열람실에 돌아온 우현은 옆에서 엎드려 자고 있는 석현의 옆구리를 힘껏 꼬집었다.

“아아아아앗!!”

석현이 비명을 질러대는 바람에, 가뜩이나 조용했던 실내가 이제 숨소리 하나 들리지 않을 정도가 되었다. 따갑게 눈총을 보내는 사람들을 향해 굽실굽실 죄송하다는 눈인사를 하던 석현이 다음 순간 우현을 쏘아봤다. 그리고 다른 이에게 피해가 가지 않도록 조용히 속닥였다.

"이 새끼야! 왜 꼬집고 난리야!!"

"닥쳐. 너 때문에 일이 다 꼬였어."

"뭐가 또!"

"공부나 해! 새끼가, 와서 잠만 처자고 있어."

석현에게 애꿎은 화풀이를 해대며 우현은 노트에 무언가를 끄적였다.

'어떻게 하면 다시 그녀를 돌아오게 할 수 있을까……?'

시동을 건 채로 운전석에 등을 기대고 있던 유하는 감았던 눈을 번쩍 뜨고 주먹으로 핸들을 내리쳤다.

"젠장!"

유하는 정작 우현의 말보다, 스스로도 정의할 수 없는 자신의 애매한 감정 때문에 화가 났다. 그는 곧 차를 출발시키고 핸들을 거칠게 꺾었다. 속도를 내며 한참을 내달리던 그의 머릿속에 한 가닥 윤곽이 잡히기 시작했다.

"그래, 이게 사랑인지는 모르겠지만 적어도 다른 녀석에게 넘겨주고 싶진 않다!"

시험은 4일 만에 끝났다. 그와 동시에 방학을 맞이한 하리는 오랜만에 컴퓨터를 들여다보았다. 메일함을 열어 스팸메일들을 하나하나 지워가던 중 보낸 이에 '천유하'라고 떠 있는 편지가 보였다.

"후후, 사진 보내줬네."

압축된 파일을 풀자 수십 장의 사진들이 쏟아졌고 하리는 그것들을 하나하나 선별하여 개인 홈페이지에 올렸다. 하얀 페르시안 고양이를 안고 익살스런 표정을 짓고 있는 자신의 사진을 메인으로 걸어놓고, 새롭게 폴더 하나를 만들어 나머지 사진들을 채워 넣었다.

"방학인데 할아버지 좀 뵈러 갈까?"

하리는 유하에게 전화를 걸었다. 몇 번의 전형적인 신호음이 이어진 뒤 유하의 목소리가 들렸다. 꽤 사무적인 말투였다.

[어, 웬일이야?]

"지금 바빠요?"

[응. 곧 회의 시작해야 돼.]

쳇, 바쁜 척은…….

"그럼 용건만 말할게요. 오늘 집에 찾아가도 돼요?"

[집은 왜?]

"할아버지 뵙고 싶어서요."

[오후 2시쯤엔 집에 계실 거야. 그때 가면 돼.]

"알았어요. 그럼…….."

[저녁에 데리러갈 테니까 그때까지 기다려.]

"네네."

상대방이 먼저 전화를 끊는 소리를 확인하고 하리도 핸드폰 플립을 닫았다. 12시 반이 다 되어가고 있었다. 하리는 슬슬 외출 준비를 시작했다.

2시를 훌쩍 넘겨서 영민의 집에 도착했지만 영민은 집에 없었다. 하리는 정원에서 할아버지를 기다리며 아주머니가 내어준 허브티를 홀짝였다. 주변을 둘러보는데 마침 페르시안 고양이가 눈에 들어왔다.

"엘리자베스, 이리 와~!"

하지만 수십 번을 불러도 고양이는 도도한 자태를 뽐내며 들은 척도 하지 않았다.

흐으음, 수상한데……. 혹시??

"하리야 이리 와~."

그제서야 반응을 보이며 고양이는 가던 길을 딱 멈추고 하리를 쳐다보았다.

"그래그래. 하리야, 이리 온!"

녀석은 이제 우아하게 그녀에게로 다가오고 있었다.

이런, 그 인간이 벌써 세뇌를 시켜버렸군.

이번엔 눈물이 그렁해진 눈으로 저 멀리에서 꼬리를 휘휘 흔들며 서 있는 허스키가 보였다. 하리가 엘리자베스처럼 허스키를 불렀다.

"유하야, 이리 와~."

말이 떨어지기가 무섭게 달려오는 허스키를 본 페르시안 고양이가 날쌘 동작으로 그녀의 품을 떠나 피했다. 위협을 느낀 하리도 허스키를 피해 이리저리 정원을 뛰어다녔지만, 결국 녀석에게 깔려 버둥거릴 수밖에 없었다.

"허허허, 여전히 이 녀석들이 널 좋아하는구나!"

"할아, 버, 어, 지, 오셔었, 어요."

허스키에게 깔린 채로 바르작거리며 하리가 영민을 올려다보며 어색한 웃음을 지었다. 이번에도 김 비서의 도움으로 허스키에게서 벗어났다. 영민은 철제 테이블 의자에 하리와 마주 앉았다.

"그 동안 시험이었다면서?"

"네. 며칠 전에 끝났어요. 할아버지를 뵙고 싶어서 오늘 이렇게 불쑥 찾아왔어요. 혹시 폐가 된 건 아닌지 모르겠어요."

"폐라니, 그럴 리가! 오히려 네가 와서 즐겁구나."

영민은 정원에서 뛰어노는 허스키를 흐뭇하게 바라보았다. 반면 하리는 언제 또 그 큰 개가 자신에게 달려들지 몰라 흘끗흘끗 눈치만 살피고 있었다.

"근데 오늘은 늦으셨네요? 유하 씨가 2시쯤이면 오신다고 했는데."

"병원에서 조금 시간이 지체되어서 말이지. 이런, 내가 널 기다리게 했나 보구나."

"아, 아니에요. 저야말로 갑자기 찾아와서……."

"허허허."

너털웃음을 짓던 영민이 문득 하늘을 바라보았다. 어느덧 가을의 문턱에 들어섰는지, 하늘은 구름 한 점 없이 푸르고 청명했다. 그렇게 하염없이 하늘을 올려다보던 영민이 문득 고개를 돌려 하리를 건너다보았다.

"유하는 제 부모님을 일찍 잃고 오랫동안 방황을 했단다."

"……!"

"비행기 사고였어. 하필이면 녀석의 생일 전날 말이지. 외국에서 녀석에게 줄 근사한 선물을 사가지고 와 두 사람 모두 행복해했었는데 말이야……. 모든 걸 잊고 싶었는지, 녀석은 일찌감치 일본으로 떠나서 그곳에서 혼자 지내왔어."

"……."

"많이 외로운 녀석이야. 난 하리 네가 녀석의 얼음장 같은 마음을 좀 달래줬으면 좋겠구나."

"할아버지."

"허허……, 물론 이제 네가 옆에 있으니 녀석도 좀 유연해질 거라고 생각하지만 말이다."

"그리고 할아버지노 계시잖아요."

"그래, 그렇구나."

영민은 그렇게 말하면서도 씁쓸한 표정을 감추지 못했다.

하리는 영민의 말을 들으며 내심 안타까움을 느끼고 있었다. 자신은 부모님이 돌아가셨을 때 두 오빠들이 부모님 이상으로 사랑을 쏟아부어주었지만, 그는 달랐다. 부모님의 죽음을 잊기 위해 타국으로 건너가 홀로 힘든 생활을 했던 것이다.

그래서였을까? 하리가 보는 그는 겉으로 사랑을 표현하는 법이 거의 없었다. 아니, 어쩌면 표현하는 방법을 모르고 있는지도 몰랐다. 하리는 문득 피식, 실소를 흘렸다.

도망갔던 엘리자베스가 어느새 테이블 밑으로 기어들어 영민의 다리에 제 얼굴을 비벼대고 있었다.

"아얏!"

하리가 엘리자베스에게 손을 내뻗는 순간 녀석은 그녀의 손을 앙칼지게 할퀴고선 영민의 뒤로 몸을 숨겼다. 조금씩 비어져 나오는 새빨간 피를 보며 녀석에게 눈을 흘겼지만, 엘리자베스는 예의 그 도도한 포즈로 유유히 정원을 가로지르고 있었다.

고양이 주제에 콧대가 아주 하늘을 찌르는구만!!

영민은 하리의 손에서 피가 나는 것을 보곤 크게 놀랐지만, 하리는 대수롭지 않게 말하며 영민을 안심시켰다.

근데 녀석이 갑자기 왜 저러는 거지?

"늦었네요?"

저녁 늦게 들어온 유하는 거실에서 할아버지와 함께 텔레비전을 보며 과일을 먹고 있는 하리를 쳐다보았다.

"어, 생각보다 일이 늦게 끝나는 바람에."

"하리 양이 네가 올 때까지 여태껏 이 늙은이 상대해주느라 많이 지쳤을 게다."

"아니에요. 할아버지랑 얘기도 많이 나누고 얼마나 좋았는데요."

"허허허."

"하여튼 말은 잘해요."

"뭐예요?!"

"늦었으니깐 데려다줄게. 일어나."

"알았어요."

마지막으로 방울토마토 하나를 입에 쏘옥 넣고 하리는 소파에서 일어났다.

"몸도 불편하신데 나오지 마세요."

고집스럽게 밖까지 배웅하겠다는 영민을 만류하며 하리는 다음에 또 오겠노라는 기약을 했다.

은색 페라리가 차고를 빠져나오고 있었다.

"잠깐 시간 되지?"

"네?"

"들를 데가 있어서."

그의 집에서 20여 분을 더 달린 끝에 한 호텔에 이르렀다. 호텔 5층에 있는 BAR로 들어간 그는 바텐더와 마주 보는 자리로 하리를 안내했다. 단골이었는지 바텐더가 유하를 알아보곤 반색을 했다.

"와아~ 이게 얼마만이세요!"

"여기 오래도 계시네요."

"네, 근데 한국엔 언제 오신 거예요?"

"얼마 전에요. 앞으론 계속 여기에 머물 것 같습니다."

"조니워커 좋아하셨죠? 그걸로 준비해드릴까요?"

"아니요, 맨하튼하고 앤젤스팁으로 한 잔씩 주세요."

바텐더는 고개를 끄덕이고 부지런히 손을 놀리기 시작했다. 얼마 지나지 않아 그들 앞에 칵테일이 놓였다. 가볍게 한 잔 들이켜는 유하와 달리 하리는 자기 앞에 놓인 칵테일을 응시하다가 조심스레 입가로 가져갔다. 달콤한 향이 입 안 가득 퍼졌다.

"이거 꽤 맛있네요?"

"그럼 너한테 독한 거라도 줄까봐?"

"그쪽이라면 가능할지도~!"

"뭐야?"

그의 말엔 아랑곳하지 않고 하리는 칵테일에 장식되어 있는 체리를 입안에 쏘옥 넣어 깨물어 먹고는 남은 체리 꼭지는 테이블 위 냅킨 위에 얌전히 올려놓았다. 유하는 그녀의 행동을 물끄러미 바라보다가 양 입꼬리를 부드럽게 끌어올렸다. 그리고 자신의 잔에 있던 체리를 들어올렸다.

"체리 꼭지를 입 안에서 묶으면 키스를 잘한다는 말, 혹시 들어본 적 있어?"

"그걸 어떻게 해요."

"할 수 있다면?"

"못해요."

"한번 해볼래?"

불가능하다고 생각했지만, 흥미로운 제안에 솔깃해진 하리는 냅킨 위에 올려놓았던 체리 꼭지를 다시 입에 넣어 오물오물 열심히 굴려댔다. 혀가 굳어질 정도로 한참 동안 혀를 놀렸으나 결국 포기한 하리는 유하에게 핀잔을 주었다.

"에이, 안 되잖아요!"

"킥!"

유하는 가소롭다는 듯이 웃음을 흘리곤 이내 자기 몫의 체리 꼭지를 입에 넣었다. 그런데 얼마 되지 않아 유하가 정확하게 매듭지어진 체리 꼭지를 손바닥에 뱉어내어 하리에게 내밀었다.

"자, 봐. 되잖아."

"그래서 키스 잘한다고 자랑하고 싶은 거예요?"

"큭큭."

“그거, 결국 혀를 잘 쓴다는 소리 아니에요. 고로 키스를 잘한다는…….”

“그럼……, 확인해볼래?”

“네에?”

다음 순간, 유하의 얼굴이 미끄러지듯 다가오더니 자신의 왼손으로 그녀의 뒷목을 살며시 끌어당겨 이내 능숙하게 입술을 탐하기 시작했다. 느닷없는 기습에 놀란 하리의 두 눈은 이미 커질 대로 커진 상태었다. 잉다문 입술 사이로 그의 혀가 집요하게 파고들었다.

“흐으으읍…….”

오랫동안 입술이 맞닿아 있던 탓에 숨이 막힌 하리가 입술을 살짝 벌리자 그 기회를 놓치지 않고 상대방의 날렵한 혀가 구강 내로 침입했다. 기겁을 한 하리는 이제 그를 밀어내려 발버둥쳤지만 남자는 꿈쩍도 하지 않았다. 욕구를 충족시킨 혀가 물러나자 하리는 힘없이 그의 품으로 떨어져버렸다.

“키스, 처음 해봐……?”

“하아, 하아…….”

자신의 품에 안겨 끊임없이 숨을 고르는 하리의 모습이 사랑스러워 유하는 자상한 손길로 머리를 쓰다듬어 주었다.

“풉!”

문득 자신의 머리 위에서 그가 실소를 터트리는 소리가 들렸지만 하리는 아무것도 할 수 없었다. 그녀의 머릿속에 남아 있는 첫 키스의 느낌은 달콤함도 황홀함도 아닌, 체리맛 그 자체일 뿐이었다.

나츠미 vs. 강하리

BAR에서 그렇게 키스를 나눈 후 다시 차를 탄 그들 사이에선 어색한 침묵과 긴장감이 흘렀다. 하리의 뇌는 정지된 것처럼 아무 생각도 떠오르질 않았고, 단지 심장만이 거칠게 날뛰어댔다.

"다 왔어."

"아…… 아, 네!!"

하리는 아랫입술을 지그시 깨물고는 자동차 문 손잡이를 꼭 쥐고 있었다.

"저, 저기……."

"뭐?"

"그러니깐 키이……."

그의 키스가 무엇을 의미하는지 궁금했다. 하지만 그걸 묻는 자신이 더 우스울지도 모르겠다고 생각한 하리는 곧 세차게 도리질을 했다.

"아무것도 아니에요, 바래다줘서 고마워요."

"나야말로. 일부러 할아버지 만나러 시간도 내주고, 고맙다."

"별말씀을……."

이 사람 입에서 고맙다는 말이 나올 때면 왜 이렇게 웃음이 나오지?

그런데 자동차 문을 닫고 살짝 목례를 해 보이는 하리를 건너다보며 유하가 서서히 유리창을 내렸다.

"난, 아무 감정 없는 여자하고는 키스 안 한다."

하리가 미처 그 말뜻을 묻기도 전에, 아니 생각하기도 전에 페라리는 저만큼 멀어진 상태였다. 집 문 앞에 다다를 때까지 하리는 그가 던진 말을 곰곰 되새기고 있었다.

아무 감정 없는 여자하고는 키스 안 한다? 그렇다면 키스하는 여자는 감정이 있는 여자다. 그가 나에게 키스했다. 고로 그는 나에게 감정이 있다??

수수께끼 같은 그 말에 정지됐던 뇌가 다시 요란한 소리를 내며 굴러가고 있었다.

그럼 나를 좋아하는 감정이 있다는 소리야? 에이, 설마.

애써 얻은 답을 부정하면서도 하리는 왠지 모를 뿌듯함에 실성한 사람처럼 히죽거렸다.

쾅!

룰루랄라 즐거운 마음 상태를 유지하며 하리가 문 손잡이를 잡아당기려는 순간, 저번처럼 단단한 철문이 그녀의 이마를 강타하고 말았다.

아이씨, 난 왜 만날 이놈의 문짝에 머리를 박아야 하느냐고!!

"아아, 미안미안……."

"오빠, 일부러 그런 거지?!"

"설마! 네가 하도 안 오길래 잠깐 나가보려는 참이었거든. 흠흠."

"씨이……."

"많이 아프냐?"

"오빠 같으면 안 아프겠어?"

하민이 문 손잡이를 잡고 애처로운 눈빛으로 동생을 쳐다보고 있었다.

"뭐, 나가려고 그랬다고?? 그런 사람이 슬리퍼를 밟고 질질 끌며 나오냐?"

"헤헤헤, 딱 걸렸네."

여전히 손잡이를 잡고 있는 하민을 살짝 흘기며 하리는 집 안으로 들어섰다.

"하리 왔니?"

"응. 하진 오빠 오늘 일찍 왔네?"

마침 과일을 먹고 있던 하진은 포크로 사과를 하나 푹 찍어 하리에게 건네주었다. 뒤따라 들어오던 하민은 거실 장식장에서 봉투 하나를 꺼내더니 하리에게 내밀었다.

"이에 어야?"(이게 뭐야?)

사과를 한 입 가득 문 하리가 부정확한 발음으로 묻자 하민은 손수 봉투에서 초대장을 꺼내어 다시 내밀었다.

"호텔 초대장?"

"응. 누구한테 얻었어. 오랜만에 형이랑 너랑 놀러갈까 하고."

"그거 좋지! 어디야, 어디?"

"강원도."

"언제야?"

"내일."

"뭐? 그런 이야긴 빨리 해야지!"

하리는 자리에서 벌떡 일어나 자신의 방으로 향했다. 그리고 아직도 거실에 앉아 밀뚱히 그녀의 행동을 지켜보는 두 오빠들을 향해 외쳤다.

"뭐 해! 얼른 짐 안 챙기고!"

다음 날 오후 그들을 태운 자동차는 강원도로 향하고 있었다.

갑자기 새벽에 스케줄이 잡히는 바람에 피곤했는지 하민은 차에 오르고 얼마 안 되어 곯아떨어졌다. 하리는 운전석으로 빼꼼이 얼굴을 들이댔다.

"하진 오빠 안 피곤해?"

"응. 하리가 좋아하니깐 괜찮아."

"헤헤. 역시 하진 오빠가 최고야!"

"하리가 그렇게 말하면 오빠 피곤도 금세 날아가 버려."

"헤헤헤."

하진은 모처럼 맞는 가족 여행을 위해 다음 비번까지 당겨 휴가를 냈다. 괜한 무리를 하는 건 아닐까 하리는 내심 걱정을 했지만, 하진 오빠의 환한 미소를 보면서 그런 염려도 멀찌감치 떨쳐

버릴 수 있었다.

저녁때가 되어 호텔에 도착한 그들은 18층에 여장을 풀었다. 짐을 대충 정리한 뒤 하리는 오빠들이 묵고 있는 숙소로 갔다. 하지만 하민은 침대에 늘어진 채 도통 일어날 기미를 보이지 않았다.

"하민 오빠, 뭐 해! 얼른 바다~ 가자 바다!"

"오빠 피곤하다……. 하진 형이랑 갔다와."

"뭐야! 그런 게 어딨어! 오빠가 오자고 그랬으면서."

"어차피 내가 바닷가에 나가면 사람들이 몰려와서 바다 구경도 못해. 그러니깐 둘이 갔다와."

"그래, 유명해서 좋겠수다! 이, 해삼 멍게 말미잘 같은 오빠야!"

"야야."

"흥!"

하리는 짐짓 삐친 척하며 푹신한 베개로 하민을 때리는 시늉을 했지만, 그는 정말로 피곤했던 모양인지 아무 반응이 없었다.

"내일은 같이 놀아줄게."

"쳇."

"난 오늘 내 할 일은 다 했으니깐, 얼른 하진 형이랑 가서 놀아."

"할 일?? 무슨 할 일을 다 해! 운전도 하진 오빠 혼자 했는데!!"

"하리야, 하민이 정말 피곤한가보다. 그냥 쉬게 놔두고 우리끼리 가자."

"응. 하민 오빠, 내일도 이래 봐……."

"그래그래."

다시금 베개에 얼굴을 묻는 하민을 보면서 하리는 하진 오빠와 함께 바닷가로 향했다.

　백사장을 걷던 중 하진은 잠시 기다리라며 자리를 비웠고, 혼자 남은 하리는 백사장 모래 위에 털썩 주저앉았다. 조금 늦은 시간이라 그런지 바닷가엔 사람이 그다지 많지 않았다.

　"혼자 왔어요?"

　하리는 소리나는 쪽으로 무심코 고개를 돌렸다. 그곳에는 처음 보는 남자 두 명이 그녀에게 끈적한 눈빛을 보내오고 있었다.

　오호~ 이게 소위 말하는 작업? 이 자식덜, 예쁜 건 알아가지고!

　"척 보니, 실연당한 것 같은데 우리 외로운 사람들끼리 뭉쳐볼래요?"

　작업남 한 명이 친근하게 하리의 어깨에 팔을 둘렀다. 점점 바짝 다가오는 그들 때문에 하리는 두려움을 느끼기 시작했다.

　"이봐요, 난!"

　"두 분 뭐 하시는 겁니까?"

　"에? 혼자가 아니잖아?"

　때마침 나타난 하진과 자신들의 앞에 있는 하리를 번갈아 보며 작업남 두 명은 재빨리 자리를 피했다.

　그럼 그렇지. 너네가 우리 하진 오빠를 따라가려면 멀었지.

　"하리야, 괜찮아?"

　"응. 아무 일도 없었어."

　하진이 하리에게 음료수가 담긴 컵을 조용히 내밀었다.

　"미안, 빨리 왔어야 했는데……."

　"괜찮아."

하리가 시무룩해 있는 하진의 머리를 우스꽝스럽게 헝클어놓
으며 장난을 치자 이내 주변에 있던 사람들이, 연인으로 보이는
그들 남매에게 부러운 시선을 던졌다.

하진은 하리의 장난에 어두웠던 표정을 금세 풀어버리곤 어린
아이처럼 헤실헤실 웃기 시작했다.

아아, 신이시여. 왜 이 사람을 내 오빠로 만든 겁니까! 크흑!

하리는 큰오빠를 애정이 담뿍 담긴 눈길로 응시했다. 하진이 하리
의 손을 잡아 일으켰고, 다시금 백사장을 걸으면서 입을 열었다.

"정말 오랜만이다. 하리랑 이렇게 걷는 거."

"저번에 병원 산책로에서도 걸었잖아."

"그땐 이렇게 한가롭게 걷지 못했잖아."

"내가 수업이 있어서?"

"응."

하리는 음료수의 스트로를 입가로 가져갔다. 스트로를 통해 흘
러 들어온 시원한 음료수가 목을 타고 넘어갔다. 그때 부드러운
하진의 음성이 그녀의 귓가에 들려왔다.

"오빠, 하리가 너무나 잘 커줘서 고마워."

"……날 이렇게 예쁘게 키워준 게 누군데 그래."

"풋."

"알고 있어, 엄마 아빠가 돌아가신 이후로 오빠가 부모님의 빈
자리 그 이상으로 날 사랑해준걸……."

"하리야."

"그래서 내가 지금 이렇게 행복한 거잖아. 하진 오빠가 있어서,

하민 오빠가 있어서……."

"오빠는 하리 네가 더 행복하길 바래."

"물론 그럴 거야. 그 전에 우리 큰오빠 결혼하는 것부터 봐야 할 텐데. 에이, 이런 분위기 싫다."

하리는 짐짓 심각한 분위기를 바꿔보려고 하진의 손을 끌어 바다로 뛰어들었다. 바다로 들어간 하리는 차가운 기운에 몸을 떨었지만 이내 물장난을 시작했다.

"으앗, 차가워!! 하리, 너어?"

"헤헤, 맛 좀 봐랏!"

쌀쌀한 바닷바람 속에서 두 사람은 그렇게 날이 저무는 줄도 모른 채 즐거운 시간을 보내고 있었다.

"으으~ 추워!"

하리는 양팔을 크로스해서 감싸안고 이를 달달달 떨며 호텔로 돌아왔다. 몇 십 분 동안 물싸움을 해댄 덕분에 그들은 그야말로 비 맞은 생쥐 꼴을 하고 있었다.

"얼른 들어가서 씻어, 감기 걸리겠다."

"응."

하진은 열을 발생시키려고 뒤에서 동생의 두 팔을 비벼주었다. 그들이 엘리베이터 앞에 서서 바뀌는 숫자를 올려다보고 있을 때였다. 어디선가 낯익은 여자 목소리가 들려왔다.

"당신?!"

"나츠미?"

"어째서 당신이 여기에……."

그건 내가 묻고 싶은 말이라오.

자신에게 삿대질을 해대는 나츠미의 손을 하리가 강렬하게 째려봐 주고 있는데, 갑자기 나츠미 뒤에서 생각지도 못한 사람이 모습을 드러내자 하리의 얼굴은 붉게 물들기 시작했다.

"다, 당신이 어떻게 여기에……."

이번엔 하리가 유하에게 삿대질을 하며 나츠미의 대사를 반복하고 있었다. 그런데 유하가 하진에게 아는 척을 했다.

"안녕하세요. 오랜만에 뵙는 것 같네요."

하진을 향해 그가 고개를 살짝 숙여 인사했다.

"어? 둘이 아는 사이야?"

그녀의 물음에 하진이 대답했다.

"응, 조금."

"어떻게?"

"전에 잠깐 본 적이 있어. 얼른 올라가자. 젖은 상태로 계속 있다간 정말 감기 걸려."

"으…… 으응."

하리는 하진의 손에 이끌려 엘리베이터에 올라섰고 나츠미와 유하 또한 뒤따라 엘리베이터에 올랐다. 그런데 몸에서 물을 뚝뚝 흘리며 달달 떨고 있던 하리의 어깨 위로 슬그머니 유하의 재킷이 둘러졌다.

"어, 어……."

발치만 내려다보며 하리는 조심스레 옷을 끌어당겼다. 18층에서 엘리베이터가 멈추고 그들 남매는 숙소를 향해 걸었다. 그녀가 뒤

돌아봤을 때, 서서히 닫히는 엘리베이터 문 사이로 짧은 순간 두 사람의 눈이 마주쳤다. 엘리베이터는 곧 24층에서 멈추었다.

옷을 갈아입고 하리는 호텔 로비에 있는 커피숍에 갔다. 두 오빠는 그 사이 어딜 갔는지 룸에 없었다. 오빠들의 행방을 알 수 없었던 하리는 혼자 룸에 있는 것도 무료했기에, 마침 집에서 가져온 잡지책을 챙겨 들고 내려왔던 것이다.

몇 분쯤 흘렀을까. 잡지책을 내려다보고 있는 그녀의 눈에 자신 앞에 우뚝 선 웬 여자의 다리가 들어왔다. 고개를 들자 거기엔 나츠미가 있었다.

"앉아도 되지?"

"내가 전세 낸 것도 아닌데 허락 받고 앉을 필온 없어."

"그럼 그냥 앉을게."

나츠미는 전처럼 어린애같이 투덜거리지는 않았다. 생각할 겨를도 없이 오렌지 주스를 시킨 나츠미가 잡지에서 눈을 떼지 않고 무관심한 척하는 하리를 쏘아보았다.

"말 놔도 되지?"

"언제부터 그런 예의를 차리셨다고……."

"그럼 한 가지만 물을게. 당신 정말 유짱, 아니 유하 오빠 약혼녀 맞아?"

"속고만 살았어?"

3차전이 시작되는 듯싶었다. 그러나 나츠미는 저번처럼 무대포로 지껄이는 말투가 아니었다. 꽤 진지한 태도로 하리에게 묻기 시작했고, 하리 또한 그런 나츠미를 보면서 침착하게 대답하려고 했다. 하지만 그녀의 말은 내내 하리의 신경을 거슬리게 만들었다. 그 이유가 무엇 때문인지는 모르겠지만.

"유하 오빠가 당신 같은 사람한테 진지할 리 없어."

"도대체 뭘 믿고 그러는 거냐?"

"넌 신수진 씨와 닮은 구석이 하나도 없으니깐."

"신수진?"

"그 사람도 모르는 거 보니, 넌 오빠에 대해서 아는 게 없구나."

"무슨 소리야?"

"신수진 씨, 유하 오빠가 일본에 있을 때 끔찍이도 사랑했던 여자야."

그 말을 듣는 순간 하리의 머릿속은 하얗게 표백되어가는 느낌이었다. 나츠미는 그 사이 웨이트레스가 가지고 온 오렌지 주스를 여유롭게 마시며 살짝 비웃고 있었다. 어느 틈에 힘을 주었는지 하리의 손에 쥐여 있던 잡지의 한 귀퉁이가 구겨져 있었다.

"그래서 내게 그 말을 하는 이유가 뭐야?"

"믿지 않는다고, 당신이 유하 오빠의 약혼녀라는 말 같은 건."

"귓구멍이 막혔어? 그 사람 입에서도 들었잖아. 내가 약혼녀라고"

"약혼녀라고 하기엔 당신 행동이 미심쩍은 게 많아."

그래. 어차피 난 진짜 약혼녀가 아니니 당연할 수밖에⋯⋯.

더 이상 나츠미와 입씨름을 하고 싶지 않았던 하리는 자리에서 벌떡 일어났다. 어쨌든 계약을 한 이상 자신은 그의 약혼녀 노릇에 충실해야 했고, 이제 와서 나츠미의 말 하나하나에 대답하다간 거짓 약혼녀라는 사실이 들통날 것만 같았다.

“도망치는 거야?”

“더 이상 너하곤 말이 안 통할 거라고 생각해서 말이지.”

“그럼 약혼녀가 아니란 걸 인정하는 거야?”

“꼬맹아, 네가 그 작은 머리통에서 무슨 상상을 하고 있는진 모르겠지만 말이지.”

“…….”

“약혼녀라고 해서 어떤 행동지침이 따로 있는 건 아니란다. 이런 행동을 해야 그 사람이 약혼녀다, 라고 증명할 수 있는 건 아무것도 없다 이 말이다.”

“…….”

“믿든 안 믿든 그건 네 자유겠지만 이거 하나만 알아둬라. 네가 날 그 사람의 약혼녀 자리에서 밀어내려고 용을 써도 하늘이 무너지지 않는 한 너희 유짱의 약혼녀는 나 하나뿐이라는 걸!”

“……!!”

그런데 말을 마치고 막 돌아서려는 하리의 뒤통수에 대고 나츠미가 주저하며 입을 달싹였다. 아까와는 사뭇 달라진 그녀의 태도에 하리가 뒤돌아보았다. 나츠미는 자신의 옷을 움켜쥐며 떨려 나오는 음성으로 무언가를 말하려고 했다.

“내가…….”

“……?”

“내가 너보다 먼저 좋아했던 말이야!!”

어린아이 투정 같은 나츠미의 말투가 하리의 귓가에 여운을 남겼다. 살짝 한숨을 내쉬며 하리가 말했다.

“내가 어디서 본 건데 말이야, 누군가를 좋아하는 데 걸리는 시
간이 얼마나 되는지 알아? 통계를 보니까 90초에서 4분 사이라고
하더라. 결론적으로 ‘사랑’이란 놈은 4분 안에 쇼부가 나는 거지.
단지 그것을 사랑이라고 자각하는 데 오랜 시간이 걸릴 뿐이라는
거야. 우습지 않아? 아무리 오랜 시간 동안 어떤 사람을 좋아했
어도, 그 4분 안에 어느 한쪽이 아무런 감정도 느끼지 못했다면
두 사람은 인연이 없는 거라 생각해야겠지.”

“…….”

“뭐, 정리하자면 네가 나보다 먼저 천유하를 좋아했다고 그 사
람도 너를 좋아해야 할 의무는 없다는 소리야. 네가 그 4분 안에
게임을 끝내지 못했다면 유하 그 사람과 인연이 없다고 해야 하
지 않을까? 아, 물론 이건 통계를 놓고 말하는 거니깐 물론 예외
가 있을 수 있겠지. 그 얼마 안 되는 예외라는 것에 네 사랑을 걸
어도 상관은 없지만.”

“…….”

“아, 그리고 좋은 말씀 해준 대가로 커피 값은 네가 내라!”

하리는 엘리베이터를 향해 도도하게 걸었다. 하지만 이번 승부
의 승리는 그녀의 것이 아니었다. 나츠미가 말한 신수진이라는
이름이 벌써 그녀의 머릿속을 꽉 메우고 있었고, 얼굴도 모르는
그 여자에게 강렬한 질투심이 일었으니 말이다.

“도대체 뭐야!”

탕!

16층에서 내려올 줄 모르는 엘리베이터 문을 하리는 신경질적

으로 걷어찼다.

"아아아, 되게 아프네!"

하리는 발을 움켜쥐며 낮게 욕설을 내뱉었다.

방으로 돌아온 하리는 한참동안 유하에 대해 이런저런 욕을 늘
어놓았다. 그리고 잠을 청하려 침대에 벌러덩 드러눕는 순간, 누
군가 시끄럽게 문을 두들겨대기 시작했다.

"아이씨, 이 밤중에 누가! 었?!"

문을 열자마자 알코올 냄새를 팍팍 풍기며 쓰러지듯 안겨버리
는 남자. 아까 전까지 그녀가 열심히 욕을 해대던 천유하였다.

"이봐요! 정신 좀 차려봐요! 여긴 그쪽 방이 아니라고요!"

하리가 축 늘어져 무거워진 그를 힘껏 흔들어 깨우자 유하는
조금 기척을 보이는가 싶더니 한순간 성큼성큼 들어와서 침대 위
로 쓰러졌다.

"정신 좀 차려보라니깐요!! 나도 좀 자야 할 거 아니냐고요!"

두 눈을 조가비처럼 감고 있는 유하의 멱살까지 움켜쥐고 흔들
었지만 그는 막무가내였다. 침대 한켠을 차지하고 이따금 몸을
뒤척이는 그를 하리는 끈질기게 밀어내고 있었다.

그런데 갑자기 그런 하리를 비웃듯 눈은 여전히 감은 채로 유
하가 하리의 팔을 잡아당겼다. 그 바람에 하리는 민망한 포즈로
유하의 몸 위로 포개졌다.

"으앗!"

화들짝 놀란 하리가 얼른 몸을 떼려 했지만 유하의 손아귀 힘

은 놓아줄 생각이 없는 것처럼 보였다.

"아아, 이 손 좀 놓으라고!!"

자신을 결박하고 있는 손을 떼내려 하면 할수록 그는 더 완강하기만 했다. 고통스러움에 끙끙대던 하리는 다음 순간 유하의 팔이 이끄는 대로 이번엔 그의 몸 밑에 깔리고 말았다.

"뭐, 뭐예요. 깨어 있었던 거예요?"

두 팔로 하리를 가둔 상태에서 유하는 갈망하는 눈빛으로 그녀의 얼굴을 샅샅이 훑었다. 탐욕스러운 눈길에 몸둘 바를 몰라 두 뺨을 살짝 붉히던 하리는 심장이 터질 것만 같았다.

꿀꺽.

이내 그의 손길이 느린 동작으로 하리의 뺨과 목덜미를 쓸어내리고 가슴께에 도달하려는 순간 하리는 갈라진 음성으로 입을 달싹였다.

"무, 무섭게 왜 이래요!!"

키스를 하려는 모양인지 유하의 코가 그녀의 코 끝에 살짝 맞닿는 느낌이 들었다. 이제 눈을 질끈 감고 바들바들 떨고 있는 하리를 물끄러미 바라보며 유하는 더 이상 움직이지 않았다.

"피시식."

섹시한 웃음을 흘리며 유하는 그녀의 이마에 쪽, 베이비 키스를 하고 맥없이 상체를 떨어뜨렸다.

"뭐…… 뭐야……."

갑작스런 무게감에 숨이 턱 막힌 하리는 자신의 몸 위에 쓰러져 있는 유하를 실눈으로 바라보았다. 진짜로 잠들었는지 고른 숨소리가 들려왔다. 약간 심술이 난 하리는 유하의 코를 살짝 비틀었다.

"아주 처녀 가슴에 불을 질러라 질러. 난 또 덮치는 줄 알았네!"

하리는 유하에게서 살그머니 빠져나와 곤히 잠든 그의 모습을 지켜보았다. 눈께까지 쏠린 앞머리 사이로 언뜻 긴 속눈썹이 음영을 드리우고 있었다. 그의 눈 위로 손을 휘휘 저어보며 잠든 것을 확인한 하리는 침대 아래에 털썩 주저앉았다.

'신수진 씨, 유하 오빠가 일본에 있을 때 사랑했던 여자야.'

"신수진이 누구니?"

"……."

"나쁜 놈아, 그 여자가 누구냐고! 난 머리가 나빠서 네가 낸 수수께끼도 못 풀겠다. 빙빙 돌려 말하지 말고 직설적으로 말해달란 말이다."

막상 그와 마주 보고 있었다면 이런 질문 따윈 할 수 없으리란 걸 그녀도 잘 알고 있었다. 하리는 왠지 모를 눈물이 차오르는 걸 느끼며 눈가를 한 번 훔쳤다.

"개새끼 주제에 고양이 가슴에 불 지르고 있어. 넌 백만 년 만에 한 번 나올까 말까 한 재수 없는 남자야."

"……."

"근데 말이야. 그 결정적인 4분 동안 우린 사랑이란 감정을 느꼈을까? 난 당신이 조금 좋아지려고 하는데 말이야."

하리는 아무 대답 없는 그에게 욕을 주설대면서노 이불을 목까지 끌어올려 주었다. 그가 누운 침대 곁으로 의자를 끌고 와 하리도 잠잘 태세를 갖추었다.

아침에 눈을 떴을 때 유하의 모습은 보이지 않았다. 하리의 몸에 둘러져 있던 이불이 의자 밑으로 툭 떨어졌다. 아마 그가 이불을 덮어주고 간 것 같았다.

아침밥을 먹으면서 하리는 은근슬쩍 하민에게 그에 대해 물었다.

"아침에 서울에서 연락 받고 일찌감치 체크아웃하고 가더라."

흐음……, 혹시 자는 척하고 내가 어제 욕한 거 들은 건 아니겠지?

오후쯤 되자 하민 오빠와 나츠미도 각각 매니저에게서 연락을 받고 서울로 부랴부랴 떠나버렸고, 둘만 남게 된 하리와 하진은 이제 서울로 돌아갈 채비를 했다.

"제대로 놀지도 못했네."

"다음에 시간 내서 여행 한 번 더 올까?"

"진짜? 오빠 시간 낼 수 있어?"

"하리를 위해서라면 없는 시간도 만들어야지."

서울에 도착한 그들은 대형 할인마트에 들러 식료품을 골랐다. 하리는 쇼핑 카터를 끌고 하진이 움직이는 대로 졸졸 따라다녔다.

"어째 하는 일이 바뀐 거 같지 않아?"

"풋."

"여자인 내가 음식 재료들을 골라야 하는 거 아닌가?"

"넌 썩은 거랑 성한 것도 구분 못하잖아."

"윽, 날 그렇게나 무시하다니."

“그냥 구경이나 하세요.”

“네네~.”

나른한 포즈로 쇼핑 카터에 몸을 기대고 하리는 오빠가 꼼꼼히 채소를 골라 담는 것을 지켜보았다.

“누가 데려갈지 집안 살림 걱정은 없겠네.”

하리는 그러다 문득 호텔에서의 일이 생각났다.

“참, 오빠 그 사람 어떻게 알아?”

“누구?”

“천유하 씨!”

“아, 그 사람.”

고개를 두어 번 끄덕이며 하리는 오빠의 다음 말을 기다렸다. 하진은 피망 하나를 집어 들고선 이리저리 살피더니 투명한 비닐백에 담으면서 하리를 쳐다보았다.

“2년 전에 한 번 봤어. 넌 기억 안 나?”

“무슨 기억?”

“아니야, 안 나면 됐어.”

“오빠!”

하리는 낑낑대며 쇼핑 카터를 밀면서 앞서가는 하진에게 2년 전의 일을 계속 캐물었지만, 아무런 대답도 돌아오지 않았다.

슬픈 소식

여행을 다녀온 지 며칠이 지났다. 온다간다 말 없이 떠나버린 유하에게 하리는 몇 번 전화를 걸었지만, 신호만 갈 뿐 연결은 되지 않았다. 여행을 다녀온 이후 하리는 오랜만에 소영에게 연락을 했다.

소영은 잔뜩 토라져 있었다.

"무심한 지지배, 살아는 있었네?"

"췟, 지도 연락 안 했으면서."

"얼굴도 볼 겸 쇼핑이나 하자. 나와."

"응."

소영과 하리는 명동의 죽 늘어선 옷가게들을 들락날락하며 한참 동안 옷을 고르고 있었다.

"이거 나한테 어울려?"

"응, 어울려."

소영이 하늘거리는 꽃무늬 원피스를 제 몸에 대고 물었다.

"설렁설렁하게 대답하지 말고 좀 제대로 보라고!"

"제대로 보고 대답하고 있다고!"

옷가게에서 실랑이를 벌인 지도 몇 십 분째. 소영은 살구색 원피스가 더 이쁘다는 하리의 의견을 싸그리 무시하고 결국 핑크색 꽃무늬 원피스를 샀다.

"그럴 거면 나한테 왜 물어봐?"

"후후, 내 맘이지."

피자가게에서 피자 한 조각을 하리의 접시에 올려주던 소영이 여행을 다녀왔다는 그녀의 말에 한 대 칠 기세로 눈을 흘겼다.

"왜?"

하리를 향해 소영이 들고 있던 나이프를 들이댔다.

"야! 하민 오빠도 가는 거였으면 나도 불렀어야지!"

"저기, 그 전에 이 나이프 좀 치워주겠어?"

하리는 자신의 포크로 나이프를 슬며시 밀어냈다.

"어? 어엉……, 미안."

단단히 토라진 듯 입을 툭 내밀고 다시금 소영은 열심히 피자 조각을 썰었다.

"완전 삐침이야. 놀러가는 데 나도 안 부르고."

"미안해, 미안!"

"나츠미도 있었다며? 만났으면 한 방 먹이는 건데 아쉽네."

이 녀석, 아직도 그 잡지 촬영을 마음에 두고 있었던 게로구나!

"그래서 어땠어?"

"어떻기는?"

"유하 씨도 갔었다며! 아무 일도 없었냐 이거지."

소영은 못 알아듣는 하리가 답답했는지 이번엔 포크로 삿대질을 했고 하리도 역시 나이프로 포크를 치우며 말했다.

"일이 있긴 무슨……."

하리는 아무렇지 않게 말했지만 순간 얼굴이 달아오르는 것을 느꼈다. 문득 그와의 키스신이 떠올랐기 때문이다. 소영과는 방학을 하고 처음 만나는 것이기에 그녀는 두 사람이 키스를 나눈 사실에 대해서는 모르고 있었다.

"뭐야뭐야, 너 얼굴 붉어졌어! 무슨 일 있었지? 빨리 말해."

"아……, 그게……."

하리는 BAR에서의 첫 키스와 호텔 습격 사건을 말하려다 입을 다물었다.

"좋은 말 할 때 불어라."

"그, 그게……."

"왜? 같이 잤어?"

"야!!"

"아니면 말 것이지, 왜 소리는 지르고 그래!"

갑자기 소리를 지르는 바람에 주위 사람들의 시선이 일시에 그들에게로 몰렸다. 무안해진 하리는 소심하게 고개를 숙였지만 소영은 개의치 않고 자신의 긴 손톱으로 그녀의 팔을 꾹꾹 찔러댔다.

"그럼 키스했구나?"

"……응."

긍정의 의미로 하리는 얌전하게 고개를 끄덕였다.

"푸하하하! 그것 봐라. 내 이럴 줄 알았다니깐. 그럼 진짜로 사귀는 거야?"

"그런 거 아냐!"

"왜왜! 키스했다며?"

"모르겠어."

"뭐?"

"좋아하는 것 같긴 한데, 나도 날 모르겠단 말씀이야. 그 사람도 날 어떻게 생각하는지 모르겠고."

"유하 씨한테 아무것도 안 물어봤어?"

"물어보고 싶어도 그날 일찍 가버리는 바람에 기회가 없었지."

"네 감정은?"

"정확히 모르겠다니깐."

"이런 불쌍한 것. 피자나 더 먹어라. 아마 탄수화물이 부족해서 머리가 안 돌아가나 보다. 아, 밥을 먹을 걸 그랬나?"

소영은 마지막으로 남은 피자 한 조각을 하리의 접시에 올려놓고 자신은 콜라를 홀짝였다.

얼래? 이렇게 많이 먹으면 나 살찌는데!

마지막 코스로 소영과 영화를 보고 나온 하리는 가방 속에서, 진동으로 바꾸어놓았던 핸드폰을 꺼냈다.

부재중전화 3통.

3통 모두 천유하였다. 오랜만에 걸려온 그의 전화였지만 하리는 나중에 연락해야겠다고 생각하며 소영과 함께 지하철에 올랐다.

"다음에 만날 땐 그 사람이랑 담판을 지어봐!"

"으응."

"기운 없는 목소리하고는……. 네 감정 후회하지 않게 잘 생각해."

"알았어."

30분쯤 지나서 하리가 먼저 지하철을 내렸다. 출입문이 닫히고 하리는 창문을 통해 소영에게 손을 흔들었다. 지상으로 나오자 어느새 어두워진 하늘이 보였다.

현관을 들어서려는데, 가지런히 정돈된 신발들이 눈에 들어왔고 거실에는 텔레비전이 틀어져 있었다.

"하민 오빠 집에 있는가 보네. 그나저나 왜 보지도 않으면서 텔레비전은 켜놓는 거야? 전기세가 아주 남아돌지?"

하리가 툴툴대면서 텔레비전 전원버튼을 누르려는 순간이었다. 리모컨을 들고 브라운관에 한참동안 시선을 고정하고 있던 그녀의 손이 덜덜덜 떨렸다. 마침 검은색 양복을 차려입은 하민이 방에서 나왔다.

"오빠……, 저…… 저거……."

손으로 입을 틀어막고 제대로 말을 잇지 못하는 동생을 보면서 하민이 착잡한 표정을 지었다.

"하리야……."

“거, 거짓말.”

하민과 텔레비전을 번갈아 보면서 하리는 믿을 수 없다는 듯 중얼거렸다. 다리에 힘이 풀려 풀썩 주저앉는 동생에게 다가온 하민은 그녀의 등을 토닥이며 위로했다.

“오빠, 저거 거짓말이지?”

“하리야…….”

“말도 안 돼! 저런, 저런 게 어딨어.”

“아까 유하한테 연락이 왔었어. 이미 할아버님이 우리가 강원도에 있을 때부터 급격히 안 좋아지신 모양이야.”

“흐으읍, 말도 안 돼. 어떻게…….”

화면에는 D&S 천영민 회장 별세라는 자막과 함께 빈소를 비추고 있었다. 빈소 출입구에서 조문객을 맞이하는 유하의 모습을 얼핏 본 것도 같았다.

하리는 터져나오려는 울음을 간신히 삼키고 있었지만 쉽지 않았다. 오빠 하민이 이제 오열하는 하리를 안고 달래고 있었다. 하지만 그것만으론 역부족이었다.

“흐윽, 말도 안 돼. 얼마 전까지만 해도 나를 보며 환하게 웃어주셨는데……. 거짓말, 거짓말이야! 흐으윽.”

작은오빠 품에서 하리는 펑펑 눈물을 쏟아내고 있었다. 한번 열린 눈물샘은 닫힐 기미를 보이지 않았다. 새벽이 되어서야 하리의 오열은 차츰 흐느낌으로 변하기 시작했다.

“빈소에 가보자…….”

어느 정도 마음을 진정시킨 하리의 한쪽 팔을 부축하고 하민이 자동차가 있는 곳으로 이동했다. 20여 분을 내달린 끝에 텔레비전에서 봤던 그 병원에 도착할 수 있었다. 새벽임에도 빈소에는 조문객들의 발길이 끊이지 않고 있었다. 뒤에서 오빠의 옷자락을 잡고 있는 하리의 손에 점점 힘이 가해졌다. 하리는 빈소까지 와 놓고도 오보라고 믿고 싶었다. 할아버지 영민이 아닌 다른 누군가의 죽음.

영정이 놓인 곳으로 숙연하게 걸어가던 하리가 사람들 틈바구니에 서 있는 나츠미를 발견했다. 그녀 또한 꽤 많은 눈물을 쏟아낸 모양인지 두 눈이 충혈되어 있었다. 나츠미는 하리에게 짧은 눈길을 주고 이내 다른 곳으로 시선을 돌렸다. 하리 또한 이곳까지 와서 그녀를 상대할 생각은 없었다.

고개를 수그리고 의자에 앉아 있는 유하가 보였다. 슬픔에 지친 탓인지, 혼자서 그 많은 사람들을 맞이하느라 피곤한 탓인지 며칠사이에 유하는 수척하고 초췌해 보였다. 유하의 낯선 모습에 하리는 또 한 번 눈물이 차올랐다.

"불쌍한 사람……. 이제 할아버지마저 없으면 얼마나 외로울까, 저 사람은."

오빠 하민과 함께 향을 피우고 절을 올리던 하리는 할아버지의 영정 사진을 보며 한참을 흐느꼈다.

"흐읍……."

"그만해, 하리야. 네가 이렇게 슬퍼하면 유하 할아버님도 하늘나라에서 마음 아파하실 거야."

그 말에 하리는 자신의 입을 꽉 틀어막았지만 새어나오는 울음

소리는 어쩔 수 없었다.

하민이 유하에게 다가가더니 귓속말을 했다. 더 이상 그곳에 하리를 머물게 해선 안 되겠다고 판단한 하민이 억지로 그녀를 끌고 밖으로 나왔다. 하리는 이제 작은 화단에 털썩 주저앉아 있었다. 입을 막았던 손을 거두자 참았던 눈물이 하염없이 흘러내렸다.

"흐윽, 할, 아버……지."

어릴 적 부모님을 여의고 친척들과도 거의 왕래가 없었던 하리는 은연중 영민에게 아버지의 정을 느꼈는지도 몰랐다. 영민 또한 자신을 친딸처럼 여겨주었다. 이제 정원에서 환하게 웃는 모습도, 차를 건네며 다정하게 미소짓는 그 모습도 더 이상 볼 수 없다는 생각이 들자 하리는 또다시 설움이 북받쳤다.

"울지 마."

갑자기 하리의 머리 위로 유하의 음성이 들렸다. 눈물로 범벅이 된 얼굴을 들어 하리가 그를 응시했다. 가까이에서 보니 유하의 얼굴은 안쓰러울 정도로 핼쑥했다.

"미안해요. 미안해……."

"네가 왜 미안한데."

유하는 엄지손가락으로 하리의 볼을 타고 내리는 한 줄기 눈물을 쓰윽 닦아주고 무릎을 약간 굽혀 하리와 키를 맞추었다.

"나 아까 당신한테 연락 온 거 못 받았어요."

"알아."

"그때 통화가 됐으면 할아버지 마지막 모습은 볼 수 있었던 거였죠?"

"그건 네 잘못이 아니야."

유하는 안주머니에서 구겨진 사진 한 장을 꺼내어 그녀에게 건 넸다. 처음 그의 집에 갔을 때 할아버지와 하리 그리고 유하, 이 렇게 세 사람이 함께 찍은 사진이었다.

"할아버지가 마지막까지 손에 쥐고 계셨던 거야."

"이건……."

사진 속에서 행복하게 웃고 있는 할아버지의 얼굴 위로 눈물 한 방울이 툭 떨어지자, 하리는 행여 젖을 새라 얼른 소매로 닦아 냈다.

"그만 울어……."

"미안해요. 정작 울고 싶은 사람은 당신일 텐데……. 내가 이 렇게 눈물이 많은 여자인지 나도 오늘 처음 알았어요."

"나 대신 울어주는 거잖아. 그러니깐 괜찮아."

유하가 잠긴 목소리로 작게 말했다.

하리는 마주 보고 서 있는 유하의 팔을 당겨 제 품으로 꼬옥 끌어안았다. 그 바람에 유하가 중심을 잃고 하리의 작은 몸으로 쏠렸다.

"그냥 울어요. 남자라고 자존심 세우면서 눈물 참지 말라고요."

"하리야……."

"당신이 안 울면 내가 더 울 거예요!"

"그래, 그럼 잠깐만 어깨 좀 빌릴게."

비록 울음소리는 들을 수 없었지만, 하리는 자신의 어깨가 축

축이 젖어드는 느낌이 그의 눈물 탓이라는 것을 깨달았다.

"이제 난 정말 혼자인 걸까?"

그가 하리의 어깨에 얼굴을 묻은 상태에서 어린애같이 중얼거렸다. 유하의 머리카락을 어루만지며 하리는 영민의 말을 떠올렸다.

그 녀석, 외로운 녀석이야…….

자신처럼 어릴 적에 부모님을 잃었다는 동질감에서였을까. 아니 어쩌면 성말도 홀홀단신이 되어버린 그에 대한 연민이었을지도 모르지만, 하리는 전과 달리 너무나 약해져버린 이 남자를 내버려둘 수가 없었다. 유하는 아이처럼 하리의 몸을 꼬옥 끌어안았다.

한 기업의 후계자라는 무거운 짐을 양어깨에 짊어지고 부모를 일찍 여의고도 투정 한 번 모르고 자란 그가 이제 그녀의 품에서 한없이 약해지며 눈물을 내비치고 있었다.

할아버지 말이 맞네요. 이 사람 겉으론 안 그런 척해도, 많이 외로웠나봐요.

자신을 감싼 유하의 팔에 힘이 가해지는 것을 느끼며 하리 또한 그를 더 꼬옥 끌어안고 살짝 미소지었다.

"당신은 혼자가 아니에요. 이젠 내가 당신 곁에 있을 거예요. 그런데 당신이 우는데 왜 이렇게 내 가슴이 찢어지죠……?"

"……."

작은 화단 앞에서 그들은 그렇게 한참을 끌어안고 서서 서로를 보듬어주었다.

2년 전 이야기

영민의 장례가 끝나고 유하는 그 동안 밀렸던 스케줄을 마무리하느라 정신이 없었다. 그러다 문득 책상에 놓인 액자가 눈에 들어왔다. 하리가 고양이를 안고 찍은 사진이었다.

언제부터 그녀를 향한 마음이 확실해졌는지는 모르겠다. 하지만 이제 무의식중에 그녀가 항상 곁에 있다는 사실을 너무나 당연하게 생각하고 있었다. 할아버지의 장례식을 계기로 그녀 또한 자신 곁에 있어 주겠다고 말했었다.

유하는 옅은 미소를 머금고 쿠션 의자에 등을 기댔다. 그리고 눈을 감았다. 2년 전 하리와의 만남을 회상하는 중이었다.

도쿄 유니버설 스튜디오.

찰칵, 찰칵, 찰칵!

뜨거운 조명 아래 끊임없이 셔터 소리가 울려대고 있었다. 유

하는 자신의 촬영을 기다리며 세트장 한구석에 비스듬히 몸을 기
대고 서 있었다.

"유짱, 어디 아파?"

"아니."

먼저 촬영을 끝낸 나츠미가 유하에게 쪼르르 와서 걱정스런 표
정을 하고 물었다.

"근데 왜 그래? 나츠미 걱정되잖아."

유하는 귀여운 여동생 같은 나츠미의 머리를 한 번 쓰다듬고
마침 자신을 찾고 있는 사진작가에게로 성큼성큼 걸어갔다. 아까
나츠미와 촬영한 파트너로 보이는 동양인 남자가 보였다. 눈이
마주친 그들은 일정한 거리를 두고 소리 없는 눈인사를 교환했다.

쉴새없이 이어지는 셔터 소리가 오늘따라 유하의 귀에 거슬렸
다. 아니 솔직히 말해, 아무 일 없듯 평소처럼 작업을 하고 있는
자신에게 짜증이 일었다.

신수진, 모든 게 그녀 탓이었다.

불과 몇 시간 전까지만 해도 자신이 그토록 사랑했던 한 여자.
하지만 지금은 세상 그 누구보다 경멸하는 여자.

2시간 동안의 촬영을 마치고 유하는 세트장을 벗어났다. 나츠
미가 아까 눈인사를 나눈 그 동양인 남자와 다가오고 있었다.

"인상 좀 펴요. 잘생긴 얼굴에 주름지겠네."

"한국분이셨군요?"

"아, 소개가 늦었네요. 강하민이라고 합니다."

일본에서 같은 나라 사람을 만났다는 반가움과 이야기를 나누

는 과정에서 나이까지 같다는 사실을 안 그들은 어느새 금방 친구가 되어 있었다. 한창 이야기를 나누는 도중 하민의 핸드폰이 울리기 시작했다.

"잠깐 실례."

하민이 주머니에서 핸드폰을 꺼내다가 딸려 나온 지갑이 바닥으로 떨어졌다. 펼쳐진 지갑엔 가족사진과 함께 어떤 소녀의 증명사진이 있었다. 하민은 통화를 간단히 하고 유하가 주워준 지갑을 받아들었다.

"아, 고마워."

"그 여자는 여동생? 귀엽네."

"어, 어떻게 여동생인 줄 안 거야?"

"너랑 닮았어."

"그래? 우리 하리가 그렇게 예뻤나?"

"이봐."

"하하, 농담농담."

비록 만난 지 얼마 되지 않았지만 유하는 하민이 오래 만나온 친구처럼 편했다. 더구나 하민이 쾌활한 성격이라 쉽게 친해질 수 있었다.

"촬영 쫑나면 한잔하러 가는 거 알지?"

"이거 미안해서 어쩌지. 지금은 도저히 술 마실 기분이 아니라서……. 다음에 하자."

"그래? 그럼 다음 주 중에 너 편한 시간으로 잡아."

그때 나츠미가 두 남자 사이를 비집고 들어왔다.

“나츠미도 같이 놀아줘.”

“나츠미, 술 먹을 나이 돼?”

“뭐? 하짱 너무 하네! 나츠미도 술 먹을 나이 된단 말이야!”

“헤에~ 그래? 난 많아봤자 열입곱 정도로 봤는데.”

“뭐? 하짱 너무해잉!”

나츠미는 자신을 놀려대는 하민을 때리는 시늉을 했고, 하민은 혀를 날름거리면서 스튜디오 안을 뛰어다녔다. 그런 두 사람의 모습을 보며 유히기 키득거리고 있는데 갑자기 스튜디오 문을 박차고 들어서는 한 여자가 보이자 금세 그의 얼굴이 차갑게 변했다.

“유하 씨, 나랑 얘기 좀 해.”

“너하고 할 말 없다.”

심각한 표정으로 이야기를 나누는 그들을 보며 하민과 나츠미도 장난을 멈추고 멀뚱히 쳐다보았다.

“얘기 좀 하자니까! 시간 오래 빼앗지 않을게.”

“이거 놔! 안 놔?!”

애타는 눈빛으로 그의 팔을 꽉 붙들고 있는 수진에게 유하는 잔인한 태도로 일관했다.

몇 시간 전 우연히 목격한 광경은 그를 기함하게 만들었다.

살짝 열린 대기실 문틈으로 신음소리가 새어나오고 있었다. 의아함과 호기심으로 발소리를 죽이고 조용히 대기실에 들어선 순간, 유하는 잠시 자신의 눈과 귀를 의심해야만 했다.

뒤엉킨 채로 맹렬하게 격정을 뿜어대며 서로에게 몰두해 있는 남녀의 모습. 심장이 멎는 것만 같았다. 눈을 비비고 보아도 남자

밑에 누워 있는 여자는 신수진, 그녀가 분명했다.

온몸에 맥이 탁 풀린 유하는 간신히 정신을 가다듬고 잰걸음으로 묵묵히 그곳을 빠져나왔던 것이다.

"유하 씨, 그건 어쩔 수 없는 상황이었다구."

"어쩔 수 없는 상황? 말 한번 편하게 하는군. 그게 말이 된다고 생각해?"

"유하 씨는 이 바닥을 잘 몰라. 특히 여자에겐 얼마나 불리하게 돌아가는지 모를 거야. 난 무슨 수를 써서라도 스타로 성공하고 싶어."

"어떤 이유에서건, 내 여자가 다른 놈이랑 놀아나는 걸 봐줄 만큼 난 너그럽지 못해! 창녀 같은 년, 어서 꺼져버려!!"

짝!

유하의 말이 떨어지자마자 수진은 그의 뺨을 매섭게 후려쳤다. 유하의 한쪽 뺨에 붉은 손자국이 서서히 윤곽을 드러내고 있었다.

"그래! 더 이상 날 이해해달라고 부탁하지 않을게. 하지만 나 그렇게 천한 여자 아니야. 그거 하나만 믿어줘, 유하 씨……. 흐흐흑."

수진이 문을 박차고 나가는 모습을 보면서 유하도 허물어지듯 의자에 털썩 주저앉았다. 유하는 그렇게 넋 나간 표정으로 한동안 말없이 앉아 있기만 했다.

하민이 어느새 유하 곁으로 다가왔다.

"이봐, 내가 어제 좋은 곳 하나 물색해놨는데 가지 않겠어?"

"……응, 가."

하민은 유하의 어깨에 팔을 두르고 스튜디오를 나섰다.

화보 촬영 일정을 모두 끝내고 하민이 서울로 돌아가는 날이었다. 하민은 일본에 있는 동안 하루도 빠짐없이 유하의 집을 찾아 상심해 있는 그를 위로해주곤 했었다.

공항에서 두 남자는 한국에서의 만남을 기약했다. 그리고 그해 가을, 갑자기 할아버지의 건강이 악화됐다는 소식에 유하는 부랴부랴 한국으로 돌아오게 된 것이다.

"할아버지, 생각보다 멀쩡하시잖아요."

"허허허. 그럼 이 할애비가 죽기 일보 직전인 줄 알았더냐."

"김 비서가 얼마나 진지했는지 몰라요."

"얼마나 좋으냐, 이참에 네 녀석 얼굴도 보고."

"건강하시다니 그래도 다행이에요."

오랜만에 나온 한국은 낯설었다. 늘 다니던 길도 어딘가 바뀐 것 같았고 유행에 맞춘 사람들의 패션들도 신기하기만 했다.

페라리를 몰고 거리 이곳저곳을 둘러보던 유하는 하민이 일본을 떠나기 전에 알려준 집 번호를 눌렀다. 몇 번의 신호음이 이어진 후 저쪽에서 경쾌한 목소리가 들려왔다.

[여보세요?]

"하민? 나 유하야, 천유하. 잘 지냈어?"

[어? 정말 유하 맞아? 이야, 오랜만이다. 근데 어쩐 일이야. 혹시 한국에 온 거야?]

"응."

[잘됐다! 너 그럼 지금 한국대학교 앞으로 올래? 아, 여기 어떻게 오는지 알아?]

"아니, 모르겠는데⋯⋯."

[음⋯⋯, 그럼 지금 네가 있는 곳은 어딘데?]

"가만 있자⋯⋯, 아, 테헤란로인 거 같은데?"

[그래? 그러면 말이지.]

하민에게서 한국대학교 찾아오는 길을 상세하게 전해 들은 유하는 1시간에 걸쳐 학교에 도착할 수 있었다.

"유하야, 여기!"

유하를 먼저 알아본 하민이 반갑게 손을 쳐들었다.

"근데 왜 하필 대학교 앞으로 오라고 한 거야?"

"오늘 내 동생이 연극을 하거든."

그렇게 말하며 하민이 유하에게 공연 티켓 두 장을 내보였다. 그들은 그간의 안부를 나누면서 학교 내 소극장으로 걸음을 옮겼고, 이내 무대가 잘 보이는 좌석에 자리를 잡고 앉았다. 곧 연극이 시작되었다. 하민은 의자에 가만히 있질 못하고 여자 배우들이 나올 때마다 등받이에서 몸을 뗐다 기댔다를 반복했다.

여자 주인공이 여동생인가?

일본에 있을 때 하민의 사진 속 소녀를 유심히 봐두었던 유하는 호기심이 가득한 눈길로 여주인공을 바라보았다.

2시간 만에 공연은 성황리에 막을 내렸다. 하민은 언제 준비했는지 꽃다발 하나를 들고 무대 쪽으로 다가갔다. 연극이 끝나기가 바쁘게 하나둘씩 빠져나가는 사람들이 있는가 하면, 배우들이 무대에서 내려오기를 기다렸다가 꽃을 건네는 이들도 있었다.

하민은 동생으로 보이는 그 여자에게 다가가서 들고 있던 꽃다발을 건넸고 그녀는 활짝 웃으면서 받아든 꽃을 소중하게 끌어안았다. 그 다음 그녀는 동료들에게 이끌려 사진을 찍기에 바빴다.

아쉬운 기색을 띠며 유하가 있는 곳으로 되돌아오는 하민을 보며 유하는 나갈 준비를 하려고 자리에서 일어났다.

"아까 꽃다발 준 사람이 동생 맞지?"

"응."

"연극 잘하더라."

"연극영화과야. 내 여동생 실물이 더 예쁘지?"

"무슨 팔불출 아버지 같다."

"그런가? 후후, 그럴지도. 워낙 눈에 넣어도 아프지 않은 녀석이라놔서."

"술이나 한잔할까?"

"아, 나 새벽에 촬영 있는데……."

"그래? 그럼 안 되겠……."

"안 되긴 무신!! 이게 얼마 만인데 그냥 가나? 헤헤."

인근 술집에서 그들이 2시간째 주거니받거니 하며 즐거운 시간을 보내고 있을 때 하민의 핸드폰이 요란하게 울렸다. 그런데 통화를 마친 하민이 난감한 표정으로 유하를 바라보았다.

"이거 어떡하지?"

"왜?"

"하리가 말이지, 지금 술이 좀 많이 취했어."

"그래? 그럼 이만 나가자."

"근데 내가 곧 촬영도 가야 하거든."

"야야, 너 혹시……."

"그러니깐 유하야, 부탁한다!"

"야!"

하민이 애원조로 말하며 유하의 손을 꼬옥 붙들었다. 그리곤 테이블에 놓인 계산서를 낚아채서 잽싸게 카운터로 갔다.

"거참, 어이없네."

하민의 뒤통수를 흘기며 유하도 자리에서 일어났다. 한국대학교 정문 앞에 선 하민은 주위를 두리번거리다 어떤 남자에게 기대어 서서 고개를 떨구고 있는 동생을 발견했다. 아무래도 그가 하민에게 전화를 한 모양이었다.

"도대체 술을 얼마나 마셨길래……. 야, 정신 안 차릴래!?"

하리의 뺨을 가볍게 두어 번 툭툭 치고는 하민이 그녀를 안아서 유하의 자동차로 옮겼다.

"유하야, 내 동생 부탁해."

하민은 개구쟁이 같은 표정을 지으며 한쪽 눈을 찡긋했다.

"나 술도 먹었는데."

"너 별로 안 먹었어. 물만 마신 거 알고 있어."

"휴우……, 넌 날 믿냐?"

"그럼그럼. 아, 집은 말이지……."

유하의 차에서 종이와 펜을 찾아 들고 하민이 열심히 약도를 그리고 있었지만 서울 지리에 어두운 유하로서는 그 약도 하나로 집을 찾기란 무리라고 생각했다. 하민은 다시 한 번 유하에게 잘 부탁한다는 말을 건네고, 손목시계를 보며 총총히 사라졌다.

"나참."

유하는 보조석에 반쯤 누워 있는 그녀를 한 번 바라보고는 운전석에 올랐다. 술에 취한 그녀는 보조석 창문에 기대어 자고 있었다.

"이그, 술 냄새가 진동을 하는구만."

유하는 하민의 엉디리 약도를 보며 흔숨을 내쉬었다. 이쨌든 알아보기 힘들게 그려진 약도에 의지해 그녀의 집을 찾는 수밖에 없었다.

"흐ㅇㅇ음……."

뻥 뚫린 도로를 한창 쌩쌩 달리고 있을 때였다. 그녀가 뒤척이는가 싶더니 이내 깨어나서 반쯤 풀린 눈을 들어 유하를 바라보았다.

"누구세요?"

"네?"

"처음 보는 사람 같은데 혹시 납치범이세요?"

"……!"

"근데 저기요."

"뭡니까?"

"차, 차 좀…… 세워, 우웁!"

"자, 잠깐만! 이봐요!! 기다려요!"

하리가 손바닥으로 입을 막았다. 유하는 황급히 핸들을 돌렸고,

차에서 후닥닥 내린 하리는 길가로 허겁지겁 뛰어가 먹은 것들을 게워내고 있었다. 유하는 한숨을 푹 내쉬고 떨떠름한 표정으로 그녀의 등을 두들겨주었다.

그녀는 한참동안 앉아 있더니 다시 일어나서 비틀비틀 조금 걷다가 제자리에 풀썩 주저앉았다.

"도대체 얼마나 먹으면 이렇게 되는 거야?"

유하는 길거리에서 반쯤 눕다시피 잠이 들어버린 하리를 안아 뒷좌석에 조심스레 눕혔다.

"그럼 이 집이 맞는데……."

유하는 사람들에게 묻고 물어 1시간 반 만에 겨우 하리의 집을 찾을 수 있었다. 그는 보닛을 빙 돌아 보조석의 문을 열고 힘없이 축 늘어진 하리를 업었다. 하민의 메모를 보면서 유하는 503호 앞에서 초인종을 눌렀다. 조금 있자 스마트한 분위기를 풍기는 남자가 문을 열었다.

"누구신지……?"

다음 순간 하진은 유하의 등에 업힌 동생을 알아보고 깜짝 놀랐다.

"여기가 강하민 씨 댁 맞죠?"

"네. 근데 우리 하리가 어떻게……."

"하민이 부탁을 좀 받아서요."

"일단 들어오세요. 차라도 한 잔하고 가셔야죠. 잠시만요."

하진이 그녀를 들쳐 업어 침대로 옮기고 나서 거실을 나왔다.

"아닙니다. 그냥 가볼게요."

"고생하셨는데 이렇게 보내면 예의가 아니죠. 하민이 녀석도 그냥 보냈냐고 한소리할 거고."

"네, 그럼."

"하민이 친구시라구요?"

"네."

"하민이 형 강하진입니다."

"천유하입니다."

하신과 유하는 서실 소파에 나란히 앉아 녹차를 마시며 이야기를 나누었다.

"이 늦은 시간에 우리 하리를 데려다주셔서 얼마나 감사한지 모르겠네요."

하민의 형은 꽤 예의가 바른 사람처럼 보였다. 행동이 절도 있고 무엇보다 남자치곤 지나치게 깔끔한 외모가 눈길을 사로잡았다.

"실례지만 무슨 일을 하고 계시는지……."

"내과의입니다."

"그렇군요."

몇 마디 의례적인 대화를 주고받고 유하가 자리에서 일어났다.

"너무 늦었네요. 그럼 이만 가보겠습니다. 차, 잘 마셨습니다."

"다시 한 번 감사드리고요, 언제 한 번 또 뵙죠. 멀리 안 나가겠습니다."

하진이 현관에서 유하를 배웅했다.

자신의 페라리로 돌아오며 유하는 너털웃음을 지었다.

"황당한 여자란 말이야."

그리고 2년 후, 드라마나 영화에서처럼 그녀를 우연히 만나게 된 것이다.

유하는 감았던 눈을 천천히 떴다. 지난 기억이 유하의 머릿속에서 파노라마처럼 지나갔다. 처음엔 사진을 통해서였지만 왠지 그녀에게 끌렸었고, 두 번째 실제로 만나게 되었을 땐 무대에선 당당했지만 의식이 끊어질 정도로 과음해 상대방을 당황하게 만든 여자였다. 또 세 번째로 만난 날은 헤어진 연인 때문에 낯선 남자 앞에서 펑펑 울어대던 마음 여린 여자였다. 그리고 현재 자신의 사소한 장난에도 쉽게 얼굴을 붉으락푸르락하며 반응하는 귀여운 여자였다.

"수진 이후로 앞으로 나한테 사랑 따위의 감정은 없을 거라 생각했는데 우습군."

유하는 실소를 머금고 고개를 좌우로 흔들었다.

한가로운 일요일 오후 하리는 모처럼 유하의 집을 찾았다. 유하는 휴일임에도 회사에 갔는지 집에 없었다. 대신 가정부 아주머니가 그녀를 반겨주었다. 물론 정원을 거닐 땐 허스키 녀석이 꼬리 치며 달려왔지만 말이다.

"야야, 내가 그렇게 좋냐? 고만 좀 해~."

하리는 보자마자 달려들어 얼굴을 핥아대는 녀석을 어렵사리 떼어내고 저택으로 들어섰다. 아주머니가 내어준 커피를 한 모금 마시며 하리가 슬쩍 눈치를 살폈다.

"요즘……, 유하 씨 어떻게 지내요?"

"도련님이요? 회장님 장례식 이후로는 얼굴도 보기 힘들어요. 인수인계뿐 아니라, 이사회와 주주총회 준비 때문에 바쁘신 모양이던데."

"그렇군요."

"아가씨가 도련님 좀 잘 보살펴주세요. 요즘은 걸핏하면 식사를 거르셔서 걱정이에요."

"네, 알겠어요. 근데 엘리자베스는요?"

"엘리자베스요??"

"아, 그러니깐 고양이 말이에요, 고양이."

"아아, 하리요? 호호, 도련님이 하리라고 부르셔서요. 지금 정원 어딘가에서 낮잠 자고 있을 거예요."

엘리자……, 아니 또 다른 '하리'를 찾으러 하리는 슬슬 정원으로 나왔다. 그런데 녀석은 쉽게 얼굴을 내비치지 않았다.

"이 녀석이 어딜 간 거래? 유하야아~!"

하리는 녀석을 찾는 걸 포기하고 이번엔 허스키를 불렀다. 기대를 저버리지 않고 허스키가 꼬리를 살랑살랑 흔들며 다가왔다. 잔디밭에 주저앉아 하리는 허스키를 쓰다듬었다.

"예쁜 녀석, 네 주인도 이렇게 말 잘 들으면 어디가 덧난다니?"

소시지 같은 혓바닥을 축 늘어뜨리고 쉴새없이 헥헥대는 큰 개의 목 언저리를 하리가 짓궂게 살짝 꼬집었다. 그리고 말을 이었다.

“좀 의외였어. 그 사람한테 약한 모습도 있었다는 게…….”

말을 알아듣지 못하는 녀석은 여전히 꼬리를 살랑살랑 흔들며 주변을 두리번거렸다. 하리는 엉덩이를 툭툭 털고 일어나 주위에 떨어진 나뭇가지를 하나 집어 멀리 던졌다.

“유하야, 물어와!!”

말이 떨어지자마자 허스키는 어딘가에 떨어진 나뭇가지를 용케도 찾아 입에 물고 나타났다. 무섭게 달려오는 허스키를 피해 하리는 정원을 뻥뻥 돌았다. 정원에서 허스키와 한동안 시간을 보내던 하리는 다시 집 안에 들어와 아주머니를 거들었다.

“아이고, 혼자 해도 되니까 나가 계세요.”

“아니에요. 제가 도와드리고 싶어서 그래요. 자자, 전 어떤 걸 하면 되죠?”

실제 하리의 요리 솜씨는 애교로도 못 봐줄 만큼 형편없었다. 그래서 그녀는 어깨 너머로라도 내심 제대로 된 요리를 배우고 싶었다. 후끈한 열기로 가득한 주방에서 땀을 삐질삐질 흘려가며 한창 부산을 떨 때, 초인종 소리가 들렸다.

“도련님이네요.”

인터폰을 귀에 대고 아주머니가 하리를 쳐다보았다.

무심코 신발을 벗고 발을 들여놓던 유하는 앞치마를 두르고 멀뚱히 서 있는 그녀를 위아래로 훑어보았다.

“뭐 하고 있었어?”

“요리요!”

“먹을 수 있는 거야?”

“그…… 글쎄요.”

진지함이 묻어나는 하리의 대답에 유하는 피식 웃고선 옷을 갈아입고 오겠다며 2층으로 올라갔다. 하지만 마침 텔레비전에서 흘러나오는 아나운서의 말에 그는 층계참 중간에서 우뚝 멈춰섰다.

“오늘 오후 일본에서 한창 주가를 높이고 있는 신수진 씨가 국내 화보 촬영을 위해서 입국했습니다. 이미 5년 전 일본에서 활동을 시작한 신수진 씨는 국내 의류 브랜드의 화보 촬영차 잠시 한국을 들렀는데요, 리포터가 그녀를 만나보았습니다. 그 현장으로 가보…….”

미동도 하지 않고 계단에 서 있는 유하의 뒷모습을 보며 하리가 본능적으로 리모컨을 집어 들어 급히 다른 채널로 바꿨다.

“왜?”

“아하하하, 드…… 드라마 볼 시간이라서요.”

“옷 갈아입고 올게.”

유하는 아쉬운 듯 텔레비전을 한 번 흘끗 보더니 다시 2층 계단을 올랐다.

의류 브랜드라고 했었지? 설마……, In X는 아니겠지? 그치?

하리의 눈은 드라마에 고정되어 있었지만 머릿속엔 복잡한 생각들로 넘쳐났다.

에이, 지금 내가 무슨 쓸데없는 생각을 하는 거야.

“아주머니 뭐 하세요~.”

하리는 멋쩍게 웃으며 고개를 살짝 흔들고는 주방으로 향했다.

　오랜만에 그와 함께한 저녁이었지만, 평소와 달리 그의 얼굴에선 미소라든가 트레이드마크인 예의 그 싸가지 없는 표정을 찾아볼 수 없었다. 아주머니의 말마따나 밥을 잘 챙겨 먹지 않는 모양인지 유하의 몸은 상당히 야위어 있었다. 후식까지 먹고 하리는 자리에서 주섬주섬 일어났다.

　"차 좀 빼올게. 5분 있다가 나와."

　"네."

　차 안에 있는 내내 유하는 딴생각에 몰두해 있는지 아무런 말도 하지 않았다. 하리 또한 창밖만을 응시하며 다른 생각에 빠져 있었다.

　"저기요."

　무겁게 가라앉은 침묵을 먼저 가른 건 하리였다.

　"응?"

　"내일 시간 있어요?"

　"왜?"

　"우리 영화 보지 않을래요?"

　"미안하지만, 요즘 짬을 낼 수가 없어."

　"알아요, 당신 바쁜 건……. 하지만 그렇게 피곤해 보이는 얼굴 보기 안 좋다구요."

　"피곤?"

　"네, 며칠 사이에 폭삭 늙어버린 것 같아요, 당신."

　"풋."

　"왜 웃어요? 칭찬 아닌데. 아무튼 내일 시간 낼 거죠?"

“알았어.”

자신이 유도한 대로 확답을 얻어내려는 그녀 때문에 유하는 어쩔 수 없이 승낙을 했다. 하리는 회심의 미소를 지으며 속으로 연신 나이스를 외치고 있었다.

“데려다줘서 고마워요.”

하리는 안전벨트를 풀며 말했다.

“별말씀을. 그럼 내일 보자.”

“그래요.”

페라리가 저만치 멀어졌을 때쯤 하리는 몸을 돌려 어린아이처럼 폴짝폴짝 뛰기 시작했다.

“앗싸아, 데이트다, 데이트으~! 하하하하하!”

그날 저녁 경비실에는 동네에 웬 실성한 여자가 돌아다니는 것 같다는 주민들의 제보가 접수됐다.

다음 날 하리는 영화관 휴게실에 앉아 그를 기다리며 계속 실실대고 있었다. 머리에 꽃만 안 달았을 뿐이지, 누가 봐도 ‘정신을 놓아버린’ 여자였다. 하리는 요리조리 팸플릿들을 살피고 있었다.

흐흐흐, 뭐가 재밌을까? 나오기 전에 지식IN에 물어볼 걸 그랬나……?

“뭐 하나?”

언제 왔는지 어느 틈에 유하가 조용히 옆에 와서 그녀가 들고 있는 팸플릿을 유심히 쳐다보고 있었다.

“뭐 보는 게 좋을까 해서요.”

“아무거나 보지 그래?”

“싫어요! 나는 멜로물!”

“호러.”

“코미디!”

“액션.”

“에로!”

“쯧쯧, 밝히긴…….”

한마디 툭 던지고 유하가 뒷주머니에서 지갑을 꺼내어 매표소
로 유유히 걸어갔다.

“어후, 저 싸가지. 뭐 저런 게 다 있어?”

곧 유하가 두 장의 티켓을 들고 그녀에게로 왔다.

“어떤 거 끊었어요?”

“에로 영화 보고 싶다며?”

“내가 언제요!”

“방금 전까지 그랬으면서.”

“아악!! 진짜 뭘로 끊은 거예요!”

흥분한 하리가 유하의 손에 들려 있는 두 장의 표를 낚아채서
눈으로 영화 제목을 찾았다. 제목을 확인한 하리는 묘한 표정으
로 그를 올려다보았다.

“진짜 이거 보려고요?”

“네 수준에 딱이잖아.”

“뭐라고요?!”

하리는 제 손에 들린 영화 티켓을 한참동안이나 바라보고 있었

다. 이 사람이 정말 이 영화를 보고 싶어서 끊은 걸까?

영화 명은 '너구리 전쟁'. 어린이들을 겨냥한 코믹 만화영화였다.

영화 아니, 만화가 시작되려면 50분 가량이 남아서 그들은 인근에서 먼저 식사를 했다.

스크린에서 비추는 다른 만화영화들의 예고편을 보며 하리가 막 콜라와 팝콘을 입으로 가져가려는데 옆 좌석에 앉은 꼬마가 맹랑하게 물었다.

"아줌마도 이거 보러 왔어요?"

아, 아줌마……. 이거 간만에 뒷골 땡기는구만.

하리는 꼬마의 말에 주위를 한 번 빙 둘러보았다. 하지만 주변엔 아이들만 있을 뿐 아줌마라고 불릴 수 있는 사람은 눈을 씻고 찾아봐도 자신밖에 없었다.

"꼬마야, '아줌마'가 아니라 '누나'란다. 자, 누나해 봐 누나."

"아줌마, 옆에 있는 형아는 남자친구예요?"

이 어린 자식이! 내 옆에 있는 인간은 '형아'고 그보다 어린 나는 아줌마냐? 도대체 기준이 뭔데?

하리는 호칭을 정정해줘도 한결같이 아줌마라 부르는 꼬마의 머리를 한 대 쥐어박으려다 호흡을 가다듬고 조용히 무릎 위에 손을 내려놓았다.

"꼬마야, 누나라고 했잖니."

"나 꼬마 아니에요! 준형이야 윤준형. 근데 아줌마, 나 이 팝콘 먹으면 안 돼요?"

"그래, 먹어라 먹어."

쪼그만 녀석에게 누나라고 불리는 것을 포기하고 하리는 손에 들고 있던 팝콘 박스를 꼬마에게 내밀었다.

녀석은 그 작은 손으로 팝콘을 한 움큼 쥐고는 자신의 옆에 앉아 있는 여자아이의 손에 옮겨주었다. 그리고 이번엔 자기 몫을 챙기려는지 다시 팝콘을 한 움큼 쥐고 하리에게 천진스럽게 웃어 보였다.

"아줌마, 내 여자친구 예쁘지?!"

이 어린것이 이제 반말까지 떡떡해대네…….

"아줌마, 이 만화 진짜 재미있는 거래~!"

"그, 그래……."

계속해서 자신을 아줌마라 부르는 녀석을 보며 하리는 끓어오르는 화를 간신히 꾹꾹 눌렀다. 곧 상영관이 어두워지기 시작하면서 '너구리 전쟁'이 시작됐다.

"풋, 푸하하하하!!"

하리는 어느샌가 쪼그만 녀석들과 동화되어 웃고 있는 자신을 발견했다.

음~ 인정하고 싶진 않지만 정말 이게 내 수준인가 보네.

영화에 몰입해 정신없이 키득거리던 하리의 한쪽 어깨에 갑자기 유하의 머리가 툭 떨어졌다. 어둠 속에서 하리는 가만히 그를 응시했다.

"많이 피곤했나 보네……."

하리는 옆에서 규칙적으로 숨을 고르며 잠들어 있는 유하의 머리카락을 쓸어 넘겼다.

쿡크크크.

곤히 잠든 그를 깨울까봐서 하리는 이제 손바닥으로 입을 막고 숨죽여 웃었다.

영화가 끝나고, 아이들이 하나둘씩 출입구를 빠져나갔다. 기척을 느꼈는지 유하도 기댔던 머리를 똑바로 하고 하리를 바라보았다.

막 잠에서 깨어났으면 대부분 눈이 풀린다거나 빨개지는 것이 정상인데 이 남자는 반대로 멀쩡해 보였다.

"잠들지 않았어요?"

"어깨가 들썩여서 잠을 잘 수가 있어야지."

"으."

"어때, 딱 네 수준이었지?"

"아…… 아니에요!"

"뭐가 아니야, 웃느라고 정신없던데."

"씨이…….'"

아이들이 어느 정도 빠져나가자 슬슬 자리에서 일어나던 유하가 잠자코 앉아 있는 하리를 쳐다보았다.

"여기서 살 거야?"

"솔직히 말해봐요, 자려고 이거 고른 거죠?"

"아니야."

"아니긴 뭐가 아니에요? 내내 잤으면서!"

"자려고 그런 게 아니라, 기대고 싶어서 고른 거야. 빨리 나오기나 해."

"어! 가, 같이 가요!!"

　그가 던진 말의 의미를 곰곰 생각하던 하리가 이내 얼굴을 붉
히며 뒤따라나갔다.

　하리가 한가롭게 컴퓨터 앞에 앉아 아이스커피를 마시고 있을
때 핸드폰이 울리기 시작했다. 액정에는 별 시답지 않은 발신 명
이 뜨고 있었다.
'미녀 소영'
미녀 소영? 으이구, 그래 네가 하루이틀 이 짓이냐?
"네네, 미녀 소영님 오늘은 무슨 일이십니까?"
[호호호, 죽이지 내 발신 명!!]
"보는 이를 얼어버리게 할 지경이다. 병도 그 정도면 중증이
야."
[애는 말을 해도! 집에서 백조짓 하지 말고 나와!]
"돈 없어. 나가면 더워서 싫고."
[흥! 유하 씨가 나오라고 하면 쪼르르 나올 거면서.]
"왜 갑자기 그런 이야기가 나와?"
[흐흐흐. 얼른 나와~. 내가 삼계탕 사줄게!]
"너 그렇게 웃지만 않으면 정말 인기 좋을 거야."
[잔말 말고 3시까지 인사동으로 와. 끊어!]
"야야! 채소영!!"
뚜뚜뚜.
　이미 끊어진 전화기를 부여잡고 하리는 공허하게 외쳤다. 하리
는 한순간 망설이는가 싶더니 이내 옷장 쪽으로 발길을 옮겼다.

"삼계타앙~ 삼계타앙~."

그녀는 먹을 거라면 사족을 못 쓰는 축이었다.

3시가 조금 안 된 시간.

하리는 소영과 평소 즐겨 찾던 인사동의 한 전통찻집에 도착했
고, 얼마 되지 않아 소영도 뒤따라 들어왔다.

"소영아, 여기!"

하리가 창가 쪽에 자리를 잡고 앉아 손을 흔들어 보였다.

"역시 넌 먹을 거에 약해."

"흐흐, 넌 나에 대해 너무 많은 걸 알고 있어."

"못 말려. 그렇게 바보같이 웃지 좀 마."

"근데 어디서 돈이라도 생겼나보다?"

"응, 우리 오빠가 영국으로 유학 갔었잖니. 얼마 전에 돌아왔어.
그래서 애교 살짝 부려주고 용돈 좀 타 왔지."

소영과 하리는 그렇게 한창 수다를 떨고서는 가까운 삼계탕 집
을 찾았다. 얼마 안 있어 뚱뚱한 주인 아주머니가 김이 모락모락
나는 뚝배기 한 그릇씩을 그들 앞으로 놓아주고 돌아갔다.

두 눈에 하트를 담고 입맛을 쩝쩝 다시는 하리를 향해 소영이
뜬금없이 물었다.

"그래 요즘은 어때, 그 사람하고."

"어제 영화 봤어."

하리는 닭다리 하나를 쭉 뜯으며 대답했다.

"정말?? 그럼 본격적인 데이트?"

“뭐, 그런 셈이지.”

“근데 너 계약약혼한 거 말이야, 이젠 할아버지도 돌아가셨으니까 계약도 끝난 거 아니야?”

“응……?”

생각지도 못한 소영의 말을 듣고 하리는 닭다리를 잡은 채로 몇 초 간 굳어 있었다. 까맣게 잊고 있었다. 단지 할아버지에게 보이기 위해 약혼을 가장했었던 사실을. 소영의 말을 한참 곱씹던 하리는 머릿속이 혼란스러워지기 시작했다. 뽀얀 닭살을 한 점 떼어 먹으며 하리가 소영에게 눈길을 주었다.

“그럼 왜 그 사람은 아무 말도 안 하는 걸까?”

“낸들 아니.”

“나한테 관심이 있어서?”

“아니면 그 사람이 바빠서 잊고 있든가.”

“에이, 그렇게 초를 치냐?”

“사실이 그렇잖아. 아, 아줌마 여기 김치 좀 주세요!”

소영은 비어버린 김치 그릇을 들어 보이며 소리쳤다. 닭 한 마리로 배를 채운 뒤 그녀들은 어느 카페로 들어갔다. 소영은 커피, 하리는 키위 주스를 시켰다.

“배부른데.”

“그냥 시간 때우려고 있는 거잖니.”

이번엔 소영이 삼계탕 집에서보다 좀더 구체적으로 그와의 관계에 대해 이것저것 묻기 시작했다. 하리는 어제 그가 영화관에서 모호하게 툭 던진 말에 대해서 설명했다.

진지한 태도로 이야기를 듣던 소영이 느끼하다며 야유를 보내
는 등 혼자 오버하며 어쩔 줄 몰라했다.

"어머어머, 어떻게! 정말 너한테 관심 있는 거 아니야?"

"야야, 오버하지 말고."

"너는? 너는 어때?"

"난……."

"난?"

소영은 눈을 똘망똘망 뜨고 다음 말을 기다렸다.

"모르겠어. 그냥 유하 씨가 슬퍼할 땐 가슴이 아팠고, 또 그 사
람 곁에 있으면 즐거운 것 같애."

"좋아하는 거 확실하네."

"네가 보기에도 그런 거 같지?"

"25살이나 먹었으면서 그것도 모르냐? 사랑 처음 해봐?"

"그래도 부끄럽잖냐."

"자자, 우리 이따가 그 사람한테 가보자. 응?"

"가서 뭐 하게……."

"뭐하긴, 좋아하는 거 알았으면 다음엔 고백을 해야지!"

"뭐어??"

소영은 느긋한 태도를 보였다.

자…… 잠깐, 괜히 말했다가 스스로 무덤 파는 거 아니야?

어이없는 표정을 짓는 하리에 반해, 소영은 무슨 신나는 일이
라도 생긴 양 연신 싱글빙글이었다.

카페에서 나오자 소영은 정말 실행에 옮기려는지 하리의 팔을

꽉 붙들고 유하의 회사로 가는 버스들을 눈으로 찾고 있었다. 하리가 안 간다고 버팅기며 전봇대에도 달라붙어 보고 가로수에도 대롱대롱 매달려보았지만, 하리는 자신보다 더 튼튼한 체력의 소영을 이길 수 없었다.

"야야, 나중에, 응?"

"나중은 없어! 사랑은 한순간이야. 지체하면 늦어버린다고!"

"그건 어디서 나온 말인데?!"

"채소영 어록이지. 잘 적어놓아라."

"싫어!! 으악~ 그만! 스톱!"

소영의 행동을 저지하려고 했지만 역부족이었다. 결국 그의 회사 정문 건널목까지 도착한 하리는 최대한 불쌍한 표정으로 소영을 쳐다보았다. 하지만 그녀는 사악한 미소를 지으며 모든 것을 깡그리 무시할 따름이었다.

"야, 생각해봐. 갑자기 내가 찾아가서 좋아한다고 고백하면 그 사람도 당황해할 거야. 응?"

"그럼 언제? 네 마음 알아차렸으면 얼른얼른 고백해야지. 그리고 그 사람도 널 좋아하고 있는 거 같은데 뭘!"

"그…… 그럴까?"

"그럼! 이참에 확 잡아버려!! 너한테 그 남자는 감지덕지지 뭐."

"그거 말에 가시가 있다?"

"자자, 어여 갑시다 가~."

"야야! 한 번만 봐줘, 좀!!"

회사 앞 전봇대에서 그렇게 실랑이를 벌이고 있는데, 소영이 갑자기 허리를 끌어당기던 행동을 멈추고 회사 정문을 바라보았다. 자연스레 하리도 소영이 쳐다보는 쪽으로 눈길을 주었다.

정문 앞에는 며칠 전 화면으로 보았던 신수진이라는 여자와 천유하, 두 사람이 이야기를 하면서 차에 오르고 있었다. 하리는 그 자리에 멀뚱히 서서 미끄러지듯 빠져나가는 유하의 자동차를 보고 있었다.

"하리야……."

"어어?"

오히려 소영이 그녀보다 더 당황해하고 있었다.

"왜 그런 표정을 짓고 그래? 나참, 쪽팔리네. 이거 완전 혼자 북 치고 장구 치고 했잖아."

"……."

"거봐, 내가 뭐랬냐. 너도 알지? 며칠 전에 방송에서 한동안 떠들어댔으니깐."

"하리야."

"저 여자, 그 사람이 예전에 좋아했던 여자래……."

하리의 음성이 갈수록 작아졌다.

"하리야, 미안해. 이럴 줄 알았으면……."

"하하, 괜찮아~."

소영은 너무나 미안해하며 그녀를 품에 안고 토닥여주었다.

"야야, 나 정말 괜찮다니깐!"

"괜히 옆에서 부추기고……. 에이씨, 나 정말 왜 이런다니!"

"소영아."

“야!! 우리 술 마시러 가자. 응? 나이트 어때??”

“미안, 나…… 나이트는 쫌.”

“그럼 한강 갈까? 한강에서 소주 어때?”

“야야…….”

“자, 가자.”

소영은 일부러 오버를 하는 듯싶었고, 그런 그녀를 보면서 하리도 말없이 뒤따라갔다. 소영이 편의점에서 소주 3병을 사 가지고 오더니 그 중 2병 반을 자신이 마셔버렸다. 그날 하리는 본의 아니게 그녀의 뒤치다꺼리를 하느라 정신이 없었다.

수진의 등장

회의를 마치고 사무실로 돌아온 유하는 소파에 비스듬히 앉아 있는 수진을 쳐다보았다. 삐딱하게 소파에 기대어 담배를 피우던 그녀는 막 들어서는 유하와 눈이 마주치자 예쁘게 눈웃음을 지었다.

"왔어요?"

"누가 들어오라고 했지?"

"내가 유하 씨 애인이라고 하니까, 비서가 선뜻 들여보내 주던데요?"

"당장 잘라야겠군."

"호홋."

"그런데 여긴 무슨 볼일이야? 계약 때문이라면 잘못 찾아왔어."

"그 문제는 매니저가 알아서 하고 있어요. 내 볼일은 당신이에요."

수진의 손가락 사이에서 피어오르는 하얀 연기를 보며 유하는 살짝 미간을 모았다.

하리 그녀는 자신은 물론, 그가 담배를 피우는 것조차 질색했다. 왜 수진을 보면서 이런 비교를 하고 있는지 몰랐지만 지금 앞에 앉아 있는 수진도, 그리고 그녀의 손에 걸려 있는 담배도 모든 게 못마땅할 따름이었다.

유하는 수진의 손에서 짧아진 담배를 낚아채 재떨이에 짓이겼다. 그런 유하의 행동이 자신을 위한 배려라 생각한 수진은 입가에 미소를 머금었다.

"내 건강이라도 생각해주는 거예요?"

"착각하지 마."

"나 점심 안 먹었는데 유하 씨는요?"

"난 생각 없어. 부근에 잘하는 음식점을 소개해주지."

"혼자 먹는 밥은 맛이 없다구요."

"……."

"매정하네요. 오랜만에 만난 연인한테."

수진을 한참동안 바라보던 유하는 낮게 한숨을 내리깔고, 인터폰으로 비서에게 식사를 하고 돌아오겠다는 말을 전했다. 섹시한 포즈로 여전히 늘씬한 다리를 자랑하며 앉아 있는 수진에게 유하가 문 쪽으로 걸어나가며 말했다.

"나가지."

회사 앞으로 페라리를 몰고 나온 유하는 수진이 차에 오르기만을 기다리고 있었다. 멀찌감치 떨어져서 하리가 자신을 주시하고 있는 줄은 전혀 모른 채.

일본에서 생활해온 그녀에 대한 최소한의 배려라고 생각하며 유하가 일식집을 찾았다.

찰칵!

어디선가 카메라 셔터 소리가 들리는 듯했지만, 유하는 잘못 들었으려니 생각하며 음식점으로 들어섰다. 코스 요리를 주문하자 먹음직스런 음식들이 차례차례 상에 놓였다. 시종 무표정한 유하와는 달리 젓가락을 든 수진은 싱글벙글이었다.

"으음~ 여기 정말 맛있네요!"

"다행이군."

"자주 오던 곳이에요?"

"아니."

탁!

무덤덤한 태도로 건성건성 대답하는 유하를 보며 수진은 더 이상 참지 못하겠다는 듯 들고 있던 젓가락을 소리나게 내려놓았다. 수진이 이제 안타까운 눈빛으로 그를 응시했다.

"한 번도……."

"……?"

"나 보고 나서 한 번도 웃질 않네요."

"당신과 있으면 즐겁지 않으니깐."

"우리 예전에는 이렇지 않았잖아."

"……."

"나, 유하 씨 만나려고 한국에 온 거야. 당신이랑 다시 시작하고 싶어서."

“시작이라······.”

“사소한 오해로 헤어졌던 거잖아. 우리 다시 시작해. 지금도 늦지 않았어.”

“하, 방금 사소한 오해라고 했어? 너란 여자 머리 구조가 이상하다. 내 눈으로 직접 다른 놈과 몸을 섞고 있는 걸 봤는데도 그게 오해였다고? 그 기분 얼마나 더러웠는 줄 알아? 지금 와서 다시 떠올리게 하지 마.”

유하는 양 입가에 냉소를 걸고 잔인하게 독설을 퍼부었다. 수진의 눈가에 미세한 경련이 이는가 싶더니 이내 붉게 칠해진 자신의 입술을 지그시 깨물었다.

“그땐 어쩔 수 없는 상황이었다고 얘기했잖아. 사랑하면 그 정도는 이해해줄 수 있는 거 아니야? 나한텐 유하 씨뿐이란 거 잘 알고 있잖아. 용서해줘, 앞으로 잘할게. 응?”

“기억해둬. 우리에게 다시 시작 같은 건 없어.”

사정조로 말하는 수진은 아랑곳하지 않고 유하는 차가운 말투로 일관했다. 식사를 마치고 먼저 자리에서 일어나는 유하의 동선을 따라, 앉아 있는 그녀의 시선도 함께 움직였다.

자신을 내버려두고 묵묵히 제 갈 길을 가는 유하를 바라보던 수진은 일어날 생각도 하지 않고 치맛자락만 움켜쥐고 있었다. 문 앞까지 다다른 유하가 설핏 고개를 돌려 수진에게 사무적인 투로 말했다.

“그럼 우리 회사 신상품을 위해 최선을 다 해주시기 바랍니다.”

유하가 빠져나간 출입문에 시선을 주고 있던 수진의 눈가에 슬멋 눈물이 비쳤다.

"훗, 뭐야. 더 멋있어졌잖아……?"

그들이 처음 만난 건 일본에서 함께한 카탈로그 작업을 통해서였다. 평소 연애 상대자로 자신보다 어린 남자를 선호하지 않았던 수진은 세 살씩이나 아래인 유하에게 그토록 쉽게 빠져들게 될 줄은 꿈에도 몰랐다. 하지만 유하는 연하라는 사실을 망각할 정도로 어른스러운 데다 지적이었다. 게다가 그가 무심코 처연한 눈빛을 지어 보일 때면 그녀의 모성본능을 자극했다.

수진은 그와 처음 관계를 가졌을 때, 숫총각이라며 머뭇대는 유하가 마냥 귀엽기만 했다. 하지만 정작 끌려든 건 본인이었다. 한 차례 격정적인 사랑을 나누고 그의 단단한 가슴에 안겨 편하게 눈을 감았을 때 수진은 그를 진심으로 사랑하고 있다는 걸 깨달았다.

그들의 만남이 어느덧 2년여가 흘렀을 즈음, 수진은 최고의 조건으로 스폰서 지원을 약속하겠다며 은밀한 손길을 뻗는 K그룹의 가타미와 회장을 만나게 되었다. 톱스타를 향한 열망과 근성으로 일본에서의 자리매김을 확고히 하려던 수진은 이 기회를 쉽게 뿌리칠 수 없었다. 결국 그녀는 유하에 대한 죄책감으로 한동안 괴로웠지만 가타미와 회장이 요구하는 대로 육체적인 관계를 지속하게 되었다. 그리고 그날, 촬영장에 예고도 없이 찾아온 가타미와 회장과 어쩔 수 없이 관계를 갖던 모습이 유하에게 발각된 것이다.

수진은 도저히 제 발로 일어날 자신이 없어 매니저에게 와달라고 연락을 했다. 창문 너머로 차츰 멀어지는 유하의 자동차가 보였다. 매정한 그를 보면서 수진은 순간 마음을 고쳐먹었다. 그녀의 입가에 비릿한 미소가 걸렸다.

"쉽게 넘어오면 나도 재미가 없잖아?"

백조 본연의 의무를 다하며 리모컨을 띡띡 눌러대던 하리는 한 연예 프로그램에서 눈을 뗄 수 없었다.

"저건 또 뭐니?"

화면에 신수진과 천유하 두 사람이 함께 있는 모습이 캡처되면서, 그녀가 한국에 돌아온 것은 오로지 옛 연인인 그를 만나기 위해서라는 말이 흘러나왔다. 하리는 텔레비전 앞에서 붙박혀버렸다.

파파라치에게 찍힌 듯한 화면들이 증거자료로 나왔다. 비록 멀리서 잡은 것이긴 했지만 두 사람의 모습은 어제 하리가 회사 앞에서 본 것과 같았다.

"어젠 나 혼자 쇼를 했구만."

하리는 신경질적으로 텔레비전을 끄고 거실로 나왔다. 소영에게서 부재중전화가 와 있었다.

"전화했었지?"

[으응, 뭐 하느라 안 받냐?]

아직 숙취가 덜 가셨는지 소영이 조금 쉰 목소리로 말했다.

"속은 괜찮아?"

[속이고 겉이고 간에, 너 텔레비전 봤어?]

"어."

[그 사람하고 연락해봤니?]

"아니 아직……."

소영은 한동안 아무런 대답이 없었다.

술을 먹어야 할 사람은 난데, 왜 네가 다 먹어버린 거니.

하리는 어제 억지로라도 그녀에게서 술을 빼앗아 먹지 않은 걸 후회하고 있었다. 그랬다면 숙취라는 이유로 지금 저 스캔들을 보지 않았을 수도 있었을 텐데 말이다.

[미안.]

"네가 왜?"

[그냥 미안.]

"난 고마운데."

[왜?]

"삼계탕 사줘서."

[이런 심각한 상황에도 그런 소리가 나오냐?]

"그럼 뭔 소리가 나오길 바라냐? 옛 여자면 옛 여자인 거지, 뭐 다른 게 있겠냐? 그리고 생각해보니깐 아닌 거 같애. 내가 그 사람 좋아하는 거."

[그건 또 무슨 헛소리야. 어쨌든 다행이다. 풀죽어서 한강에 갈 생각을 하고 있는 건 아닌가 했는데.]

"남자 하나에 목숨 걸까봐?"

[뭐, 그럴 수도 있는 거지.]

"괜찮으니깐 걱정 마. 넌 속이나 풀어 지지배야. 내 술까지 다 처먹고 아주."

[미안하다 미안해. 아아, 머리 땡겨. 그럼 나중에 보자.]

“응, 쉬어라.”

소영과 통화를 마치고 하리는 핸드폰에서 그의 번호를 찾았다. 통화버튼을 대었다 떼었다 하며 망설이던 하리는 이내 신경질적으로 플립을 닫아 침대로 던져버렸다.

“아으~! 도대체 내가 왜 이러는 거야!”

머리를 쥐어뜯으며 하리는 책상 위에 놓인 반지 케이스와 바로 옆에 놓인 액자를 바라보았다. 며칠 전 뽑은 그 사진에는 활짝 웃는 영민과 하리, 그리고 무뚝뚝한 표정의 그가 있었다.

“쯧, 표정하고는.”

하리는 스물스물 침대로 기어 들어가 조심스럽게 그의 번호를 눌렀다. 통화 연결음이 몇 번 이어지고 그가 전화를 받았다.

[여보세요.]

그의 목소리는 많이 지친 듯 기운이 없었다.

“저, 하리예요.”

[응, 알아.]

“지금 뭐 하고 있어요?”

[어, 그냥.]

“그런 대답이 어디 있어요?”

[무슨 할 말 있어?]

“아, 그게 그러니깐…….”

[유하 씨, 누구?]

핸드폰 너머로 여자의 하이톤 음성이 들렸다. 순간 자신의 귀를 의심하던 하리는 가만히 숨죽이며 듣고 있었다. 반대편에선 더 이상 아무 말도 들리지 않았다. 하지만 하리는 직감했다. 지금 그의 곁에는 수진이 있다는 것을.

"누구랑 같이 있어요?"

[어. 나중에 내가 연락할게.]

"아니요, 잠깐만요."

하리는 책상 쪽으로 다가갔다. 반지 케이스를 한 번 만지작거린 그녀는 옅게 미소를 지으며 말을 이었다.

"내일, 나 좀 만나줬으면 해요. 꼭 해야 할 말이 있어요."

다음 날 하리는 유하와 만나기 위해 옷을 갈아입었다. 외출 준비를 끝마치고, 그녀는 책상 위에 놓인 사진을 바라보았다.

"할아버지, 그 사람 제가 옆에 없어도 외롭진 않을 것 같아요. 그 사람이 정말 좋아했던 사람이 돌아왔거든요……."

하리는 액자를 들어올려 할아버지의 얼굴을 부드럽게 쓸어내렸다. 다음 순간 그녀의 손가락이 유하의 얼굴 앞에서 머뭇댔다. 하지만 문득 그런 자신의 행동이 우스워서 피식 웃고는 액자를 원래대로 해놓았다.

"미안해요, 약속 못 지켜서."

하리는 이번엔 반지 케이스를 집어 들었다. 그가 손수 자신의 손에 끼워줬던 반지.

약속 장소에 도착하자 10분 정도 시간이 남았다.

"주문하시겠어요?"

"아니요. 한 사람 더 오거든 그때 시킬게요. 참, 차가운 물 한

잔만 부탁할게요."

　테이블을 톡톡 두드리던 그녀의 검지손가락이 점차 빠른 템포로 움직였다. 약속 시간이 가까워질수록 왠지 초조했다.

　"나참, 내가 왜 이러는 건지."

　웨이트레스가 가져다준 물을 마시는 중에 문 쪽에서 귀여운 종소리가 울리며 누군가가 들어서는 기척이 느껴졌다. 본능적으로 눈을 들어 본 하리는, 이마에 구슬땀을 흘리며 상기된 얼굴을 하고 있는 유하를 발견했다. 아마 허겁지겁 달려온 모양이었다.

　"미안해, 늦어서."

　순간 하리는 무심코 냅킨 한 장을 집어 유하의 땀을 닦아주려다가 슬그머니 팔을 내렸다.

　하하, 지금 뭐 하는 거니, 강하리.

　"무슨 일이야? 네가 먼저 보자고 하고."

　"내가 보자고 하면 꼭 무슨 일이 있어야 하나요?"

　"네가 날 보자고 하는 일이 드물었으니깐."

　"하긴 그것도 그렇군요."

　하리는 씁쓸하게 미소지었다. 그때 웨이트레스가 메뉴판을 가지고 왔다.

　"아이스티랑 아이스커피요."

　얼마 후 하리 앞으로 레몬빛의 상큼한 아이스티가 놓이자 그녀는 스트로로 길게 한 번 빨아들였다. 그리고 차분한 눈빛으로 그를 바라보았다.

　"어제 여자랑 같이 있었죠? 누구였어요?"

“아, 이번 회사 모델 신수진 씨.”

풋, 당신은 내가 아무것도 모르는 줄 알고 있겠죠.

하리는 자조적인 웃음을 띠고 다시 말을 이었다.

“우리 만나면서 많은 일들이 있었죠?”

“그랬지.”

“만날 투닥거리고.”

“네가 토만 달지 않았어도.”

“흥! 피차일반이에요.”

“지금도 그러는 거 봐.”

“누가 할 소리!”

문득 창밖으로 시선을 주는 유하를 보면서 하리가 물었다.

“우리 어떻게 만난 지 기억해요?”

“그거야 나이트에서…….”

“원나잇스탠드?”

“풋.”

“그리고 우리는 계약약혼을 했죠. 비록 위장이긴 했지만.”

“오늘따라 이상해 너.”

영문을 모르겠다는 듯 멀거니 쳐다보고 있는 유하를 향해 하리
가 옅게 미소를 머금었다.

“오늘 내가 중요한 이야기가 있다고 했잖아요.”

“그래서?”

“우리 계약 어떤 건지 생각나요?”

“…….”

그는 더 이상 아무 말도 하지 않고 테이블만 응시하고 있었다.

"근데?"

한참을 생각하는가 싶더니 이내 유하가 입을 열었다. 엉뚱하게 되묻는 모습이 귀여워서 하리는 문득 실소를 터트렸다. 그녀는 다시 진지해진 태도로 천천히 대답했다.

"목적을 달성했으니깐……."

"……."

"우리 계약관계, 끝내요."

유하는 순간 움찔하는 기색을 보이더니 한동안 잠자코 있었다.

하리가 자신의 핸드백에서 반지 케이스를 꺼내어 그 앞으로 쓰 윽 내밀자 그제서야 유하가 퍼뜩 고개를 들었다.

"잠깐, 이렇게 일방적인 게……."

하지만 그에게 뭐라 말할 기회도 주지 않고 하리는 도망치듯 카페를 빠져나왔다. 목적지를 정하지 못한 채 그녀는 무작정 발 이 이끄는 대로 다급하게 움직였다. 어느 정도 카페에서 멀어지 자 하리는 숨을 고르기 시작했다.

"후우~ 하……."

집으로 돌아가려고 눈으로 버스 정류장을 찾고 있을 때 가방 속에서 웅웅 진동이 울리기 시작했다. 발신인을 확인한 하리는 배터리를 분리시키고는 하늘을 올려다보았다.

"너무 맑아서 슬퍼질 정도네."

눈이 시릴 정도로 푸르른 하늘을 보고는 그녀는 부지런히 발을 놀리기 시작했다.

갑작스런 사고

"누구세요!"

문을 사이에 두고 짜증이 묻어나는 소영의 목소리가 들렸다. 문이 열리자마자 하리는 소영의 얼굴에 맥주 3병과 소주 2병, 그리고 마른안주 몇 개가 담긴 봉투를 들이댔다. 팩을 하느라 소영의 얼굴은 눈과 입 부위를 제외한 나머지 얼굴에 주황빛 황토가 덮여 있었다. 그 우스꽝스러운 모습에 하리가 킥, 웃음을 터트렸다. 소영은 갑자기 하리가 찾아와서 놀랐는지 눈을 동그랗게 떠 보이며 물었다.

"너, 뭐냐?"

"뭐긴 뭐야, 강하리지."

"너, 내 간도 생각해주지 않겠니?"

"오늘은 내가 먹을 거니깐 안심해라."

"야야, 이걸 다 먹는다고? 너 미쳤어?"

소영은 황토로 투발한 얼굴을 들이밀며 말했다.

"그 전에 얼굴 좀 씻고 오지 않겠어? 꽤 부담스럽거든."

하리가 가방에서 손거울을 꺼내 그녀를 비추자, 소영은 그제서야 주섬주섬 욕실로 들어가 세수를 하고 나왔다. 그리고 이번엔 촉촉함이 묻어나는 뽀얀 얼굴을 들이댔다.

"너 무슨 일 있지?"

"없어."

"뻥치시네~ 네가 이렇게 술 잔뜩 사오는 날은 남자에게 차이거나 아니면……, 잠깐!! 너 설마?!"

"전화 좀 쓰자. 오늘 네 집에서 잔다고 큰오빠한테 말해야 해."

평소 눈치 빠른 소영을 밀쳐내며 하리가 수화기를 집어 들었다. 하진이 직접 전화를 받았고, 예상대로 하진은 그녀의 외박 선언에 울먹거리는 음성으로 난리를 쳤다.

"하여간 그렇게 알아. 오빠, 사랑해에~~ 쪽!"

끈질기게 자신의 이름을 목놓아 부르는 오빠를 무시하고 하리가 전화를 툭 끊어버렸다. 그 사이 소영은 거실에 술상을 만들어놓고 있었다.

"역시, 네 센스는 알아줘야 해!"

"마셔라 마셔~."

소영은 어쩐 일인지 이번엔 아무것도 묻지 않고 줄기차게 술만을 강요하고 있었다. 하리도 아무 생각 없이 맥주를 들이켰다. 오늘따라 제법 술이 받는 것 같았다.

"히끅! 야야, 사랑이 별 거냐? 나 채소영! 한때는 정말 잘나갔다 이거야!”

“야야, 너 벌써 취했냐? 그리고 ‘벌 거’가 아니라 ‘별 거’다.”

“뭐야, 너 안 취했어? 뎬장, 네가 더 많이 먹은 거 같은데 이상하다? 히끄윽…….”

하리는 4분의 1정도 남은 소주까지 말끔히 비워내며 즐거운 마음으로 소영의 꼬장을 지켜보았다. 술의 여왕은 오늘따라 술이 안 받았던 모양인지, 거실 바닥에 고꾸라져 순식간에 깊은 잠에 빠져들었다. 그런데 하리가 불시에 치솟는 역한 느낌을 참지 못하고 화장실로 뛰쳐 들어갔다. 먹은 것을 거의 모두 게워내고 축 늘어진 그녀가 차가운 물로 세수를 하기 시작했다.

모든 걸 잊기 위해 진창 술을 마셨는데도 그의 얼굴은 더 또렷해지기만 했다. 하리는 화장실 바닥에 털썩 주저앉아 욕조 가장자리에 두 팔을 축 늘어뜨렸다. 한쪽 팔에 묻은 얼굴을 타고 또르르 눈물 한 방울이 떨어져내렸다. 갑자기 미치도록 그가 보고 싶어졌다.

“그만 일어나시지?”

다음 날 아침, 앞치마를 두른 소영이 거실 바닥에서 자고 있는 하리를 발로 툭툭 건드려 깨웠다.

“야야, 5분만…….”

“너 아까 전에도 똑같은 말 한 거 알고 있냐?”

“기억 안 나.”

“당연히 안 나겠지, 뻥인데.”

“야야.”

소영의 계속되는 발가락 공격을 받으며 하리는 마지못해 자리에서 일어났다. 부스스한 머리에 툭 부어오른 눈을 비벼대는 하리 앞으로 소영이 시원한 콩나물국을 내놓았다.

"너 이런 것도 할 줄 아냐?"

"그럼 넌 이런 것도 못하냐?"

"응. 항상 하진 오빠가 해주니깐."

"복 받은 년. 난 네가 부럽다."

"그래, 많이 부러워해라."

식사를 마치고 하리는 내팽개쳐났던 핸드폰을 찾기 시작했다. 핸드폰 전원이 들어옴과 동시에 연이어 문자들이 쏟아졌다. 음성 메시지도 2건이나 들어와 있었다. 음성 메시지 1건을 제외하곤, 모두 천유하 그에게서 온 것이었다.

'전화 왜 꺼둔 거니?'

'만나서 다시 이야기하자.'

'문자 보는 대로 연락해라!'

수십 개의 문자들이 그녀의 눈앞으로 스쳐 지나갔다. 그때 손에 쥐고 있던 핸드폰에서 갑자기 벨소리가 울리는 바람에 깜짝 놀란 하리는 핸드폰을 바닥에 떨어뜨렸다. 그 소리를 듣고 소영이 달려나왔다.

전화를 받을 생각도 않고 멀뚱하게 내려다보고 있는 하리와 핸드폰을 번갈아 보던 소영이 흘낏 발신자를 확인했다.

"안 받을 거야?"

"받을 생각 없어."

"그럼 받아서 그렇게 말해."

소영은 핸드폰을 주워 그녀에게 내밀었다. 하지만 하리는 건네받자마자 배터리를 분리해버렸다.

"야!! 너!"

"받고 싶지 않아."

그럼 내 마음이 흔들릴지도 모르니까…….

하리는 며칠 동안 그에게서 걸려온 전화는 깡그리 무시했다. 그날 먹은 술로 타격이 컸던 하리는 한동안 집에서 얌전히 요양을 취해야 했다. 그러던 어느 날, 하민 오빠로부터 문자 하나가 왔다.

'삼성동 몬드리안 카페로 5시까지 나와!'

"왜 갑자기 안 하던 짓은 하는 거야? 약 먹었수?"

평소 문자를 사용하던 하민이 아니었기에, 하리는 무척 의아해하면서도 요즘 잔뜩 풀이 죽은 동생을 위로라도 해주려나 싶어 약속 시간에 맞춰 집을 나섰다.

그런데 카페에 도착한 지 한참이 지났건만, 하민은 코빼기도 비추지 않고 있었다.

"도대체 이렇게 사람 많은 데서 왜 만나자고 한 거야?"

10여 분쯤을 더 기다리자 문득 뒤에서 인기척이 느껴졌다.

"오빠, 왜 이렇게 늦었……!"

무심코 뒤돌아봤다가 유하가 서 있는 걸 발견한 하리는 자리를 박차고 일어났다.

"아아, 이거 왜 이래요!!"

일어서려는 그녀의 팔목을 단단히 부여잡고 유하는 카페를 나왔다. 그리곤 카페 앞에 세워둔 페라리의 보조석으로 하리를 떠밀었다. 유하는 운전석에 오르자마자 급격히 핸들을 조작했다. 유턴한 차는 도로를 빠르게 질주했고 하리는 있는 힘껏 그를 노려보았다.

"이게 뭐 하는 짓이에요! 나 하민 오빠 기다려야 한다고요!"

"하민이 안 와!"

"뭐예요?"

"내가 부탁한 거야, 하민이한테."

"어머머, 기가 막혀!"

유하는 정면만을 주시하며 운전에 집중하고 있었다.

"저기요, 속도 좀 줄여요!! 황천길 가고 싶어요?"

"시끄러워."

"시끄러우면 내려줘요!"

"싫어."

"아이씨, 댁이 애도 아니고 뭐 하는 짓이에요? 싫으면 다예요?!"

"그럼 넌, 그렇게 일방적으로 끝내는 게 어디 있어?"

"내가 틀린 말했어요?!"

"내 말은 듣지도 않고 나갔잖아!"

"어차피 우린 계약으로 만나는 거였잖아요! 계약이 만료되면 당연히 그 관계도 끝나는 거고요!!"

"그게 날 피한 이유야?"

"그…… 그래요."

"지금 끝낼 필요는 없었잖아."

"옛 여자까지 찾아온 마당에 무슨 할 말이 남아 있어요?!"

하리는 이제 거칠 것이 없다는 듯 마구 퍼부어댔다.

처음엔 단지 그의 기억 속에 좋은 이미지로 각인된다면 그거 하나로도 족할 것 같았다. 하지만 지금 자신은 질투심에 활활 타오르는 여느 여자의 모습을 하고 있었다.

"옛 여자? 그건 어디서 들었어?"

"주워 들었수다. 왜 불만 있어……요?"

"담배도 있다."

"말장난하지 마요! 어찌 됐든 난 더 이상 할 말 없어요. 빨리 차 세우라니깐요!"

"가만히 좀 있어!"

그도 이제 운전을 하면서 고래고래 소리를 지르며 응수하고 있었다. 초반의 기세와 달리 진을 다 소모한 하리가 숨을 몰아쉬며 정면을 응시하고 있었다. 그때였다. 그들의 자동차 앞으로 갑자기 남자아이 하나가 튀어나왔다.

"자, 잠깐요!! 저기 어린애가!"

"젠장!"

끼이이이이이이익! 콰광!!

어디선가 튀어나온 아이를 피하기 위해 유하는 핸들을 확 꺾어 버렸다. 순간 마주 달려오던 자동차와 충돌하는 느낌이 드는가 싶더니 이내 잠잠해졌다.

하리는 감았던 눈을 살짝 떴다. 아무런 고통도 없이 단지 몽롱했을 뿐이다. 다음 순간, 자신을 꼭 감싸 안고 있는 그가 눈에 들어왔다. 동시에 하리의 볼 위로 피가 한 방울씩 똑똑 떨어지고 있었다.

"아흐흐흐흑……."

무슨 말인가 해야 했지만 쉽사리 입술이 떨어지지 않았다. 그의 이마에선 새빨간 피가 흘러나오고 있었다. 유하는 고통스럽게 신음하며 잔뜩 이마를 찡그린 상태였다.

"유하 씨, 이봐요! 괜찮아요?"

"넌, 괜…… 찮냐……?"

"지금 나보다 당신이 심각하다고요!!"

"후후……."

"이 상황에서도 웃음이 나와요? 당신 정말!!"

"다행…… 이네……."

사력을 다해 띄엄띄엄 말하던 그가 이제 힘에 부쳤는지, 조용히 두 눈을 감았다. 축 늘어진 두 팔은 하리의 어깨선을 따라 스르르 떨어졌다.

"이봐요, 정신 차려봐요!! 아, 어떻게 해야 하지!"

하리는 정신을 잃은 유하의 뺨을 쳐보기도 하고 어깨를 흔들기도 했지만, 아무런 기척도 느껴지지 않았다.

"죽으면 가만 안 둘 거예요. 흐흑……."

쉴새없이 두 뺨을 타고 흘러내리는 눈물 때문에 그녀는 한치 앞을 분간할 수 없었다. 하리는 주위를 둘러보며 소리쳤다.

"누가 좀 도와주세요!!"

그들의 자동차 쪽으로 사람들이 하나둘씩 다가왔다.

유하의 손이 차가워질수록 그녀의 심장도 굳어져가고 있었다.

"흐으으윽, 도와줘요……. 빨리 좀."

어디선가 사이렌 소리가 점점 크게 들려오기 시작했다. 구조요원들이 하리의 품에서 유하를 떼어낼 때까지 하리는 그를 안고 오열했다.

이제 피범벅이 되다시피한 얼굴로 유하가 들것에 실려 수술실까지 들어가는 것을 본 하리는 넋 나간 사람처럼 병원 바닥에 쪼그리고 앉았다.

수술실 앞에서 그렇게 하리가 초조하게 기다리고 있을 때 수술복을 입은 하진이 마스크를 두르면서 부랴부랴 뛰어오고 있었다. 아마 직접 유하의 수술을 집도할 모양이었다.

"하진 오빠!!"

곤두섰던 신경들이 일제히 풀어지면서 하리는 큰오빠의 옷자락을 부여잡고 울먹거렸다. 하진이 침착한 태도로 동생의 어깨를 토닥였다.

"하리, 넌 괜찮은 거야?"

"응. 오빠, 저 사람…… 저 사람 좀 살려줘."

"하리야……."

"나 때문이야, 나 때문에 저렇게 된 거라구. 오빠, 만약에 유하 씨 죽으면 난, 나안……!"

하진은 자신의 옷자락을 잡고 애원하는 동생을 품에서 조심스레 떼어냈다. 하진의 어깨 너머로 마침 복도에서 눈으로 무언가를 찾아 헤매며 허겁지겁 달려오는 작은오빠 하민이 보였다.

하진은 경미한 찰과상만을 입은 동생을 보며 안도의 한숨을 쉬고 수술실로 들어갔다. 이제 비틀거리는 그녀를 하민이 부축하고 있었다.

"이게 도대체 무슨 일이야?"

"하민 오빠 어떡해. 다 나 때문이야. 내가 고집부리지 않고 그 사람 말만 들었으면!"

"하리야, 정신 차려."

"흐으으읍, 그 사람 어떡해."

짝!

"정신 차려."

그때였다. 순간 그녀의 눈앞에 섬광이 이는 듯싶더니 한쪽 뺨에 얼얼한 통증이 느껴졌다. 어느새 나츠미가 다가와 어정쩡하게 손을 들어올린 채로 그녀를 바라보고 있었다.

"나츠미."

"정신 차려. 너 지금 뭐 하는 건데? 네가 할 수 있는 게 고작 우는 거밖에 없니? 너만 울고 싶은 거 아니야. 소란 피우지 마."

"……미안."

애써 눈물을 참으면서도, 어른스럽게 말하는 나츠미에게 문득 하리는 미안한 생각이 들었다. 나츠미도 그를 좋아하는데…….

나츠미 역시 뜬금없는 사고 소식에 많이 놀랐는지 얼굴이 백짓장처럼 창백했다.

장장 6시간의 수술이 끝나고, 드디어 하진이 피곤한 기색으로 수술실을 나왔다. 하진은 자신을 올려다보며 애타게 대답을 기다리는 동생의 머리를 한번 쓸어주며 부드럽게 웃어 보였다.

"수술은 잘됐으니깐 걱정 마. 곧 깨어날 거야."

"고마워 정말……. 고마워, 오빠."

하진이 수줍은 듯 물끄러미 발치를 내려다보고 있는 그녀의 고개를 살며시 들어올렸다. 그리고 자상하게 웃으며 말했다.

"그 전에 난 우리 하리가 무사해서 다행이야."

"……."

"처음에 차 사고가 났다는 말을 들었을 때 이 오빤, 심장이 내려앉는 줄만 알았어. 우리 어렸을 때 엄마 아빠 돌아가셨을 때가 번뜩 생각이 나는 거야."

"……!"

"그건 하민이도 마찬가지였을 테지."

"오빠."

"물론 죽을 만큼 다쳤다고 해도 이 오빠가 널 살려낼 테지만 말이야."

하진은 한쪽 눈을 찡긋하며 윙크를 했다. 그때 저쪽에서 어느 의사가 하진을 찾기 시작했다. 하진은 다시 동생의 머리를 한 번 쓰다듬고는 잰걸음을 놀렸다.

일반 병실로 옮겨진 유하는 아직 마취가 깨지 않았는지 조용히 눈을 감고 있었다.

"신수진 씨, 한국에 온 거 알고 있지?"

나츠미가 병실로 들어오면서 묻자 하리는 고개만 주억거릴 뿐 아무 말도 하지 않았다.

"그래서 많이 흔들렸니?"

"신수진 씨, 이 사람에게 어떤 존재야?"

"알고 싶어?"

"응."

"유짱이 처음 사랑했던 여자."

"……!"

"왜, 충격이니?"

수진이라는 여자가 첫사랑이라면 쉽게 그녀를 잊지 못했을 것이다. 본디 남자에게 첫사랑이란 오랜 세월이 흘러도 화석처럼 굳어진 하나의 고정된 이미지일 테니까.

그런데 난 왜 자꾸 화가 나지? 무슨 권리로…….

하리는 씁쓸한 미소를 지었다. 그리고 하얀 침대에 힘없이 놓여 있는 유하의 손을 가만히 꼬옥 쥐었다. 그의 손을 통해 전해오는 따스한 느낌이 너무나 좋았다.

하얀 피부였지만 유하의 얼굴은 더 창백해 보였다. 하리는 그 모습이 안쓰러워서 조심스레 볼을 쓸어내렸다. 하리가 자리에서 일어나 출입문 옆 벽에 기대어 서 있는 나츠미에게로 다가갔다.

그때 나츠미의 핸드폰이 적막한 병실을 울렸다. 그녀가 발신인을 확인하고는 전화를 받으려 밖으로 나가더니 몇 분 뒤에 다시 들어왔다.

"난 일 있어서 먼저 가볼게. 유짱 깨어나면 나한테 연락 좀 줘."

"응."

나츠미를 배웅하고 병실로 돌아온 하리는 그의 이마에 아무렇게나 흘러내린 머리카락을 정돈해주며 안타까운 눈빛을 지었다.

바보 같은 사람, 나 같은 애가 뭐길래.

하리는 유하의 손을 꼬옥 붙잡고 기도했다. 그가 더 이상 아프지 않기를, 힘들어하지 않기를, 그리고…… 자신 곁을 떠나지 않기를.

며칠 동안 밤낮으로 그를 간호했다. 물수건으로 손과 얼굴을 세심하게 닦아주던 하리가 문득 하던 행동을 멈추고 낮게 한숨을 내쉬었다.

며칠 간 의식을 찾지 못하는 그를 보며 혹시라도 뭔가 잘못된 것은 아닐까 두려움이 일기 시작했다. 하리는 대야 물도 갈 겸해서 하진 오빠에게 정확한 상태를 물으러 병실을 나섰다.

진료실 앞에서 하리는 두어 번 노크를 했다.

“네, 들어오세요.”

하진은 동생을 보자마자 부드러운 미소로 맞이했다. 하진이 자신의 옆으로 자리를 만들어주며 앉으라고 권했다.

“하리야, 무슨 일이야?”

“그 사람 괜찮은가 해서. 너무 늦게 깨어나는 것 같아 이상해.”

“괜찮아. 몸이 많이 쇠약해져서 조금 늦게 깨어나는 것뿐이야.”

“쇠약해져?”

하리의 얼굴이 순식간에 굳어졌다. 다소 씁쓸한 표정으로 하진이 말하기 시작했다.

"영양실조야. 과로까지 겹쳤고. 하지만 평소 운동으로 몸을 잘 단련해왔는지 다행히 심각한 상태는 아니야. 단지 조금 늦게 깨어나는 거니까 너무 걱정 마. 평소 취하지 못했던 휴식을 몰아서 하는 거거든."

"……그래? 다행이다."

대수롭지 않게 말하는 오빠를 보자 하리는 안심이 되었다. 하지만 자신이 정작 그를 더 힘들게 한 것은 아닐까 내심 미안한 마음이 들었다.

반면 자신의 말에 따라 수시로 표정을 바꾸는 동생을 보며 하진은 실소를 흘렸다. 마냥 어린애로만 생각했는데 어느덧 한 남자 때문에 울고 웃는 여인이 되어 있었다. 문득 동생이 다른 사람처럼 느껴져 씁쓸한 기분이 들었다. 동생을 지켜줄 수 있는 사람은 의심할 것도 없이 오로지 자신뿐이라 생각해오고 있었던 것이다.

"많이 좋아하는가 보구나?"

"응?"

하리가 생각을 멈추고 하진을 건너다보았다.

"그 남자 많이 좋아하는 거 같다고."

"아, 그게……."

"응?"

"그게, 자신이 없어."

하리가 고개를 조금씩 떨어뜨렸다.

똑똑!

"선생님, 다음 환자 기다리고 있습니다."

간호사의 말에 하리는 황급히 자리에서 일어났다.

"미안, 내가 시간 많이 빼앗았지? 그럼 가볼게. 수고하고."

"그래. 너무 걱정하지 말고 있어. 곧 깨어날 테니깐."

"응."

기운 없는 모습으로 진료실을 빠져나가는 동생을 바라보던 하진은 마음이 아팠다.

"내가 나가면서 문을 안 닫았나?"

유하가 있는 병실로 되돌아온 하리는 빼꼼이 열려 있는 문을 보고 의아해했다. 병실로 들어선 순간 하리는 잠시 할 말을 잃었다. 침대 곁에 어떤 젊은 여자가 서서 그를 굽어보며 이야기를 하고 있었다. 어느새 유하는 깨어 있었다. 번뜩 신수진, 그녀라는 직감이 들었던 하리는 그대로 몸을 돌려 슬그머니 병실을 나왔다.

때마침 유하의 상태를 살피러 온 나츠미는 병원을 빠져나오는 하리를 볼 수 있었다. 유하의 상태가 궁금했던 나츠미는 무언가에 홀린 듯 황망히 걸음을 옮기며 택시를 잡아타는 하리를 보고는 떼려던 입을 다물었다.

"왜 저래?"

하리를 태운 택시와 병원을 번갈아 보던 나츠미의 얼굴이 묘하게 일그러졌다.

유하의 병실을 찾은 나츠미는 문득 안에서 들리는 여자 음성에 인상이 찌푸려졌다. 누워 있는 유하 옆에 다소곳이 앉아 사과를 깎고 있는 수진의 모습이 보였다.

동그란 눈을 더 동그랗게 뜨고 나츠미는 그 둘을 번갈아 보는
데 여념이 없었다.

"어머, 오랜만이에요. 나츠미상."

"그러네요. 여기는 어떻게?"

"유하 씨 사고 소식 듣고 온 거죠. 며칠 동안 제가 곁에 있었는
데 나츠미상은 몰랐나 보네요?"

하핫, 며칠 동안이라…….

태연스레 거짓을 꾸며대는 수진의 모습에 나츠미는 어이가 없
어 잠시 할 말을 잃었다. 의식이 없는 통에 상황을 알지 못했던
유하는 그저 묵묵히 수진의 말을 듣고 있었다.

수진 곁에 나란히 앉은 나츠미는 유하를 이리저리 뜯어보았다.
혈색도 좋아지고 전보다 한결 나아진 모습에 안도감이 들었다.

"유짱, 괜찮아?"

"응. 근데 하리는? 하리는 한 번도 여기 오지 않았어……?"

하리의 이름이 나오자 사과껍질을 도려내던 수진의 손이 뚝 멈
추었다. 순간 움찔하는 수진의 반응을 놓치지 않고 나츠미가 입
을 열었다.

"하리상은……."

"그 사람이 누군지는 모르겠지만, 다른 사람은 아무도 찾아오
지 않았어. 여긴 나밖에 없었다구."

수진이 나츠미의 말을 가로막으며 잽싸게 대꾸했다.

천연덕스럽게 말하는 수진을 보면서 나츠미는 화를 삭이듯 손
을 꼬옥 오그려 쥐었다.

아쉬운 표정을 하며 유하가 창가 쪽으로 시선을 두자 그 틈을 놓치지 않고 수진이 앙칼지게 나츠미를 쏘아보았다. 괜한 방해를 놓았다간 가만 두지 않겠다는 무언의 엄포였다. 일본에 있는 동안 악착같은 수진의 성격을 잘 알고 있었던 나츠미는 순간 움칠거릴 수밖에 없었다.

"지금 퇴원해야겠어."

"무슨 소리야! 다 낫지도 않았으면서."

"방해하지 마. 내가 지금 필요로 하는 긴 당신이 아니야."

"그래서? 지금 그 몸으로 하리인가 뭔가 하는 그 기집애한테로 가겠다고?"

아무런 감정도 담지 않은 눈초리로 유하가 수진을 쳐다보았다. 그들 사이에는 침묵과 팽팽한 긴장감만이 돌고 있었다.

달칵!

마침 때를 맞춰 문이 열리며 하진이 모습을 나타냈다.

"이제 깨어났군요. 제 동생이 유하 씨가 깨어나지 않는다면서 꽤 걱정을 했거든요."

"!"

하진의 말을 듣고 놀란 유하가 다음 순간 수진을 쏘아보며 추궁했다.

"그럼 거짓말이라는 건가?"

"……."

"정말 끝까지 날 실망시키는군."

수진은 더 이상 어떠한 변명도 하지 않은 채 아랫입술을 지그시 깨물었다.

힘겹게 일어나려는 유하를 하진이 저지하며 도로 침대에 눕혔다.

"아직은 안정을 취해야 합니다."

"하지만 전……."

"하리라면 걱정하지 마세요. 며칠 간 간호하느라 피곤해서 돌아간 것뿐이니까요."

차트를 살펴보던 하진이 자신의 뒤에 있는 간호사에게 몇 가지 지시를 했다. 하진은 벽시계를 한 번 보더니 유하에게 충분히 안정을 취하라고 말하며 유유히 사라졌다.

하진이 나가는 것을 확인한 유하는 비로소 스르르 눈을 감았다. 자신이 의식이 없는 동안 그녀가 정성스레 자신을 간호해왔다는 사실에 놀라고 또 고마웠다.

눈을 감고 잠을 청하려는 유하를 바라보던 수진은 아무 말 없이 갑자기 자리를 박차고 나가버렸다. 나츠미는 씁쓸한 표정을 지으며 유하에게 물었다.

"유짱."

"응?"

"나츠미 좋아해?"

"당연히 좋아하지. 나츠미는 꼭 내 친동생 같거든."

"그럼 하리상은? 하리상 많이 좋아해?"

"……아니."

"좋아하지 않아??"

"좋아한다는 단순한 감정이 아니라, 사랑에 가까운 것 같아."

"그렇구나……."

혹시나 했지만 그럴 줄 알았다며 나츠미는 수긍하듯 고개를 끄덕였다. 열린 창문 사이로 시원한 바람 한 줄기가 훅 불어와 그녀의 머리칼을 살짝 흐트러놓았다.

회복이 빨랐던 유하는 이제 한가롭게 책을 들여다보고 있었다. 하루에도 몇 번씩 병실 문이 열릴 때마다 하리가 아닐까 내심 기대했지만, 자신이 깨어난 뒤로 그녀는 한 번도 병실을 찾아오지 않았다.

"이제 살 만하냐?"

문이 달칵 열리면서 하리의 작은오빠가 들어섰다. 요즘 하민은 드라마까지 영역을 넓히면서 눈코 뜰 새 없이 지내고 있었다.

"너무 오랜만에 오는 거 아니야?"

"그런가?"

유하는 혹시 하민의 뒤에 그녀가 있지나 않을까 고개를 빼꼼이 들어올렸지만, 복도는 텅 비어 있었다. 그는 이내 허탈해졌다. 어느새 눈치 빠른 하민이 유하의 생각을 읽어냈는지 피식거렸다.

"하리랑 같이 안 왔어. 그 녀석 지금 서울에 없거든."

그 말에 유하의 눈빛이 하민의 얼굴로 꽂혔다.

곧 하민이 씨익 웃으며 살짝 눈웃음을 쳤고, 능청스런 그를 바라보던 유하가 다그치기 시작했다.

"그럼 지금 어디 있어?"

"어디 있으면 찾으러 가게?"

“나 지금 멀쩡하다.”

“그 녀석 앞에 가면 어떻게 할 거냐?”

“데리고 와야지.”

“그래서? 데리고 와서 어떡할 건데? 또 힘들게 할 거냐? 그럴 거면 안 가르쳐준다.”

“……너네 형제에게서 빼앗아온다면?”

“그거 별로 달가운 제안은 아니네.”

하민이 짐짓 심각한 표정으로 고개를 끄덕였다.

묵묵히 자리에서 일어나는 유하를 바라보던 하민이 슬금슬금 뒤로 물러나며 말했다.

“지금 청평에 있어. 하리 묵고 있는 데 알려줄 테니깐 데리고 와. 하지만 우리 하리 또 울리면 친구라도 용서 안 한다.”

하민이 특유의 익살스런 표정으로 다소 협박조로 말하자 유하가 만족스럽게 웃으며 화답했다.

“흠흠, 네 동생 내가 데려갈 테니깐 나중에 후회하지나 말아라.”

병실 문에 귀를 바싹 대고 두 사람의 대화를 엿듣던 수진은 주먹을 꽉 쥐었다. 아픔도 느끼지 못한 채 그녀의 긴 손톱이 손바닥을 깊숙이 파고들고 있었다.

“도대체 그 하리란 여자가 뭔데!”

복도에 있던 수진은 왔던 길을 천천히 되돌아갔다. 조용한 복도에는 또각또각, 그녀의 구두 소리만이 울리고 있었다.

그들의 새로운 시작

청평.

하리가 생각을 정리하러 혼자 내려온 곳이었다. 서울을 떠나온
지 어느덧 일주일이라는 시간이 흘렀고, 집에는 생각을 정리하고
오겠다는 간단한 메모만을 남겼다.

청평은 하리가 평소 종종 찾았던 곳이기에 그녀의 오빠들도 어
느 정도 귀에 들어 익숙한 곳이었다.

호수는 잔잔하고 고요했다.

하리가 그렇게 한참동안 멀거니 바라보고 있는데 갑자기 호수
표면에 작은 파장이 일었다. 누군가 돌멩이를 던진 것이라고 생
각한 하리는 두리번거리면서 근원지를 찾기 시작했다.

"아……."

놀랍게도 그녀 뒤엔 여태껏 온통 머릿속을 메우던, 그녀를 홀
로 눈물짓게 만들었던 장본인이 서 있었다.

“어떻게 여길.”

“기껏 도망쳐 온 데가 여기냐?”

“도…… 도망이라뇨! 누가!”

“그럼 아픈 사람 내버려두고 청평까지 내려온 게 도망이 아니면 뭐야?”

“내가 있을 필요는 없잖아요! 나츠미도 있고 또, 신…… 수진 씨도 있고.”

아이씨, 나 대체 왜 이런다니?

어느 정도 떨어진 거리에서 유하는 예의 그 건방진 표정으로 그녀를 주시하고 있었다. 하리는 몸둘 바를 몰라 애먼 눈동자만 굴려댔다.

“그래서?”

“그래서라뇨?!”

“널 구해준 은인은 버려두고 갔다?”

“버린 게 아니라니까요!!”

“그럼?”

“……”

“그럼 왜 그렇게 사라져버린 거야? 왜 끝내자고 그런 거야?”

“갑자기 그런 건 왜 물어요!!”

“묻는 말에 대답이나 해.”

그가 몰아대는 바람에 잔뜩 주눅이 든 하리가 조심스레 입을 열었다.

“처음부터 계약관계였잖아요, 우린.”

“그래서 끝내려고 했다?”

“네.”

유하는 어이없다는 듯 실소를 터트리더니 안주머니에서 무언가를 열심히 찾고 있었다.

“그럼 계약이 끝났으니 이 반지도 필요 없겠군.”

하리는 그의 손바닥 위에서 이리저리 굴러가는 반지를 마냥 쳐다보고 있었다. 마치 10원짜리 동전쯤이라도 되는 것처럼 그는 이제 다이아몬드 반지를 던졌다 받았다 하면서 아슬이슬한 묘기를 부리고 있었다.

그런데 다음 순간, 유하가 회심의 미소를 짓더니 호수 쪽으로 돌아서서 팔을 내뻗었다.

“앗! 이봐요! 그 비싼……, 당신 지금 제정신이에요?!”

퐁당 하는 소리와 함께 이제 그의 손엔 아무것도 없었다. 호수는 언제 반지를 삼켰냐는 듯 태연스런 자태를 하고 있었다.

“다, 당신 미쳤어요!!”

“끝내자고 그랬잖아. 그럼 주인 없는 반지는 필요 없지.”

“그렇다고 버려요?”

그는 이제 아무런 미련도 남지 않았다는 것처럼 뒤돌아서서 걷기 시작했다. 점점 멀어지는 그의 뒷모습을 바라보며 하리는 차분히 생각을 정리하고 있었다.

정말 끝인 걸까……? 그럼 더 이상 저 남자를 볼 수 없는 거잖아. 강하리, 너 견딜 수 있겠니? 지금도 온통 저 사람 생각 때문에 가슴이 답답하고 미칠 것 같잖아. 휴우~ 뭐가 이렇게 복잡해.

하리는 그가 정말로 가버릴까 초조해져서 생각을 마무리짓지
도 못한 채 일단 소리를 내질렀다.

"야!! 천유하!!"

조금 있자 유하가 저만치에서 그녀를 향해 다가오고 있었다.
하리는 반가운 마음 반, 야속한 마음 반에 생각나는 대로 내뱉기
시작했다.

"넌 정말 나쁜 놈이야. 언제부턴가 내 맘에 허락도 없이 들어
와서 심장 두근거리게 만들고."

"……."

"또 언제부턴가는 내 머릿속에 혼란을 줬거든."

"……."

"개새끼 주제에 왜 고양이 마음에 불 지르니?"

"……."

"남의 맘에 불 질렀으면 책임을 지란 말이야!"

하리가 쏟아내는 고백 아닌 고백들을 잠자코 듣고 있던 유하가
드디어 입을 열었다.

"야, 꼴통."

잠깐, 꼬, 꼴통?? 저 자식이, 내가 기껏 용기 내서 분위기 잡고
고백하고 있구만 기껏 하는 말이 꼴통이라고?

"누가 반말하래냐?"

"씨이, 내 맘이다!"

"나 좋아하냐?"

"어머, 누, 누가 좋아한대?!"

“개새끼가 고양이 가슴에 불 질렀다며? 그 개새끼가 나 아니
야?”

“윽.”

“솔직히 말해라.”

“그래 조금, 아주 조금 좋아한다!!”

그런 걸 일일이 말로 설명해줘야 하냐? 에라~ 이제 될 대로
되라지 뭐.

“그래, 네 말대로 계약관계 끝내자.”

“……..”

“그리고 계약약혼이 아니라, 우리 이제 본격적으로 연애부터
시작하자.”

“……!!”

“단, 이번에도 네 멋대로 끝내면 용서 못한다!”

“쳇, 용서 못하면 어떡할 건데?”

두 팔을 활짝 벌리는 유하의 품으로 하리가 힘껏 달려가 와락
안겼다. 품에 안기자 유하가 그녀의 가는 허리를 두 팔로 감싸안
아 살짝 들어올렸다. 그리고 가만히 그녀를 내려놓고는 손가락에
반지를 끼워주었다.

“어? 이 반지 아까 버렸었잖아요……!”

유하는 조용히 하리의 귓가로 자신의 입술을 갖다 대고 따뜻한
입김을 뿜으며 속삭였다.

“끝낸다는 소리, 함부로 하지 마라.”

“……?”

"심장이 멎는 줄 알았으니깐."

청평에서 서로의 마음을 확인한 그들은 다시 일상으로 돌아왔
다. 후유증이 생길지 모르니 당분간 무리를 하지 말아야 한다는 의
사의 말에 유하는 모처럼 며칠 간 집에서 휴식을 취하곤 곧바로
회사에 나갈 채비를 했다. 마침 유하의 집에 들렀던 하리는 눈을
흘겼다.

"얼마나 쉬었다고 벌써 나가요? 의사 선생님 말 못 들었어요?"

"후후."

하리가 눈이 찢어져라 노려봤지만, 오히려 그는 가소롭다는 듯
콧방귀를 뀌었다. 자신을 끔찍이 생각해주는 그녀가 내심 사랑스
럽게 느껴졌다.

집에 돌아온 하리는 그와 함께했던 시간들을 하나씩 머릿속에
떠올리고 있었다. 문득 그녀의 이마 위에 여러 겹의 주름이 만들
어졌다. 사랑하는 사이라고 하기엔 오로지 투닥거렸던 기억밖에
떠오르질 않았기 때문이다.

"하리야아~ 하리 좋아하는 키위 사 왔다아~."

"어, 오빠 왔구나!"

하진이 문을 활짝 열어젖히며 손에 들린 봉지를 경쾌하게 흔들
어 보였다.

"오늘은 일찍 왔네?"

"응, 이제 좀 살 것 같다."

하진은 콧노래까지 흥얼거리며 키위 봉지를 식탁 위에 올려놓

고는 샤워를 하러 들어갔다.

하민 오빠는 요즘 드라마 촬영으로 바쁘다. 며칠 전부터 대본을 외우는 데 방해가 된다며 자신의 방에 출입 금지령을 내렸다. 하지만 여태껏 조용한 공간은 잠자는 곳으로밖에 사용하지 못했던 그였기에, 하민은 이번에도 기대를 저버리지 않고 수시로 거실을 들락날락하고 있었다.

"하리야~ 오늘 뭐 해줄까? 응? 하민이 넌 뭐 먹고 싶어?"

욕실에서 나온 하진이 식탁 의자 등받이에 걸쳐놓은 병아리 앞치마를 둘렀다.

흐흐, 이렇게 귀엽고 사랑스러운데 아까워서 어떻게 장가를 보낸다냐……

"하리야, 근데 어디 아파? 표정이 왜 그래?"

아무런 대답도 없이 하리가 고개를 살짝 틀고 눈물을 삼키자 하진이 걱정스런 표정을 하고 다가와서 동생의 이마에다가 자신의 이마를 콩, 맞대었다.

"열은 없는데."

"난 지금 지극히 정상이야."

단지 코피가 흐르지 않을까 걱정이 되긴 하지만.

"나 수제비 먹고 싶은데."

"수제비? 오우케이!"

씩씩하게 양팔을 걷어붙이고 하진이 주방으로 향했다. 얼마 후 거실까지 구수한 냄새가 스멀스멀 흘러들었다.

"애들아, 밥 먹자~."

하리가 텔레비전을 틀어놓고 하진과 식탁에 마주 앉았다. 마침 화면에는 연예 채널이 맞추어져 있었다.

"얼마 전에 일본에서 일시 귀국한 신수진 씨의 In X 화보 촬영 현장을 찾았는데요, 프로다운 면모로 촬영에 임하는 그녀를 감상해 보시죠!"

"……!!"

아나운서의 말이 떨어지자마자 카메라가 촬영장 곳곳을 비추기 시작했고, 세트장 한가운데 신수진 그녀가 발랄하고 귀여운 포즈를 선보이고 있었다. 수저를 든 하리의 손에 저절로 힘이 가해졌다.

"그럼 In X 모델이 신수진이었다구?"

30대 초반이라는 사실이 믿기지 않을 정도로 수진은 청순하면서도 여성미를 풍기는 타입이었다. 특히, 활짝 웃을 때 양 볼에 패는 보조개는 같은 여자로서도 마음을 혹하게 만들었다. 시종 얌전한 태도로 일관하며 소곤소곤 속삭이듯 말하는 그녀는 나츠미와는 정반대의 느낌이었다.

리포터의 질문이 쉴새없이 이어졌고 그녀는 연신 고개를 끄덕이며 차분히 질문의 내용을 이해하려는 모습을 보였다.

"이번엔 제 개인적으로도 궁금한 내용인데요, 수진 씨가 한국을 찾은 이유가 실은 옛 애인 때문이라는 게 사실인가요?"

빠드득.

마지막 질문에서 하리는 어금니로 젓가락을 꽉 씹었다.

"호호호, 글쎄요……."

수진의 애매모호한 말까지 듣고 나자 하리는 손에 들고 있던 젓가락을 식탁에 내리찍었다.

"하…… 하리야."

하진이 젓가락으로 막 집어 들던 김치를 도로 내려놓으며 조심스레 쳐다보는 순간 하리가 하진 쪽으로 몸을 홱 돌렸다.

"오빠! 저 여자가 예뻐, 내가 예뻐?!"

하리가 이글거리는 눈빛으로 손가락을 들어 텔레비전 화면을 가리키자 하진이 흘끗 보고는 대답했다.

"헤헤. 그거야 우리 하리가 예쁘지."

"그치?"

"응!"

"역시, 오빠가 보는 눈이 있다니깐. 자, 먹어먹어."

흡족한 대답을 얻어낸 하리는 이제 자신 앞에 놓인 수제비에 열심히 숟가락질을 하기 시작했다.

9월이 시작됨과 동시에 학교도 개강을 했다. 한꺼번에 여러 경험들을 안겨주었던 이번 방학은 상대적으로 길게 느껴졌다.

유하와의 2년 만의 재회, 아빠 같았던 할아버지의 죽음, 아찔했던 교통사고, 그리고 난생 처음으로 가슴 설레며 시작하는 사랑.

"사랑…… 사랑이라……."

히리는 사랑이라는 단어를 뇌까리며 하늘을 올려다보고 흐뭇하게 미소지었다.

그런데 소영이 한껏 감상에 취해 있는 하리의 모습은 아랑곳하지 않고 다가와서 그녀의 등짝을 퍽 내리쳤다.

"야! 너 어떻게 된 거야!"

"아얏, 뭐어얼!!"

"너, 그 사람이랑 사귀기로 했다며?"

"아아……, 그거?"

"뭐냐, 좀더 기뻐하면서 말해야 하는 거 아니냐?"

하리는 오른팔을 뒤로 꺾어 아픔을 완화시키려 자신의 등을 문질러댔다.

"사귀긴 하는데, 이상한 게 그 사람이랑 투닥거린 기억밖에는 없단 말씀이야."

"추억은 앞으로 만들어가면 되는 거지 뭐."

"히히, 그런가?"

"히죽거리지 마, 기분 나빠!"

"기집애, 부러우면 부럽다고 할……."

"악!"

하리의 말이 끝나기가 무섭게 소영이 다시 한 번 그녀의 등짝을 세게 후려쳤다. 아까 그 부위다.

"야!! 아흐흐흐흐 아파라……. 씨이, 때린 데 또 때리냐?!"

하리가 온몸을 배배 꼬면서 고개를 돌리는데 우현이 보였다.

"그 사람이랑 안 헤어졌냐?"

"넌 하루에도 열두 번씩 내가 그 사람과 헤어지길 빌고 있지?"

"잘 알고 있네."

"왜, 내가 다른 사람이랑 있으니까 질투 나니?"

"그렇다면?"

"놀고 있네."

"뭐?"

"아침부터 헛소리하지 말고 가라 가."

하리가 저리 가라는 뜻으로 손을 훠이훠이 저어 보이자 우현은 어이가 없다는 듯 그녀를 일별하고는 석현에게 돌아갔다. 소영과 마찬가지로 우현은 석현 옆에 앉자마자 녀석의 등을 세게 후려쳤다. 엎드려 곤히 자고 있던 석현은 봉변이라도 당한 것처럼 자리에서 벌떡 일어났다.

"불났어? 불났어?"

"잠팅아, 공부는 언제 할래?"

"아유, 이걸 그냥 확! 너 또 하리한테 뺨 맞고 나한테 화풀이하는 거지?!"

지루했던 수업을 모두 마치고 소영과 하리는 앉은 자리에서 각자 가볍게 스트레칭을 하고 있었다.

"아아, 오랜만에 새벽에 일어나니깐 돌아버릴 거 같애."

"이게 새벽이냐? 아침이지."

"방학에 비하면 이건 아침이 아니라 새벽이야."

이제 그들은 팔짱을 끼고 집에 가는 길이었다. 그런데 하리가 무심고 정문께에 눈길을 한 번 주고 지나치려는데, BMW 문짝에 비스듬히 기대어 담배를 뻐끔뻐끔 피우고 있는 유하가 보였다.

"아아, 저 모습 오랜만에 보는구나. 후훗."

몇몇 여학생들이 동경의 눈빛으로 그와 자동차를 번갈아 보고 있었다. 자신에게로 다가오는 하리를 발견한 유하가 잽싸게 담배를 바닥에 떨어뜨려 껐다.

"또, 또, 담배 피우는 것 좀 봐."

"이제 바가지도 긁냐?"

"안녕하세요. 오랜만이에요."

그들의 대화를 자르고 소영이 유하에게 불쑥 인사를 건넸다.

"으응, 오랜만이네."

하리가 짐짓 심통을 부리기 시작했다.

"근데, 바쁘다면서요."

"바쁜 일 마치고 온 거야."

"무슨 일로?"

"오랜만에 보는 사람한테 하는 말이 고작 그거냐?"

"오랜만에 보고 싶어서 봐요? 그쪽이 바쁘다고 비싸게 굴었으면서……."

"전이랑 달라진 게 하나도 없어."

"흥! 누가 할 소리!"

팔짱을 끼고 토라져 있는 그녀의 모습에 유하가 피식거렸다.

"빨리 타기나 해."

꿍얼대면서도 하리는 넙죽 차에 올랐다. 차 안을 두리번거리던 하리에게 그가 진지하게 말하기 시작했다.

"조만간 회장 취임식이 있을 것 같아."

아, 회장……. 그러고 보니 이제 이 사람, 이사가 아니라 회장이 되는구나. 흐으음, '회장' 하면 항상 백발 노인을 떠올렸는데.

"그래서요?"

"그래서는 무슨. 나중에 정확한 날짜 알려줄 테니깐 시간 비워 놓으라고."

"그러죠 뭐. 그리고 이번 주 주말에 시간 비워놔요."

"왜?"

"데이트해야죠! 그쪽 요즘 이사회다 뭐다 해서 제대로 만나지도 못했잖아요."

"큭크크."

"왜 웃어요?"

"그 호칭은 여전하네."

"아."

"계속 그쪽, 그쪽 할 거야? 내가 무슨 표지판도 아니고."

"그…… 그럼."

설마 하는 표정으로 하리가 그를 쳐다보는데 잠시 뜸을 들이던 유하가 곧 멋쩍은 표정을 지어 보였다.

"유하 오빠."

으아아아악, 역시나!!

"왜 안 해?"

"……유하……, 오빠."

"붙여서 다시 말해봐."

"……하…… 오, 빠……."

"안 들린다."

장난기 어린 표정으로 그가 채근했다.

아이씨, 안 들리면 귀를 파던가. 오늘따라 집요하게 왜 이런대?!

"이번 주말에 시간 안 비운다."

"알았어 알았어, 해주면 되잖아!"

"어쭈, 이젠 반말까지?"

"유……."

"유?"

"유하 오빠!! 됐냐 됐어?"

원하던 대답을 얻고 나자 흡족해진 그가 이내 들으라는 듯 큼큼, 목소리를 가다듬고선 부드럽게 말했다.

"왜에~ 하리야아~~?"

"!"

그가 짓궂게 구는 통에 심술이 나면서도, 하리는 수줍어서 금세 얼굴을 붉히고 있었다.

자살 소동

모처럼 맞는 그와의 데이트.

하리는 아침부터 연신 콧노래를 흥얼거리며 치장하느라 거울 앞을 떠날 줄 몰랐다. 오랜만에 하는 데이트에 한껏 들떠 있던 그녀는 옷장에 고이 모셔 두었던 옷들을 죄다 꺼내어 침대 위에 올려놓았다. 하리는 무엇을 입을지 손가락으로 하나씩 짚어 보는 중이었다.

"어느 것을 입을까요, 알아맞혀 보세⋯⋯."

"하리야!!"

그때, 하민이 방문을 벌컥 열었다. 하민은 한 손에 대본으로 보이는 책자 하나를 들고서 간절한 눈빛을 하고 있었다.

"오빠, 이리 와봐."

하리가 문턱에 서 있는 하민을 부르자 그는 군말 없이 옆으로 다가왔다. 팔짱을 끼고 짐짓 고민스러워하던 하리는 침대 위에 펼쳐놓은 옷가지들을 가리켰다.

"흐으음……."

하민이 두 눈을 끔벅거렸다.

"뭘 하라는 거냐?"

"아, 정말 눈치 없기는! 코디를 좀 해달라 이거지."

"어디 가려고 하는데?"

"하하! 그곳은 꿈과 희망의 나라, 그리고 동심의 세계~."

"롯데월드?"

"응."

"유하랑?"

"응."

한동안 하민이 동생을 빤히 바라보는가 싶더니 그녀의 오른쪽 팔에 매달리며 말했다.

"가지 마."

"왜?"

"나랑 대본 연습하자."

"싫어."

"유하가 중요해, 내가 중요해?"

"음……."

"뭐야, 생각할 시간이 필요하단 거야?"

"난 롯데월드가 중요해."

"하리, 너."

"뭐."

“너……, 형한테 이를 거야!”

개구쟁이 하민은 고개를 15도쯤 틀고, 손으로 눈물을 훔치는 시늉을 하면서 그대로 방을 뛰쳐나갔다.

“저 오빠가 코디해달라니깐, 웬 신파극은 찍고 난리래? 쯧쯧 …….”

하리는 혀를 차며 설레설레 고개를 흔들었다. 그리고 대충 무난해 보이는 것으로 입기 시작했다.

다다다닥.

어느 정도 준비를 마치고 하리가 현관에서 신발을 꿰어 신고 있는데 갑자기 요란한 발소리가 들렸다. 집 안에 있던 두 남자가 동시에 달려와서 그녀 앞에 섰다.

“하리야, 어디 가?”

“하민 오빠한테 들었을 텐데 왜 또 물어? 롯데월드 가려구.”

“데이트?”

특유의 어벙한 표정으로 하진이 물었다.

아, 난 이 표정에 약한데…….

“어, 어. 응.”

“나도 하리랑 데이트하고 싶은데.”

“윽.”

“나는 하리랑 대본 연습하고 싶은데.”

앵무새처럼 하민이 형을 따라하며 말했다.

하리는 두 사람의 눈치를 슬슬 보며 손잡이를 잡고 조심스럽게 비틀었다. 그런 하리의 행동을 예의 주시하던 큰오빠 하진이 다시 얼굴을 들이밀며 말했다.

"나도 놀이기구 탈 줄 아는데."

"하하."

"나도 오랜만에 쉬는 날인데."

"그, 그래? 그럼 두 사람이 어린이대공원이라도 가서 대본 연습하면 되겠네~. 그럼 난 바빠서 먼저 간다!!"

하리는 오빠들을 뒤로한 채 잽싸게 현관문을 박차고 나왔다.

놀이공원 입구 의자에서 하리는 지나다니는 사람들을 무표정하게 바라보고 있었다. 그가 약속보다 무려 20분이나 늦게 나타난 바람에 뾰루퉁해진 하리는 아무 말 없이 입술을 톡 내밀고 있었다. 유하는 그런 하리의 모습에 애써 웃음을 참고 있는 중이었다.

이건 콩깍지가 씌운 건지 수박껍질이 씌운 건지 삐친 모습도 예쁘네.

툴툴대는 하리의 손을 억지로 끌고 놀이공원에 들어섰다. 평소와 달리 유하는 캐주얼 차림이었다. 평상시엔 세미정장을 즐겨 입는 그였지만 오늘은 검은색 카고 바지에 심플한 면티, 그 위에 베이지색 셔츠를 입고 있었다. 모델이라 그런지 단조로운 옷차림을 하고서도 공원 안에 있던 사람들의 눈길을 받았다.

쳇, 이거 은근히 질투 나는데??

성큼성큼 걷는 유하의 보폭을 맞추지 못하고 뒤쳐져 걷던 하리는 점점 더 그와 멀어지고 있었다. 유하는 이따금 걸음을 멈추고 뒤돌아보며 그녀를 기다렸다.

"빨리 좀 와!"

"걷기 힘들지 않아요?"

"다리도 짧은 주제에."

"댁 다리가 긴 거예요."

"유하 오빠."

"예?"

"호칭, 유하 오빠라고 하랬지?"

"그게 하루아침에 입에 붙겠어요??"

휘파람을 불며 하리는 짐짓 딴청을 피웠다.

"풋, 그 말이 그렇게도 힘든가?"

그들은 바이킹, 후룸라이드, 후렌치 레볼루션 등 각종 놀이기구
를 섭렵하고 이제 한숨 돌릴 겸 기념품 가게를 둘러보고 있었다.

"와, 이것 봐요! 이거 귀엽지 않아요?"

"근데 이게 더 너랑 닮지 않았냐?"

토토로를 가리키고 있는 하리에게 유하가 반대편에 있는 커다
란 곰인형을 들어 보였다. 아아, 내가 그 곰인형처럼 귀엽다고?

"내가 그렇게 귀여워요?"

"아니, 미련한 게 똑같잖아."

"뭐예욧!!"

토토로를 들고 황당한 표정으로 서 있는 하리를 지나쳐 유하가
곰인형을 계산한 뒤 하리에게 안겨주었다.

"씨이, 좋게 말하면 입에 가시가 돋냐!"

하리는 먼저 나간 그를 향해 소리를 빽 질렀지만 그는 아랑곳

하지 않고 열심히 걸어갔다. 유하는 작은 소리로 중얼거렸다.

"헤헤, 유하 오빠라고 안 불렀으니까 귀엽다는 말은 보류한다."

상점을 나오자 하리가 배고프다며 징징대는 바람에 두 사람은 일단 눈에 보이는 햄버거 가게로 들어갔다. 매장 안엔 워낙 사람들이 많아 선뜻 앉을 자리가 나지 않았기에 그들은 햄버거를 포장해서 나가기로 했다. 가게를 빠져나와 몇 걸음을 떼자 한적한 벤치 하나가 보였다.

정말 배가 많이 고팠던지, 하리는 햄버거에 몰두해 뭉텅뭉텅 베어 먹고 있었다. 그런 하리를 아무 말 없이 바라보던 유하가 마침 자신의 주머니에서 요란하게 울려대는 핸드폰을 꺼내 들었다. 발신인은 수진의 매니저였다.

"네, 무슨 일이시죠?"

통화를 하는 내내 유하는 옆에 있는 하리를 의식하며 힐끗거렸다. 배를 어느 정도 채운 하리는 눈치를 보며 통화하는 유하를 쳐다보고 있었다.

문득 의아해진 그녀는 점점 그에게로 몸을 기울여 전화기에서 흘러나오는 목소리를 들으려 무던히도 애를 썼다. 하지만 집게손가락으로 그녀의 머리를 쭈욱 밀어내는 유하 때문에 하리는 오만 가지 인상을 쓰면서 햄버거를 한 입 더 베어 물었다.

그런데 상대방의 말에 시종일관 짧은 대답만을 하던 그가 어느 순간 놀라면서 당황함이 묻어나는 목소리로 물었다.

"정말이에요? 그래서 지금 상황은 어떤데요?"

켁켁.

다급해진 그의 목소리에 놀라 하리는 먹고 있던 햄버거가 목구멍에서 딱 걸리는 것을 느꼈다. 유하는 다시 알겠다고만 하면서 통화를 마무리지었다. 그리고 아직도 켁켁거리고 있는 하리를 쳐다보았다.

"뭘 봐요, 햄버거 먹다 얹힌 사람 처음 봐요?"

하리는 콜라를 한 모금 마시면서 그와 눈을 마주했다.

유하는 수진의 매니저가 전해준 말을 머릿속에서 되뇌고 있었다. 다량의 수면제를 복용하긴 했지만, 다행히 생명에는 지장이 없다고 했다. 무슨 맘으로 그랬을까…….

서둘러 수진이 입원해 있다는 병원으로 가봐야 할 것 같았지만 그렇다고 지금 하리를 내팽개칠 수도 없는 노릇이었다. 비록 무사하다지만 유하는 내심 수진이 걱정되었다. 초조함을 숨길 수는 없었던지 그는 깍지를 꼈다 뺐다 하며 안절부절못하고 있었다. 하리도 불안해 보이는 그를 의식하곤 얕게 한숨을 내쉬었다.

후우, 그렇게도 급한 일인가?

"저기 미안하지만…….."

"가봐요."

"뭐?"

"그 전화, 뭔가 중요한 이야기였던 것 같은데."

"아니야, 중요하진……."

"아니긴 무슨. 이렇게 초조해 보이는데 괜찮다고요?"

"……."

“됐어요. 오늘 데이트는 여기서 끝! 안 삐칠 테니 어서 가봐요.”

“…….”

“아, 얼른요!!”

계속해서 채근해대는 하리를 그가 한동안 바라보더니 결국 자리에서 일어났다.

“미안해.”

“쳇, 그래도 양심은 있는가 보네요. 모처럼 하는 데이트 망치니깐 미안은 해요?”

“이따 연락할게.”

자신에게서 멀어지는 유하를 보던 하리가 갑자기 무언가를 생각해내곤 그에게로 달려갔다.

“잠깐만요!!”

하리가 호흡을 가다듬고는 핸드백에서 우산을 꺼내어 건넸다.

“비 올 확률 70%래요. 가져가요.”

“괜찮아. 그보다 네가…….”

“후후, 난 곰탱이 녀석이 같이 있으니까 괜찮아요.”

“고맙다.”

어느새 그가 사람들 틈바구니에 섞여 시야에서 사라졌다. 자신의 품에 안긴 곰인형을 바라보며 하리가 중얼거렸다.

“곰탱아, 우리도 가자!”

집에 다 와서야 비가 쏟아지는 바람에 지하철역에서 이도저도 못하고 있던 하리는 먹장구름이 잔뜩 긴 하늘을 올려다보며 툴툴대고 있었다.

"아이씨, 짜증나! 이럴 때만 들어맞아, 이놈의 일기예보!!"

비가 오지 않을 확률 30%를 기대하고 있었건만 이건 우산이 있으면 비가 안 내리고, 또 반대로 우산이 없으면 비가 내리니 나 참, 하느님이 야속할 지경이다.

"삐쳐서 안 나올 것 같은데……."

집으로 전화를 할까 말까 고민하던 하리가 순간 결심한 듯 가방에서 핸드폰을 꺼냈다. 신호음이 이어졌다.

달칵.

드디어 반대편에서 목소리가 들렸다.

[여보세요?]

"하진 오빠? 나 하리. 지금 뭐 해?"

[…….]

"오빠??"

[치……, 너 미워. 오빠 빼고 놀이공원 갔다오니깐 좋아?]

"헤헤, 그게 말이지 오빠, 근데 지금 비 오는데 내가 우산이 없거든? 나 그냥 비 맞고 갈까?"

[어? 우산 없어? 안 돼, 비 맞으면. 어디야? 오빠가 지금 나갈게!]

"응, 여기 지하철역 7번 출구."

[비 안 맞게 잘 피하고 있어! 오빠가 10분 아니 5분 내로 갈 테니깐!]

뚜뚜뚜뚜.

하진은 다급하게 전화를 끊었다. 기계음만 울려대는 핸드폰을 바라보면서 하리는 회심의 미소를 짓고 있었다.

호홋, 하민 오빠가 받았으면 안 나온다고 했겠지? 큰오빠가 전화 받은 게 다행이다!

정확히 5분 내로 하진이 지하철역에 나타났다. 그런데 하진의 손엔 커다란 우산 하나만이 달랑 들려 있었다.

"내 우산은?"

"하리 우산 없던데?"

"응, 누구 좀 빌려줬어. 그렇다고 하나만 가져와?"

"집에 이것밖에 없더라고."

자신의 왼쪽 어깨는 축축이 젖어드는데도 하진은 동생의 어깨를 감싸안으며 비에 안 젖도록 애쓰고 있었다.

"오빠."

"응?"

"우리 나중에 놀이공원 가자."

"그래! 대신 그때는 에버랜드 갈 거야!"

"응, 그래. 그러자."

어린애처럼 좋아하는 오빠를 지그시 바라보며 하리도 살짝 미소를 머금었다. 큰오빠의 따스한 체온을 느끼면서 하리는 기분 좋게 집에 도착했다. 하민은 촬영 갔는지 집에 없었다. 샤워를 하고 나오는 하리에게 하진은 김이 모락모락 오르는 코코아를 건네주었다.

"아, 땡큐!"

“비도 오는데, 우리 오랜만에 김치 부침개 해 먹을까?”

“나야 좋지!”

하리가 찬성의 의미로 한쪽 엄지손가락을 치켜세웠다.

얼마 되지 않아 그들 앞으로 노릇하게 구워진 부침개가 놓였다. 뜨거운 부침개 조각을 호호 불어가며 맛있게 먹는 하리를 하진이 흐뭇하게 바라보고 있었다. 하리는 그런 하진을 향해 부침개를 입에 넣어주려다가 다시 제 입으로 가져가는 등 다소 유치한 장난을 하고 있었다.

“아아, 맛있다~. 우리 오빠가 최고라니깐.”

“그 사람보다 더?”

“그 사람?”

“유하란 사람.”

“응!! 당연하지!”

“하리야, 다른 거 또 만들어줄까?”

“아냐아냐, 오빠. 이거면 돼. 고마워.”

매니저가 일러준 병실을 찾느라 유하는 병실 문에 붙은 호수를 일일이 확인하는 중이었다.

수진은 우려했던 것과는 달리 멀쩡해 보였다. 유하가 병실을 들어섰을 때 그녀는 반쯤 누운 자세로 책을 읽고 있었고, 서로 눈이 마주치자 싱긋 웃어 보이기까지 했다.

“어라, 나 죽은 줄 알고 온 거예요?”

“장난하지 마.”

“장난 아니었어요.”

“……..”

“당신 말 듣고 충격이었는걸요.”

“쓸데없는 짓 좀 하지 마.”

“당신이 달려온 걸 보면 쓸데없는 짓은 아니었나 본대요?”

“휴우~.”

“어머, 혹시 데이트 중이었어요……?”

수진이 유하의 손에 들린 핑크색 우산에 눈을 주며 말했지만 유하는 그런 수진을 차갑게 쏘아보았다.

“괜찮은 거 확인했으니 그럼 난 이만 갈게.”

그가 돌아서려고 하자 수진이 다급하게 입을 달싹였다.

“가지 말아요.”

“……..”

“당신 이렇게 찾아온 거, 아직도 나한테 마음이 남아 있어서 그런 거 아닌가요?”

“그런 거 아니야.”

“첫 여자는 쉽게 잊지 못해요.”

“쿡.”

“왜 웃어요?”

유하는 다시 수진의 침대로 다가가 입가에 조소를 띠고 냉정한 어조로 말했다.

“그 부분은 고맙게 생각해. 당신이란 여자를 통해서 지금 난 내 여자를 행복하게 해주는 방법을 터득했으니깐. 하지만 그뿐이야.

지금 내 심장을 뛰게 만드는 사람은 강하리라는 여자 하나거든.”

수진은 묵묵부답이었다. 새하얗게 질린 얼굴을 하고 책을 잡고 있는 손을 가늘게 떨고 있었다. 유하는 그런 그녀를 짐짓 외면하고 창밖으로 시선을 두었다.

“어쨌든 나 때문이었다고 하니 당분간 책임은 지도록 하지.”

“…….”

“하지만 더 이상은 바라지 마.”

그 말을 끝으로 유하는 병실을 내처 걸어나왔다. 마침 하늘에선 조금씩 비가 흩뿌리고 있었다. 유하는 하리가 준 핑크색 우산을 쓰고 유유히 빗길을 걸었다.

찌뿌드드한 날씨도 걷히고, 새로운 한 주가 시작되었다. 여느 때와 다름없이 학교에 도착한 그녀는 150원짜리 자판기 커피를 하나 들고서 강의실 안으로 들어섰다.

이어폰을 꽂고 노래를 흥얼거리던 하리는 자신 앞으로 휙 던져진 신문을 바라보았다.

“그거 봐.”

우현이 어느새 그녀 옆으로 다가와 웬 연예신문을 책상에 놓아주었다. 그리곤 그녀의 앞자리에 털썩 주저앉아 뒤돌아보며 하리의 반응에 촉각을 세우고 있었다.

반으로 접혀 있던 신문을 펼치자 1면에는 수진이 병실 침대에 누워 있는 모습의 사진과 굵직한 헤드카피가 눈에 들어왔다.

‘톱스타 신수진, 자살기도했으나 생명에는 지장 없어.’

도대체 내가 왜 이 여자의 소식을 하루에 한 번씩은 봐야 하는
거지?

하리는 자신에게 의도적으로 신문을 건넨 우현을 한 번 노려보
고, 다시금 신문 기사로 눈을 돌렸다.

수진은 자살을 시도했던 듯 다량의 수면제를 복용했지만 다행
히 병원으로 신속히 옮겨져 투석을 받아 지금은 회복 중이라는
내용이었다.

문득 어제 사색이 되어 통화를 하던 그의 모습이 떠올랐다.

"에이, 설마."

그리고 계속해서 나머지를 읽어 내려가는데 자살을 시도한 몇
가지 추측 기사들을 읽자 하리는 숨이 턱 막혀오는 것을 느꼈다.
하리는 들고 있던 신문을 확 구겨버렸다.

"거짓말……."

신수진의 옛 연인으로 잘 알려진 D&S 그룹의 천유하 이사가 급히 그녀
의 병실을 찾았고…….(중략)

그럼 그 사람이 신수진의 자살 해프닝에 놀랐고 그렇게나 초조
해했다는 건가? 미안하다고 했던 건, 데이트 중간에 빠져나가게
되어서가 아니라 그녀에게 가봐야 해서 미안하다는 뜻이었던가?
아이씨, 머리 아파. 도대체 뭐가 어떻게 된 거야?

"야! 뭐 해!"

"어? 어, 소영이 왔구나."

소영은 자리에 앉자마자 하리의 손에 있는 구겨진 신문을 낚아챘다. 기사를 읽고 난 뒤 소영은 하리를 바라보며 걱정스러운 투로 말했다.

"야야, 이런 건 그냥 기자라는 사람들이 부풀려서 하는 말이야."

"한우현, 신수진 씨 어느 병원에 입원했는지 알고 있어?"

"그걸 왜 나한테 물어?"

"네가 나한테 신문 던져줬잖아."

"그것까지 내가 어떻게 아나?"

"휴우~."

하리는 하민 오빠의 번호를 누르기 시작했다. 그리고 통화가 연결되자마자 대뜸 물었다.

"오빠, 신수진 씨 입원한 병원이 어디야?"

뚜렷하진 않았지만 무엇이든 확인을 해야겠다는 생각에서 하리는 무작정 병원을 찾았다. 경황은 없었지만 딴에는 예의를 차리겠다고 근처 슈퍼마켓에서 과일 바구니를 사 가지고 병실로 향했다.

"후~ 하아……."

심호흡 한 번, 심호흡 두 번. 그렇게 자신을 추스르며 조심스레 병실 문 손잡이에 손을 대려는 순간이었다.

벌컥.

병실에는 이미 다른 방문객이 있었다.

“나츠미?”

“당신이 여긴 웬일이야?”

나츠미는 의외라는 눈빛과 함께 경계심을 띠었다. 그런데 마침 안에서 누구냐고 묻는 여자의 목소리가 들려오자 나츠미가 뒤를 돌아다보며 말했다.

“아무것도 아니에요. 잠깐만요.”

하리의 손목을 앙팡지게 잡고선 나츠미가 병원 내 휴게실로 이끌었다.

“야야, 이 팔 좀 놔. 언제부터 우리가 친했다고.”

“여긴 웬일이야?”

“내가 못 올 데 왔냐?”

“그다지 올 만한 데는 아니라고 생각하는데?”

“그러는 넌?”

“나?”

“너는 왜 왔냐고.”

“병문안 온 거지. 달리 이유가 있겠어?”

“나도 너랑 같은 이유거든. 그러니깐 좀 비켜라.”

자신을 가로막고 있는 나츠미를 옆으로 밀어내며 하리가 걸음을 떼려는데 나츠미가 뒤에서 그녀의 옷자락을 잡아당겼다. 그 바람에 하리는 의자에 털썩 주저앉고 말았다.

“야! 너 이게.”

“나 내일 일본으로 돌아가.”

일본으로 돌아간다는 나츠미의 말에 하리는 뭐라고 쏘아부치려던 말들을 도로 삼키고 조금은 아쉬운 표정을 내비쳤다.

"그러냐……?"

"그렇다고 유하 오빠 포기 안 해."

"너 잘났다."

"수진 언니 진짜 만나러 갈 거야?"

"그럼 가짜로 만나겠니? 배웅은 안 한다. 잘 가."

더 이상 나츠미의 말을 들을 생각이 없다는 듯 하리는 그녀의 어깨를 툭툭 친 후에 병실로 향했다. 문을 빼꼼이 열고 들어가자 링거를 맞고 있는 수진을 볼 수 있었다. 그들의 눈이 마주치자 하리는 가볍게 목례를 하고 나서 가까이 다가갔다.

"누구?"

"아, 저기."

"……?"

"강하민 씨 아세요? 전 하민 오빠 동생이에요."

"아아, 그래요?"

아이씨, 이게 아닌데…….

수진은 읽고 있던 책을 덮고선 하리에게 따뜻하게 웃어 보였다.

꼴깍.

하리는 긴장한 나머지 마른침을 삼켰다. 수진이 자신의 긴 생머리를 매만지며 묵묵히 서 있는 하리를 바라보았다.

"근데 무슨 일로…….."

"왜 자살하려던 거예요?"

단도직입적인 질문이었다.

"……이유야, 여러 가지가 있겠죠."

"어제 유하 씨가 여기 왔었나요?"

"네."

수진은 하리를 진작부터 알아보았고, 또 그녀의 질문을 예상이라도 한 것처럼 여유 있게 미소지으며 대답했다. 솔직한 태도로 망설임 없이 대답하는 수진을 보며 하리는 한편으론 가슴이 아려왔다.

"왜 유하 씨랑 헤어졌어요?"

"……."

"그 사람……, 아직 사랑하세요?"

"네."

계속해서 이어지는 질문에도 수진은 아무런 동요가 없었다. 하리는 가슴이 먹먹해지는 기분을 느끼면서 몇 초간 침묵을 지킨 후 다시 입을 열었다.

"그 사람도 당신을 사랑해요?"

바보 같은 질문이었지만, 차마 그에게 물어보는 건 두려웠기에 하리는 수진에게 묻는 쪽을 택했다. 다른 질문과 달리 이번엔 수진이 한참동안 대답이 없었다. 하리는 역시 괜한 질문을 했다는 생각을 하며 자리에서 일어났다.

"미안해요. 처음 만난 사람한테 이런 질문이나 해대고."

"아니에요. 그리고 그 사람은……."

수진이 무언가를 말하려고 할 때 마침 병실 문이 열리고 그들이야기의 중심인 유하가 들어섰다. 하리를 본 그의 눈동자가 놀라움으로 점점 커졌다. 하리 또한 심장이 요동칠 만큼 놀라고 있었다.

"강하리……? 여긴 어떻게 온 거야."

하리가 수진에게 간단한 인사를 하고 빠른 걸음으로 병실 문을 나서려는데, 유하가 잽싸게 그녀의 팔을 거머쥐었다. 하지만 유하의 손을 억세게 뿌리친 하리는 그대로 엘리베이터를 향해 달려갔다. 때마침 내려온 엘리베이터를 타고 하리는 얼른 닫힘버튼을 눌렀다. 서서히 좁혀드는 엘리베이터의 문 사이로 허겁지겁 달려오는 유하의 모습이 보였다.

"젠장!"

결국 굳게 입을 닫아버린 엘리베이터의 문을 발길질하던 유하가 문득 눈으로 계단을 찾으며 걸음을 옮겼다. 병원 건물 입구까지 달려나왔지만 벌써 그녀는 택시를 잡아타고 조금씩 멀어져가고 있었다.

"야! 강하리!!"

유하는 택시가 자신의 시야에서 완전히 자취를 감출 때까지 선뜻 그 자리를 떠나지 못했다.

"왔어요?"

수진은 보고 있던 책에서 눈을 들어 그를 쳐다보았다. 태평하면서도 무심한 눈길이었다.

"어떻게 하리가 이곳을 왔지?"

"하민 씨가 알려 줬나 봐요."

“쓸데없는 이야기는 하지 않았겠지?”

“쓸데없는 이야기요? 그런 것도 있었던가요?”

“도대체 무슨 얘길 한 거야.”

“당신을 사랑하냐고 묻더군요.”

“……!”

“그리고 당신도 나를 사랑하냐고도 물었어요.”

“그래서?”

“글쎄요. 어떻게 대답을 했을 것 같아요?”

퍽.

유하가 신경질적으로 벽을 내리치며 수진을 쏘아보았다.

“장난하지 마. 난 그렇게 느긋한 성격이 아니야!”

“그럼 그 여자한테 물어보면 되잖아요? 왜, 그녀를 믿지 못해요?”

“됐어, 그만하지.”

더 이상 그녀와 이야기하는 게 무리라고 생각한 유하가 병실을 나서려 했다. 하지만 그녀는 냉소를 띠던 모습과는 달리 막 뒤돌아서는 그의 옷자락을 붙들기 시작했다.

“가지 마요!!”

“넌 날 잡을 자격이 없어.”

유하는 수진의 손을 매몰차게 걷어냈다. 그때였다. 날카로운 소리와 함께 테이블 위에 있던 유리잔이 바닥으로 떨어져 산산조각이 났다. 수진은 얼른 침대에서 내려와 깨진 유리 조각 하나를 들고 자신의 손목으로 가져갔다.

"당신 도대체!"

"제발 가지 말아요. 난 아직도 당신을 사랑한단 말이에요. 우리 한땐 정말 죽을 듯이 사랑했잖아요. 말해봐요, 설마 다 잊은 건 아니죠……?"

다음 날 아침 유하는 공항에서 나츠미를 배웅하고 있었다. 나츠미는 주위를 두리번거리며 눈으로 누군가를 열심히 찾고 있었다.

"왜?"

"유짱, 하리랑 같이 안 왔어?"

"응? 으응."

"그렇구나."

그 말에 나츠미가 씁쓸하게 웃어 보였다. 그들은 포옹을 하며 오랫동안 작별 인사를 나누었다.

유하는 나츠미를 배웅하고 하리의 학교를 찾아가야겠다고 마음먹었지만, 이동하는 중에 김 비서에게서 연락이 와 회사로 방향을 전환할 수밖에 없었다. 어찌 됐든 그녀와의 오해는 풀어야겠다고 생각하며 유하는 저녁쯤에 그녀의 집을 찾기로 했다.

하리는 내심 일본으로 돌아가는 나츠미를 배웅하고 싶었지만 그날따라 학교 수업이 빡빡했기에, 결국 공항에 나가는 것을 포기했다. 게다가 문득 유하와 마주칠 수도 있겠다는 생각이 들었다. 평소와 달리 의기소침한 하리를 관찰하던 소영이 강의 내내 볼펜으로 그녀의 옆구리를 공략하고 있었다.

"야야, 너 어제 무슨 일 있었지? 응?"

“으이구, 없으니까 그만 찔러대!”

“아니긴 개뿔, 귀신은 속여도 난 못 속인다. 빨리 불어.”

수업이 끝나자 결국 완력으로 하리를 질질 끌어내던 소영이 빈 강의실 모퉁이에 그녀를 앉히고는 물었다.

“유하 씨랑 무슨 일 있었지?”

“아아, 그 사람 얘기 꺼내지 마!”

“그럼 무슨 일이 있었는지 이야기를 해봐!”

“그냥. 어제 배신감이란 걸 느꼈다.”

“배신감? 그런 건 항상 느끼는 거 아니었어?”

“우이씨, 말을 해도……!”

하리가 눈을 흘겼다.

소영은 안 좋은 일은 무조건 술로 풀어야 한다며 학교 앞에 있는 장독대라는 주점으로 하리를 이끌었다.

“여기 동동주 하나랑 파전이요!”

소영이 자리에 앉자마자 메뉴판도 안 보고 주문을 했다.

“에이씨, 난 그 사람 본심을 도통 모르겠어!”

“모르면 물어보면 될 거 아니야!”

“야, 넌 데이트 중에 애인이 다른 여자 때문에 먼저 간 걸 어떻게 생각해?”

“죽일 놈이지 그건!!”

“그치? 그 자식이 그랬다니깐?”

“네가 보냈다며!”

“난 회사에 무슨 급한 일이라도 있는가 했지. 야!! 그래도 그렇지 그런 일로 남자가 쉽게 엉덩이를 빼면 어떻게 하냐?”

“지나가던 똥개가 웃는 소리하고 앉았네. 야, 언니 잔 비었다. 어서 부어라.”

“고만 좀 해라. 나 이렇게 먹으면 집에 못 간다고!”

술이 제법 들어가자 하리는 혀 꼬부라진 소리를 내기 시작했다. 소영도 좀 취했는지, 하리에게 애교스런 욕설을 늘어놓고 있었다.

술집을 나와 시원한 밤바람을 맞으며 하리는 집을 향해 천천히 걸어갔다. 시간이 지날수록 술기운이 가시는지 띵하던 머리가 차츰 맑아지는 느낌이었다.

하리가 편의점에 들러 산 바나나우유에 빨대로 꽂아 쭉쭉 빨아먹으며 집 앞에 다다를 즈음 어떤 낯익은 실루엣이 그녀를 향해 걸어오는 것이 보였다.

“어……, 너!”

“많이 늦는다.”

“네가 왜 여기 있냐?”

낯익은 실루엣의 주인공은 우현이었고, 하리는 그에게 왜 왔느냐며 삿대질을 했다. 어두운 거리엔 적막한 가로등 불빛만 그들의 머리 위로 흩뿌려지고 있었다.

하리와 마주 선 우현은 한동안 아무 말이 없었다. 그녀 또한 이제 삿대질을 멈추고 바닥이 드러날 때까지 우유만 쪽쪽 빨았다. 우현은 한참동안 그런 하리를 바라보더니 결국 웃음을 터트렸다.

“왜 웃나?”

“애 같아서 그런다.”

“지랄은.”

“말 좀 이쁘게 하면 안 되겠냐?”

“그러고 싶어도 너한텐 좀처럼 말이 이쁘게 나오지 않는다. 내 입이 좀 솔직해야지.”

“풋.”

쓸데없는 말만 내뱉고 얼쩡대며 돌아갈 생각을 하지 않는 녀석을 보면서 하리는 살짝 미간을 찡그렸다. 우현이 마른침을 삼키며 사뭇 진지해진 태도로 입을 열었다.

“할 말 있어서 왔어.”

“난 할 말 없거든?”

“하리야.”

“후우~ 그래, 무슨 말? 그 사람하고 헤어졌냐고?”

“아니, 그런 건 상관없어.”

“……”

미적대는 우현을 보면서 하리는 인상을 썼다.

“또 무슨 말이 하고 싶은 건데?”

“우리, 다시 시작하자.”

순간 하리가 게슴츠레한 눈을 또렷하게 떠 보였다.

“미쳤니?”

다른 생각을 할 겨를도 없이 하리가 맞받아쳤다.

“그런 말 나올 줄 알았어.”

“알았으면 하지 마.”

"하리야······."

"나한테 헤어지자고 했던 말은 뭐였니?"

"······그건 진심이 아니었어."

"그럼 이것도 진심이 아니겠네."

"아니야, 다시 시작하자는 건 내 진심이라구."

"야!! 너 지금 나랑 장난해?"

고래고래 소리를 지르는 하리에게로 우현이 조금씩 다가가기 시작했다. 하리는 주춤대며 그만큼 한 발짝 한 발짝 뒤로 물러나고 있었다.

우현은 한순간 하리의 팔을 거머쥐고는 짐짓 심각한 눈빛으로 말했다.

"장난이라고 생각해?"

"어, 장난이라고 생각해."

"그럼 진심이란 걸 보여줄게."

"됐, 우으읍······."

하리가 채 말을 마치기도 전에 어느새 둘의 입술은 조금의 빈틈도 허용하지 않고 포개졌다. 우현은 굳게 닫힌 그녀의 입술 사이를 비집고 들어오려 안간힘을 쓰고 있었다. 하리는 우현을 떼어내려 버둥거렸다.

"강······ 하리."

때마침 나타난 유하가 자신의 눈앞에서 벌어지고 있는 광경을 보고 아연실색해했다.

하리 또한 등 뒤에서 들리는 낯익으면서도 싸늘한 목소리에 순간 움칫했다. 동시에 스르르 힘이 풀리는 우현의 팔을 하리가 확 뿌리치고 불안한 눈길로 뒤돌아보았다. 그곳에 유하가 있었다.

다음 순간 겸연쩍어진 하리는 도망치듯 집으로 향하려 했으나 우현이 그녀의 팔을 다시 잡아채 이번엔 자신의 품에 안았다.

"지금 무슨 짓이지? 하리가 싫어하는 것 같은데."

유하는 단호하면서도 침착한 어조로 말했다.

"하리, 저랑 다시 사귈 겁니다."

"뭐?"

"야! 한우현!"

하리는 일방적인 우현의 통고에 뭐라 반박하고 싶었지만, 갈수록 조여드는 우현의 팔 때문에 억지로 그의 가슴에 얼굴을 묻고 아무 말도 할 수 없었다.

아으윽. 숨 막힌다, 이 자식아!

"강하리, 잠깐 얘기 좀 해."

유하가 하리를 향해 말했다. 그러나 우현이 대신 그의 말을 받았다.

"신수진 씨가 그쪽 옛 애인이라면서요?"

"……."

"방송 보고 알았습니다."

"그래서?"

"하리 포기하세요."

수진과 관련한 얘기가 나오자 유하는 화가 치밀기 시작했다. 그리고 아무 말 없는 하리에게도 화가 났다. 더 이상은 못 참겠다는 듯 하리는 적당한 틈을 노려 우현을 떠밀어버렸다.

"야, 너 가라."

"대답부터 해."

"맞고 갈래? 그냥 갈래?"

"알았어. 그럼 내일 대답해줘."

이번에는 우현이 순순히 물러나며 황급히 자리를 떠났다.

우현이 가고 없는 자리에 유하와 하리, 이제 그 둘만이 남게 되었다. 어색한 침묵이 이어졌다.

문득 유하가 그녀 쪽으로 서너 발자국 다가왔다.

"저 녀석 말이 진짜냐?"

"……."

"무슨 말이라도 해!"

퍽!

여전히 아무 말도 않고 서 있는 하리를 보며 유하가 답답하다는 듯 주먹으로 벽을 내리쳤다. 얼핏 그의 하얀 손에서 피가 조금 비치는 것 같기도 하다.

"왜 아무 말도 안 하는 거니? 변명이라도 해봐. 내가 수진이한테 찾아갔던 것 때문에 화가 난 거라든지 아님 저 녀석 말이 거짓말이라든지, 한마디만 해. 날 비참하게 만들지 마."

"그쪽이야말로 날 비참하게 만들지 마요."

"뭐?"

"내가 말 안 해도 잘 알고 있네요. 그렇게 신수진 씨가 걱정됐어요? 모처럼 하는 데이트 중에 날 팽개쳐두고 그 여자에게 달려가고 싶을 만큼? 아직도 그 사람 사랑하고 있잖아요. 당신, 그 여자 못 잊고 있는 거잖아요!"

"그건 단지 걱정이 돼서 그랬던 거야!"

"나 갖고 놀지 마요."

"……!"

"당신 본심이 뭔지, 나를 정말 사랑하기나 하는 건지 모르겠다구요! 난 이제 당신을 조금씩 알아간다고 생각했는데 이제 보니 착각이라는 생각이 들어. 난 정말 당신을 모르겠다고!"

"하리야."

"돌아가요."

"……."

"돌아가줘요. 당분간 당신 얼굴 보고 싶지 않으니깐."

하리는 간신히 마음을 추스른 후 내달리기 시작했다. 굵은 눈물 방울이 또로로 볼을 타고 흘러내려 바닥으로 툭 떨어졌다. 그녀의 마음도 떨어진 눈물처럼 산산조각이 나는 것만 같았다.

유하는 어찌할 바를 모르고, 차츰 멀어지는 하리를 하염없이 바라보며 서 있었다. 유하 역시 피가 스며 나오는 자신의 손보다 정작 마음이 더 아팠다. 자신의 사랑을 의심하고 부정하는 그녀를 떠올리자 숨이 턱 막혀왔다.

"넌 내가 변명할 기회조차 주지 않는구나……."

유하는 벽에 등을 기대고 고뇌하듯 손으로 살짝 이마를 짚었다. 의지와는 상관없이 촉촉한 물기가 두 뺨을 적시고 있었다.

"곁에 있어 주겠다면서……. 거짓말쟁이 강하리."

일 년만 기다려줄래?

그날 하리는 집에 돌아와 침대에 아무렇게나 누워 오랫동안 눈물을 쏟아냈다. 그리고 다음 날 아침, 퉁퉁 부은 얼굴에 얼음찜질을 하고 있는 중이었다. 완전히 가라앉지는 않았지만 어느 정도 부기가 빠진 것을 확인하고 하리는 과제물을 챙겨 집을 나섰다.

강의실 의자에 다소곳이 앉아 고개를 푹 수그리고 있는 하리를 발견한 소영이 성큼성큼 다가왔다. 소영은 순간 미심쩍은 기색을 나타내더니 그녀를 노골적으로 관찰하는 시늉을 했다.

"눈 왜 이런 거냐? 심하다, 심해."

도리도리.

하리는 말할 기운조차 없었다.

그때 소영의 뒤에서 우현이 쓰윽 모습을 드러냈다. 하리가 있는 힘껏 눈을 부릅뜨고 쏘아보자, 잠시 우현이 움찔거렸다.

"하리, 너 눈이……."

하리의 얼굴에 우현이 손을 대려는 순간 하리는 그 손을 사정
없이 뿌리쳤다.

"야, 아침부터 이럴 거냐?"

"네 뺨을 날리고 싶은 걸 참는 거야."

"그래서, 생각은 해봤어?"

"기도 안 차네. 생각하고 자시고 할 것도 없이 내 대답은 무조
건 노야."

"그러지 말고."

"난 장난으로라도 헤어지잔 말 함부로 내뱉는 녀석하곤 다신
만나고 싶지 않아."

"야! 야, 강하리!!"

자신을 부르는 우현을 뒤로하고 하리는 잠시 강의실을 빠져나왔
다. 그 둘을 지켜보던 소영이 한순간 우현의 정강이를 걷어찼다.

"아앗!"

"으이구! 넌 당해도 싸."

수업 내내 우현은 건너편에 앉아 노트 필기를 하고 있는 하리
에게로 집요한 시선을 던졌지만, 그녀는 철저히 외면해버렸다.

수업이 끝나고 하리에게 그간의 이야기를 들은 소영이 노래방
에 가서 스트레스를 풀자는 제안을 했다. 무한대로 서비스를 넣
어주는 주인 아저씨 덕택에 소영과 하리는 아는 노래를 총동원해
목이 쉬어라 노래를 불렀다.

며칠 동안 그에게선 아무 연락이 없었다. 하리는 습관처럼 몇
분 간격으로 핸드폰을 들여다보았다. 손에 꼭 쥐고 있던 핸드폰

에서 벨소리가 들리자 심장이 활딱활딱 뛰기 시작했다. 하리는 내심 그이기를 바라며 조심스레 액정을 보았다.

"하민 오빠네……."

하리가 상심해하며 플립을 열자 저쪽에서 하민의 걱정스런 목소리가 흘러들었다.

"오빠 무슨 일이야?"

[하리 너, 유하랑 무슨 일 있었냐?]

전화해서 대뜸 그의 이야기부터 꺼내는 하민이 이상하다는 생각을 했지만 하리는 아무 대꾸도 하지 않기로 했다. 하민이 한숨을 푸욱 내쉬면서 말을 이었다.

[오늘 수업 없지? 그럼 유하네 집으로 좀 가봐라. 유하 요즘 연락 안 된다고 김 비서님이 난리가 났어.]

"왜? 무슨 일 있는 거야?"

[그걸 알면 내가 너한테 이런 부탁까지 하겠냐?]

"김 비서님도 유하 씨 집에 가봤을 거 아니야. 내가 간들 무슨 수가 있겠어?"

[여하튼 가봐. 그럼 부탁한다.]

"싫어. 오빠가 가."

[나 새벽까지 촬영해야 해. 그러니깐 좀 가줘라. 야, 감독님이 부른다. 끊는다!]

"잠깐, 오빠! 하민 오빠!"

뚜뚜뚜뚜.

"……미치겠군."

하리는 난감해하며 머리를 긁적였다.

　하리는 그의 집 대문 앞에서 머뭇대고 있었다. 오랜만에 와보
는 것 같았다. 벨을 누르려는 찰나 난데없이 뒤에서 낯익은 목소
리가 들려왔다. 가정부 아주머니가 반색하며 빠른 걸음으로 그녀
쪽으로 다가오고 있었다.
　"오랜만이에요, 아가씨."
　"네, 안녕하셨어요? 아, 저 근데 유하 씨는……."
　"……그게요."
　아주머니는 쉽게 말을 잇지 못했다. 장바구니를 나눠 들고 하
리는 아주머니를 따라 집으로 들어갔다. 허스키는 정원 한켠에
묶여 있었고, 하얀 페르시안 고양이는 보이지 않았다.
　문득 옛날 일이 떠올라 하리는 자조적으로 웃었다. 실내는 사
람의 인기척을 느낄 수 없을 정도로 조용했다.
　"아무도 알려주지 말라고 했는데……. 도련님은 2층에 계세
요."
　"그래요……?"
　"요즘엔 식사는커녕 매일같이 술만 드시는 것 같네요."
　주방으로 들어가는 아주머니를 보면서 하리는 조심스럽게 층
계를 올라 그의 방 손잡이를 살며시 비틀었다.
　환기를 시키지 않은 방은 퀴퀴한 술냄새가 그득했고 바닥엔 위
스키 병들이 널브러져 있었다. 또 책상은 활자가 빼곡한 서류들
이 엉망으로 흩어져 있는 상태였다.

침대에 누워 있는 유하는 살짝 코골이를 하며 곤하게 잠들어 있는 것처럼 보였다.

하리는 바닥에 있는 병들을 한쪽으로 치워놓고 책상 위에 아무렇게나 놓인 종이들을 하나로 모았다. 그런데 문득 액자 하나가 눈에 띄었다.

그녀의 책상에도 놓인 똑같은 사진. 고양이를 안고 장난스런 표정을 짓고 있는 자신의 모습이었다.

"누구……?"

유하가 인기척을 느꼈는지, 창을 통해 환히 비춰드는 햇살에 눈이 부신 듯 손으로 차양을 만들며 그녀 쪽으로 시선을 주었다.

"저예요, 강하리."

"나참, 술을 많이 먹었더니 이제 헛것이 보이는 건가."

"멀쩡한 사람을 헛것으로 만들다니, 너무하네요."

"후후후."

그런데 살짝 웃음을 흘리던 유하가 짐짓 태도를 바꿔 냉정한 어조로 말했다.

"돌아가."

"네?"

"돌아가라고."

그 동안 마신 술 때문인지, 유하의 목소리는 상당히 허스키하게 변해 있었다.

하리는 침대 위에 걸터앉은 유하에게로 천천히 다가갔다. 유하의 얼굴은 양쪽 볼이 움푹 꺼지고 광대뼈가 도드라져 상당히 야원 모습이었다. 하리는 순간 눈물이 핑 돌았다. 유하는 곁에 다가와 자신의 얼굴로 손을 갖다 대는 하리를 확 잡아당겨 침대 위에 눕혔다.

하리의 몸 위에서 유하는 이제 그녀 쪽으로 서서히 얼굴을 가져갔다. 서로의 숨결이 크게 들릴 만큼 가까운 거리였다. 문득 유하는 움직임을 멈추고 그녀를 정면으로 응시했다.

"돌아가라고 했다. 더 이상 험한 꼴 당하고 싶지 않으면 돌아가."

"……."

나지막한 목소리가 하리의 귓가에 맴돌았다. 다음 순간 유하는 하리에게서 몸을 떼고 일어나 침대를 벗어났다. 하리도 옷을 추스르면서 몸을 일으켰다. 문 쪽을 향해 걷던 그녀가 문득 생각난 듯 뒤돌아보며 입을 열었다.

"밥은 제대로 챙겨 먹어요."

"……."

"하민 오빠가 연락 안 된다고 걱정하고 있어요. 김 비서님두요."

"넌?"

"……?"

"너도 걱정했니?"

그 말에 하리는 조심스럽게 실소를 터트렸다. 다행히 그녀가 등을 돌리고 있었기에 유하는 하리의 표정을 살필 수 없었다.

"아주 조금요."

“풉!”

이제 유하는 경계심을 풀고 환하게 웃었다. 하리는 오늘은 여기까지라고 생각하며 유하의 방을 내처 걸어나왔다.

방에 남겨진 유하는 자조적인 웃음을 띠며 방금 하리가 했던 말을 되뇌었다.

“조금이라……. 그런데 그 ‘조금’이 어느 정도인지 가늠할 수가 없군. 후후후.”

유하의 집을 다녀온 이후 그가 다시 예전처럼 회사를 나오고 있다는 소식을 하리는 작은오빠의 입을 통해 전해 들었다. 연락을 하지 않는 동안 아마 그의 회장 취임식이 있었던 모양이었다.

조만간 회장 취임식이 있을 거라고 말한 지가 도대체 언제였더라. 시간 비워놓으라고 그랬었는데…….

고작 하민의 몇 마디 말에 번뜩 그 사람부터 생각하는 자신을 원망하며 하리는 고개를 살래살래 흔들었다. 그때, 누가 찾아왔는지 초인종이 울렸다.

“택배 왔나?”

하리가 경쾌하게 활짝 문을 열어젖히는데 그곳엔 의외의 인물이 서 있었다. 수진이었다. 깜짝 놀란 하리는 선뜻 들어오라는 말도 못하고 그 자리에 어정쩡하게 서서 그녀를 바라보고 있었다.

“우리 구면이죠?”

“아……, 어떻게 알고 저희 집까지…….”

“잠시 시간 좀 내줄 수 있겠어요?”

"……네, 그러시죠."

"요 앞 커피숍에서 기다릴게요. 그럼 준비하고 나오세요."

하리는 대충 눈에 보이는 옷가지들을 챙겨 입고서 집 근처 커피숍을 찾았다. 수진과 마주 보고 앉아 있는 자리는 한없이 불편하기만 했다. 그녀가 무슨 말을 하려고 뜸을 들이는지 알 수 없었지만 하리는 어서 빨리 이 상황을 모면하고 싶었다.

"집까지 찾아오고 무슨 일이시죠?"

"아, 저 일본으로 돌아가요. 이번 주에."

"그러시군요. 그런데 팔은 어쩌다가……."

수진은 자신 앞에 놓인 커피를 입가로 가져가며 부드럽게 미소 지었다.

"하리 씨가 절 찾아온 날, 당신에게 가려는 유하 씨를 잡으려다가 생긴 상처예요."

"!"

"그런데 이 상처가 내 가슴까지 아프게 만들어버렸네요."

"그게 무슨……."

"하리 씨가 저한테 물었죠? 그 남자가 날 사랑하냐고요."

"네."

"오늘은 그 대답을 들려주려고 왔어요."

"……."

"그날, 그 사람을 붙들려고 유리 조각으로 아주 살짝 손목을 그었어요. 하지만 내가 그를 잡은 건 그때뿐이었어요."

"……."

"정신을 차리고 보니 유하 씨가 내 앞에서 무릎을 꿇더군요. 이젠 자기를 놔달라면서요. 날 잔인하게 차버리고 가면 될 텐데, 그러기엔 그 남자, 너무 착하거든요."

꿈에도 생각지 못했던 말을 듣는 순간 하리는 감정에 북받쳐 주르륵 눈물을 쏟아냈다. 그녀 앞에서 주책없이 눈물을 쏟고 있는 자신이 한편 부끄러웠지만 뜻대로 되지 않았다.

수진이 고개를 숙이고 계속 말을 이었다.

"지금 자기 심장을 뛰게 만드는 사람은 강하리라는 여자 하나뿐이라고 말하더군요. 더 이상 내가 아니구요. 질투가 났어요. 사실 언론에서 말한 대로, 유하 씨를 잊지 못해서 한국을 찾았던 거였어요. 난 내 목숨까지 내놓는 한이 있더라도 꼭 그 사람을 잡고 싶었어요. 하지만 결국은 이런 꼴이 되었지만……."

투둑.

하리의 얼굴선을 따라 흐르던 눈물이 테이블보를 점점이 적셔갔다.

담담한 표정을 하고 있던 수진은 문득 자신의 핸드백과 재킷을 집어 들고 도도한 태도로 하리를 쳐다보았다.

"미안하다는 말은 하지 않을게요. 나도 그 사람을 사랑했으니까요."

수진이 자리를 박차고 일어났다.

때마침 창밖으론 지금 그녀가 하염없이 쏟아내는 눈물처럼 구슬픈 비가 흩뿌리고 있었다.

춥다는 자각도 없이 하리는 차가운 빗물을 온몸으로 맞으며 무작정 유하의 집으로 향했다. 어떻게 왔는지도 모르게 간신히 집 앞까지 다다른 그녀는 대문을 두드렸다. 하지만 반대편에선 아무런 응답이 없었다. 아주머니의 목소리도 그의 목소리도.

쾅쾅!!

"문 좀 열어봐요! 유하 씨, 아니 유하 오빠!"

손에 통증이 일 정도로 그렇게 한참을 두드려대도 굳게 닫힌 철문은 열릴 생각이 없는 것처럼 보였다. 하늘이 어두워질 때까지 그렇게 하리는 멍하니 대문 앞 계단에 털썩 주저앉아 있었다. 그런데 갑자기 자동차 헤드라이트 불빛이 눈에 들어오기 시작했다.

BMW가 그녀 앞에 멈춰서고 갑작스런 조명에 눈이 부신 하리는 대충 손으로 눈을 가리며 자동차를 바라보았다. 예상했던 대로 유하였다. 그는 비에 홀딱 맞아 부들부들 떨고 있는 하리를 알아보고는 한걸음에 달려왔다.

"강하리!!"

유하가 멍하니 앉아 있는 그녀를 일으켜 세웠다.

말끔하게 정장을 차려입은 그는 며칠 전의 파리한 기색은 찾아볼 수 없었다. 뭐야, 멀쩡해 보이잖아.

"너, 왜 여기 있는 거야?"

"……"

"일단 이리 와봐."

유하는 하리를 부축해서 보조석에 앉혔다. 자동차 앞유리에서 와이퍼가 부지런히 빗물을 밀어내고 있었다. 하리를 태우자마자

유하는 히터를 틀고 뒷좌석에 벗어둔 재킷을 그녀에게 덮어주었
다. 하리의 집으로 향하는 내내 그도 그녀도 침묵을 지켰다.

목적지에 도착하자마자 유하는 차에서 내려 빙 돌아와 보조석
문을 열었다. 배려하듯 부드럽게 내미는 그의 손을 잡고 하리도
차에서 내려섰다.

"우산 돌려줄게."

유하는 저번 놀이공원에서 빌린 핑크색 우산을 건네며 얼른 받
으라는 시늉을 했다.

무슨 말이라도 해야 했지만, 치아끼리 달달달 부딪히는 통에
그녀의 입에선 좀처럼 제대로 된 말이 나와줄 것 같지 않았다. 하
리는 천천히 입을 떼었다. 하지만 이번엔 목이 메어서인지 그녀
가 의도한 대로 전달할 수 없었다.

"그렇게 보지 마."

한참동안 자신을 물끄러미 쳐다보는 하리에게 유하가 먼저 말
을 꺼냈다. 유하는 하리의 한쪽 어깨를 살짝 잡고 서서히 몸을 밀
착시키기 시작했다. 그의 뜨거운 입술이 이마에 닿는 느낌이 생
생하게 전해졌다.

하리는 눈을 감고 그 부드러운 감촉을 음미하고 있었다. 10초
쯤이나 흘렀을까. 그렇게 빗속에 서 있던 그들은 몸을 떼고 서로
를 마주 보았다.

유하가 말했다.

"힘들게 해서 미안해……."

그날 이후 하리는 감기 몸살로 몇 날 며칠을 끙끙 앓았다. 하진은 옴짝달싹못하는 동생을 간호한답시고 병원도 제대로 나가지 못하고 있었다.

그러던 어느 날 침대에 누워 있는 하리 주변을 하민이 어슬렁거리고 있었다. 무슨 할 말이라도 있는 눈치였다.

"유하, 오늘 미국 간다."

"……몇 시에?"

"오늘 저녁 7시 비행기."

"그래."

힘없이 대꾸한 하리는 이제 학교 갈 준비를 하기 시작했다. 학교에서 만난 소영은 그녀의 얼굴을 이리저리 살펴보더니 반쪽이 되었다며 혀를 찼다. 4시쯤 수업이 끝나 그들은 언제나처럼 Tia 커피숍으로 향했다. 이번에는 둘 다 똑같은 케이크와 음료를 주문했다.

"정말 괜찮은 거야?"

"응, 괜찮아."

"얼굴은 죽을상인데?"

"그래?"

"유하 씨는 만나봤어?"

소영이 조심스럽게 물었다.

하리는 뭔가 골똘히 생각하는 듯하더니 스트로로 주스를 휘휘 젓고는 한 모금 쭈욱 빨아들였다.

"그 사람 오늘 미국 간대."

"뭐? 언제?"

"오늘 저녁 7시에."

"그럼 너 여기 이러고 있을 때가 아니잖아!!"

"그 사람 나한테 정 떨어졌을 거야."

"그런 소린 유하 씨 앞에서 해! 뭐 해, 빨리 일어나."

"……."

하지만 꼼짝도 하지 않는 하리를 보며 오히려 소영이 안달이 나 발을 동동 굴렀다. 결국 하리의 손을 강세로 집아끌더니 급기야 인천공항까지 가고 말았다.

"야, 안 간다니깐!"

"잔말 말고 따라오기나 해."

택시를 타고 공항에 도착했을 땐 6시 30분을 조금 넘긴 시간이었다. 하리의 손을 붙잡고 소영은 허겁지겁 뛰기 시작했다.

다행히 게이트 쪽엔 하민과 작별 인사를 나누고 있는 유하가 있었다. 그가 그렇게 이야기를 하는 도중에 무심코 고개를 돌렸다. 하리를 발견하는 순간 유하는 움찔하는 기색이었다. 그는 못내 아쉬운 표정으로 그녀에게서 시선을 거두지 못했다.

"어서 가봐!"

멀뚱히 서 있는 하리의 등을 소영이 살그머니 떠밀자 하리는 천천히 그들 쪽으로 걸음을 떼기 시작했다. 하민도 하리를 의식하고선 화장실을 핑계로 잠시 자리를 피해주었다.

이제 유하와 하리 그 둘이 마주 보고 서게 되었다.

"네가 올 줄은 몰랐어."

“……마요.”

“응?”

“가지…… 마요.”

띄엄띄엄, 하리는 한마디씩 내뱉었다. 하지만 아무런 반응을 보이지 않는 유하를 의식하자 문득 고개를 들어 궁금한 눈빛으로 응시했다. 유하가 그녀 모르게 살짝 웃음 짓고 있었다.

“안 돼.”

“왜요?”

“그곳에서 꼭 해야 할 일이 있으니깐.”

“오래 걸려요?”

“글쎄.”

시간이 없었다. 유하는 초조한 눈빛으로 자신의 손목시계와 게이트를 번갈아 보더니 다시 그녀에게로 시선을 고정하며 말을 이었다.

“네가 날 싫어한다고 해도 난 너와 끝낼 생각이 없어.”

“……!”

“그럼 일 년만 기다려줄래? 아니 내가 일 년만 너를 놓아줄게.”

“일 년?”

“그리고 그때 내가 다시 널 사랑할 수 있는 기회를 줘.”

하리가 긍정의 의미로 조심스레 고개를 끄덕였다. 그 모습을 보고 흐뭇하게 웃던 유하는 갑자기 하리의 귓가로 제 입술을 가져가며 속삭였다.

“떠나기 전에 꼭 해주고 싶은 말이 있었어.”

"?"

"하리야, 사랑한다."

그 말과 동시에 유하가 쪽, 하고 그녀의 이마에 베이비 키스를 했다. 시야에서 그가 완전히 사라질 때까지 하리는 어정쩡하게 손을 들어올리고 한동안 그 자리에 못 박힌 듯 서 있었다.

"미안해요……. 당신을 믿어주지 못해서 미안하고, 당신한테 사랑한단 말도 못해줘서 미안해요. 또 바보같이 당신의 사랑을 너무 늦게 깨달아서 미안하구요. 그리고 나도, 나도 당신을 사랑해요."

해피엔딩

12월 24일, 크리스마스 이브.

"생일 축하합니다~ 생일 축하합니다~ 사랑하는 하리의 생일 축하합니다아~."

오빠들의 축하 노래를 들으며 하리는 힘껏 입김을 불어 촛불을 껐다. 어느덧 그가 떠난 지도 1년이 조금 넘었다. 촛불을 끄고 케이크를 커팅하는 하리에게 하민 오빠가 큼직한 쇼핑백을 건넸다.

"호호, 이게 뭐야?"

"풀어봐."

하리가 날렵한 동작으로 쇼핑백을 열자 그 안에는 앙증맞은 하얀색 앙고라 망토와 치마가 들어 있었다.

"우왓! 너무너무 이쁘다! 헤헤헤."

하리는 손에 든 옷가지들에서 눈을 떼지 못하고 연신 감탄사를 내뱉었다.

"오빠, 이 옷 너무 맘에 들어! 근데 브랜드가 Double X? 처음 들어보는데, 신규 브랜드인가?"

"응. 실은 그건 내 선물이 아니야. 내 선물은 이따 8시에 줄게."

"뭐? 그런 게 어딨어~ 지금 줘어~ 응?"

"안 돼, 여하튼 8시에 줄 거니까 그렇게 알아."

집요한 선물 타령에도 불구하고 하민은 하리를 피해 요리조리 도망 다녔다.

"8시까지 삼성동으로 나와. 대신 근사한 선물을 줄 테니."

"쳇."

오빠들과 유쾌했던 생일 파티를 치르고 휴식을 취하고 있던 하리는 문득 거실 괘종시계를 올려다보았다.

"헥, 벌써 시간이 저렇게 됐네? 근데 오빠가 삼성동엔 왜 나오라고 한 거지?"

하리는 오빠가 일러준 장소에 도착해 거대한 크리스마스 트리가 세워진 곳에 앉아 두리번거렸다. 때가 때이니만큼 주위엔 온통 찰싹 몸을 맞댄 커플들뿐이었다. 샘이 난 하리는 애꿎은 그들을 흘겨보며 자신의 허벅지를 살짝 비틀었다.

"에휴우~ 부럽다, 부러워!"

8시가 될 무렵 갑자기 전광판에서 카운트다운이 시작되었다. 일순 사람들의 눈길이 그쪽으로 쏠렸다. 하리도 무슨 광고인가 싶어 한참을 그 전광판을 올려다보고 있었다. 아마도 의류 광고인 것 같았다.

"어라? 저 브랜드, 지금 내가 입고 있는 건데."

　그런데 화면이 전환되는 순간 하리는 온몸이 경직되는 것을 느꼈다. 그렇게나 그리워했던 얼굴이 지금 화면에 나오고 있었던 것이다.

　“맙소사, 저게 무슨…….”

　입을 쩍 벌리고 하리는 전광판에 시선을 고정하고 있었다.

　“우와, 저 광고 모델 좀 봐. 너무 멋있다~ 누구지? 신인인가??”

　함께 전광판을 보고 있던 사람들 중에는 여학생들이 많았고, 그녀들은 화면 속 유하를 보면서 호들갑을 떨어댔다. 그 광고는 순식간에 지나갔지만 아직도 하리는 전광판에서 눈을 떼지 못했다. 그때였다. 갑자기 웬 남자의 넓은 등이 보이면서 그녀의 시야를 가리기 시작했다. 느닷없이 등장한 방해물에 하리는 노골적으로 짜증을 냈다.

　“아, 이봐요!! 안 보이거든요? 좀 비켜주…….”

　하리가 말을 마치기도 전에 그 남자가 휘익 돌아섰다.

　“그 동안 잘 지냈나?”

　으헉, 내가 지금 꿈을 꾸는 건가?

　지금 자신 앞에 서 있는 사람은 롱코트를 멋지게 차려입은, 그리고 무테안경을 쓰고 지적인 분위기를 한껏 풍기는 유하가 틀림없었다. 그는 꼭 전광판에서 걸어나오기라도 한 것 같았다.

　“어, 언제…….”

　“시간 맞춰서 오고 싶었는데 워낙 길이 막혀서 말이지.”

　“말도 안 돼. 내가 지금 환상을 보고 있는 건 아니죠?”

　“옷 잘 어울리네.”

“그럼 이 옷?”

“내가 주는 생일 선물이야. 그리고 잠깐!”

유하가 주머니를 뒤적거리더니 비로드로 만들어진 반지곽을 내밀었다. 하리가 상자를 벌리자 영롱하게 빛나는 반지 하나가 중앙에 얌전히 앉아 있었다. 유하는 하리가 들고 있는 반지곽에서 반지만 쏘옥 꺼내어 손수 그녀의 왼손 약지손가락에 끼워주었다.

“일 년 동안 널 놔줬으니깐, 이제는 돌아와야지?”

“…….”

“나랑 결혼해줄래?”

“뭐예요, 당신 정말.”

“대답 안 해줄 거야? 왜, 싫어?”

“내가…….”

“…….”

“내가 일 년 동안 얼마나 기다렸는 줄 알아요? 그리고 이런 근사한 프러포즈를 거절할 여자가 어디 있겠어요.”

잠시 긴장했던 유하가 안도의 한숨을 내쉬면서 하리를 끌어안았다. 그들을 축복하듯 마침 하늘에서도 하얀 눈송이가 흩날리기 시작했다. 부둥켜안은 그들은 동시에 하늘을 올려다보았다.

“후후, 화이트 크리스마스네요.”

“그러게.”

에필로그 — 아직 끝나지 않은 이야기,
그들의 아들 천하준

"오빠, 늦겠다. 빨리 준비해."
"네가 아침에 늦잠만 안 잤어도!"
"오늘만 늦잠 잔 거야."
"그 말 지금까지 238번 들었다."

안녕하세요, 전 천하준이라고 해요. 우리 아빠 이름은 천유하고
요, 엄마는 강하리예요. 오늘 아침도 우리 집은 굉장히 분주하답
니다. 아빠는 오늘도 밥을 못 먹고 출근하시네요. 엄마가 또 늦잠
을 잤거든요. 출근하는 아빠를 배웅하러 나온 엄마 뒤로 저도 쪼
르르 따라 나왔어요.
"잘 다녀와요. 오늘 늦어요?"
"아니, 많이 늦진 않을 거야. 그럼 다녀올게. 하준이도 유치원

잘 다녀오고."

아빠는 저를 안고 뽀뽀를 해주세요. 그리고 엄마의 볼에도 쪽, 하고 뽀뽀를 해주는 걸 잊지 않으십니다. 매일 아침마다 하는 거라 이제 엄마는 제 눈을 가리는 것조차도 잊어버렸나 봐요. 하긴, 뽀뽀 정도는 뭐……. 이젠 저도 애가 아니거든요.

"하준이도 얼른 유치원 갈 준비해야지!"

"네~."

저는 유치원 가는 게 좋아요. 유치원에는 제가 좋아하는 초희가 있거든요. 초희는 제가 좋아하는 병아리 반 여자친구예요. 초희는 예뻐서 인기가 많아요. 휴~ 그래서 고민이랍니다. 어떡하면 제가 그 많은 라이벌들을 제치고 초희 마음을 얻을 수 있을까요?

"하준아! 준비 다 했니?"

"네~."

전 밥을 다 먹고 엄마한테로 갔어요. 8시 30분엔 집 앞으로 유치원 버스가 오는데 오늘은 늦어서 엄마가 유치원에 데려다주실 거예요. 유치원 버스를 타면 초희를 볼 수 있는데, 엄마가 제 사랑을 방해하네요.

"하준아, 오늘 소영이 이모 온다. 좋지?"

"정말?"

"응. 소영이 이모 오니까 좋아?"

"응! 좋아!"

소영이 이모는 굉장히 재미있어요. 맛있는 것도 많이 사주고요. 예뻐요! 물론 초희보다는 아니지만.

엄마는 절 유치원에 내려놓고 가셨어요. 차에서 내리기 전에 제 볼에 쪽, 하는 것도 잊지 않으셨고요.

초희가 놀이터에서 다른 여자애들이랑 놀고 있어요. 오늘도 엄마아빠놀이를 하나봅니다. 초희가 저와 눈이 마주치자 예쁘게 웃네요. 그리고 손짓을 해요. 아무래도 같이 놀자고 하려는 것 같아요.

"하준이도 같이 하자."

"응!!"

"그럼 하준이가 아빠, 초희가 엄마!"

그렇게 초희랑 놀고 있을 때였어요. 갑자기 햇님 반 애들이 놀이터로 와서 초희의 머리를 잡아당겼고, 초희는 그 자리에서 울어버렸어요.

제가 녀석들을 향해 주먹을 불끈 쥐고 있을 때였어요. 어디선가 저희 반 윤혁이가 나타나서 햇님 반 녀석들을 단박에 쫓아내버리더군요.

휴우~ 저 녀석은 제 강력한 라이벌이기도 하죠. 윤혁인 햇님 반 녀석을 쫓아내고 울고 있는 초희를 달래주고 있어요. 칫, 내가 해주고 싶었는데…….

초희 얼굴이 붉어지는 것 같아요. 혹시 윤혁이에게 관심이 있는 걸까요?? 에휴, 정말 여자는 어려운 존재예요.

"꺄~ 하준아, 보고 싶었어!"

"소영이 이모~."

집에 들어오니깐 소영이 이모가 저를 보자마자 꼬옥 안아주었어요. 헤헤, 소영이 이모의 옆에는 우현이 삼촌이 서 있는데요, 소영이 이모하고 우현이 삼촌은 볼 때마다 싸워요. 왜 그런지는 모르겠지만요.

"하준아, 이리 와봐."

우현이 삼촌이 저보고 오라면서 손짓하네요. 전 삼촌보다 소영이 이모가 더 좋은데……. 제가 꼼짝도 안 하고 소영이 이모 품에서 삼촌을 바라보니까 삼촌은 제 머리에 콩, 꿀밤을 먹였어요.

"쬐끄만 녀석이 삼촌 말은 안 듣고."

"야!! 너 왜 애를 때리고 그래?!"

"이게 때린 거냐?"

"너 하리한테 말한다?"

"뭘 나한테 말해?"

엄마가 달궈진 프라이팬을 하나 들고서 거실에 나왔어요. 전 삼촌한테 맞은 머리가 아파서 두 손으로 머리를 감싸고 있었죠. 엄마는 그런 저를 보더니 바로 우현이 삼촌을 노려봤어요.

"우현이 너! 우리 하준이 때렸지!!"

그러면서 엄마는 프라이팬으로 우현이 삼촌 머리를 때리려고 했어요. 우현이 삼촌은 엄마에게서 도망치며 거실을 뱅뱅 돌고 있었요.

저걸로 맞으면 꽤 아플 텐데……. 뭐, 아파도 어쩔 수 없죠. 삼촌이 먼저 제 머리를 때린 게 잘못이잖아요.

"다녀왔어."

"어, 아빠!!"

아빠가 오자 저는 현관으로 쪼르르 달려나갔어요. 아빠는 저를 번쩍 안아주시죠. 헤헤, 우리 아빠는 굉장히 멋있어요. 저도 아빠처럼 멋있으면 초희가 좋아해줄까요?

"하준이, 오늘 유치원 재밌었어?"

"응! 근데……, 아무래도 초희가 윤혁이한테 반한 거 같아."

"초희?"

"응! 병아리 반에서 젤루 이쁜 여자애야!"

"푸웃, 초희가 좋아?"

"응!"

제가 고개를 끄덕이자 아빠는 제 머리를 한번 쓰다듬어 주시더니 절 바닥에 내려놓았어요. 그리고 아직도 우현 삼촌을 쫓고 있는 엄마를 보면서 아빠가 말했어요.

"애 보는 앞에서 지금 뭐 하는 거냐?"

"헥헥, 이 녀석이 하준이 머리를 또 때리잖아."

"야야, 그래도 프라이팬은 좀 참아라!!"

엄마는 결국 우현 삼촌의 머리를 주먹으로 한 대 쥐어박는 걸로 마무리했답니다. 그러게 왜 제 머리는 때리고 그러세요? 삼촌은 반성하세요.

그날 저녁 소영이 이모랑 우현이 삼촌과 함께 밥을 먹었어요. 식사를 마치고 집으로 돌아가는 소영이 이모는 나중에 또 오겠다며 제 머리를 쓰다듬어 주셨고 우현이 삼촌은 또 꿀밤을 먹이면서, 말 좀 잘 들으라고 하더군요.

이번에도 엄마한테 맞았냐고요? 아니요, 대신 소영이 이모가 발로 삼촌의 다리를 걷어찼어요. 그리고 저를 보면서 손으로 V자를 만들고 웃었어요. 저도 엄마 뒤로 몸을 숨기고 이모를 향해 씨익 웃어줬죠. 똑같이 V자를 만들면서요.

"저 쪼그만 걸 그냥! 꼭 지 엄마를 빼다 박았다니깐."

"흥! 우현이 삼촌 미워! 메롱~."

"아유~ 우리 하준이 귀여워 죽겠네!"

소영이 이모가 귀엽다면서 제 볼을 살짝 꼬집었고, 전 우현이 삼촌을 향해 혀를 날름날름거렸죠. 우현 삼촌이 또 저를 때리려고 했는데, 소영 이모가 우현 삼촌 귀를 잡아당기고 밖으로 나가는 바람에 위기를 모면했죠.

손 흔드는 소영이 이모에게 저도 빠이빠이를 해줬어요. 아무튼 저랑 노는 걸 좋아하는 삼촌은 아직 애예요, 애!

그날 밤 전 초희의 변심에 마음이 상해서 잠이 오지 않았어요. '변심'이란 단어를 어떻게 아느냐고요? 텔레비전에서 많이 나오더라구요. 헤헤, 근데 정확한 뜻은 몰라요. 잠이 오지 않았던 저는 곰돌이를 안고서 엄마 아빠 방으로 찾아갔어요.

"엄마, 아빠, 자?"

쿠당탕.

제가 문을 열고 들어가자 엄마는 아빠를 밀어냈고, 아빠는 침대에서 그대로 바닥으로 떨어졌어요. 제가 오기 전에 아마 뽀뽀라도 하고 있었나 봐요. 근데, 아빠 많이 아프겠다. 엄마가 힘이 좀 세야지 말이죠.

"아흐흐흐, 아파라. 강하리, 너……!"

“하하. 하준아, 무슨 일이야? 잠이 안 오니?”

“응. 나 여기서 자도 돼?”

“그럼. 이리 와!”

엄마는 옆자리를 탕탕 치면서 저를 불렀어요. 전 곰인형을 들고 엉금엉금 침대 위로 올라갔고 아빠도 다시 침대로 올라왔어요. 엄마는 내게 이불을 덮어주면서 토닥토닥 얼러주고 있었어요. 전 한참동안 그런 엄마를 올려다봤죠.

“왜, 하준아?”

“엄마, 나 여동생 갖고 싶어.”

“뭐어어?”

“나, 초희 같은 이쁜 여동생이 생겼으면 좋겠어.”

“하, 하하……. 하준아, 일찍 자야지?”

“치~ 알았어요.”

전 눈을 감고 자려고 했어요. 하지만 쉽게 잠이 오지 않더라구요. 엄마는 절 계속 토닥여주면서 자장가도 불러줬어요. 그리고 조금 있자 제가 잠이 든 줄 알았는지 엄마는 아빠랑 이야기를 하기 시작했어요.

“근데 초희가 누구야?”

“하준이가 유치원에서 좋아하는 여자애래.”

“에? 오빠가 어떻게 알아?”

“하준이가 아까 말하더라.”

“흐음~ 녀석, 어린 주제에 벌써 사랑 타령을.”

“우리도 이참에 둘째 만들까?”

“뭐어??”

“하준이가 이쁜 여동생이 갖고 싶다잖아!!”

“애가 옆에 있는데 무슨 소리야?!”

“하준이 자잖아.”

“윽, 헛소리하지 마! 자자. 이러다 내일도 늦잠 자겠다.”

“늦잠 자도 괜찮아. 둘째 만들자니깐, 응?”

“실없는 소리 그만 좀 해.”

전 실눈을 뜨고 아빠와 엄마를 보고 있었어요. 물론 두 귀도 쫑긋 세우고 있었답니다. 아무래도 조만간 제게 이쁜 여동생이 생길 것 같아요. 그럼 이제 초희만 제 여자친구로 만들면 되는데 혹시 초희가 절 좋아하게 만들 방법을 아시는 분 계세요? 뭐, 모르면 할 수 없고요. 헤헤, 사랑은 정말 어렵지만 행복한 거 같아요.

하준이는 이제 꿈나라로 갈게요. 안녕. <끝>

작가의 말

　우선 이렇게 미흡한 글을 책자로 낼 수 있게 해주신 큰나무 출판사 사장님과 편집자 분들께 감사의 말씀을 드립니다.
　중·고등학교 땐 글 쓰는 일이 하나의 즐거움이었습니다. 하지만 대학에 들어오고 바빠지면서 아쉽게도 차츰 글쓰기에 할애하는 시간은 줄어들게 되었습니다. 그러던 차에, 휴학 기간 동안 취미삼아 인터넷에 연재한 소설이 생각지도 않게 독자분들에게 큰 호응을 얻었고, 책으로까지 출간될 수 있었습니다.
　그 경험은 저에게 있어 새로운 도전이자 발견이었죠.
　처음엔 그저 생각나는 소재들을 하나둘씩 끄적이는 것에 불과했지만, 그것에 살을 붙이고 스토리를 만들어가면서 태어난 글이 소설이 되었습니다.
　이 소설을 인터넷에 연재하는 동안 무엇보다 행복했던 건, 이메일을 통해 많은 분들이 재미있게 읽고 있다고 말씀하시고 또 앞으로 열심히 쓰라며 격려해주신 일이었습니다.

　지금은 잠시 소설 쓰는 일에 손을 놓은 상태지만, 조만간 마무리짓지 못한 소설들을 더 멋지게 완성해내고 싶네요.

　여담입니다만, 소설 속 여주인공은 상상으로 만들어낸 캐릭터에 제 성격(?)을 다소 가미한 인물이랍니다. 그리고 남자 주인공은 평소 저의 이상형을 글로써 형상화한 거구요. 왜, 다정한 남자보단 건방지고 조금 싸가지 없는 남자에게 더 마음이 끌리잖아요(에? 저만 그런가요?).

　제가 아마추어 작가인 탓에 글 곳곳에 미흡한 흔적이 눈에 띄리라 생각합니다. 하지만 훗날 또 다른 작품으로 여러분을 찾아뵙게 된다면 그때는 더 나은 모습을 보여드리겠습니다.

　마지막으로, 소중하고 뜻 깊은 첫 출간의 기회를 열어주신 큰나무 출판사 관계자 분들과 항상 저를 지지해주시는 부모님과 친구들, 그리고 부족한 제 소설을 사랑해주시는 독자여러분께 깊은 감사의 말씀을 전합니다.

소슬한 가을바람이 불어오는 어느 날,
천유아 씀.

원나잇스탠드?

초판 인쇄 | 2005년 10월 13일
초판 발행 | 2005년 10월 18일
지은이 | 천유아
펴낸이 | 한익수
펴낸곳 | 도서출판 큰나무
등록 | 1993년 11월 30일(제5-396호)
주소 | 120-837 서울시 서대문구 충정로 3가 3-95 2층
전화 | 02) 365-1845~6 팩스 02) 365-1847
이메일 | btreepub@chollian.net
홈페이지 | www.bigtreepub.co.kr

값 9,000원

ISBN 89-7891-209-5 03810